I don't wanna know what the future is
All I want is to be here with you

别管以后将如何结束
至少我们曾经相聚过

摘自歌曲《萍聚》

陈 钢 ／编著

协奏曲

——陈钢和他的朋友们

東方出版中心

目录

第二章　朋友笔下的陈钢

第三章　陈钢与朋友们的对话

陈钢和他的朋友们（代序）

陈　钢

什么是朋友？朋友，是一种缘分、一种气场和一种共鸣体。朋友，是在你看不到他时，始终关注并保护着你的银盾和在惊涛骇浪中永远托着你不沉的水。朋友，是我生命中不可或缺、也不可多得的最可宝贵的财富！

最“老”的朋友

秦　怡

她“老”吗？不，从未老过！她是我的朋友，也是我爸爸的朋友，所以是情溢两代的最“老”的老朋友。

在我少年时，就有一个梦中偶像——秦怡。1946年，当我才十岁出头时，就在电影中跑了次龙套。那是秦怡和赵丹主演的电影《遥远的爱》，由陈鲤庭导演，影片插曲由我父亲陈歌辛作曲并指挥。有一次拍外景时，镜头画面是秦怡和赵丹所饰演的一对情侣亲昵地相挽过桥。导演临时需要一对孩子冲前“捣乱”，就

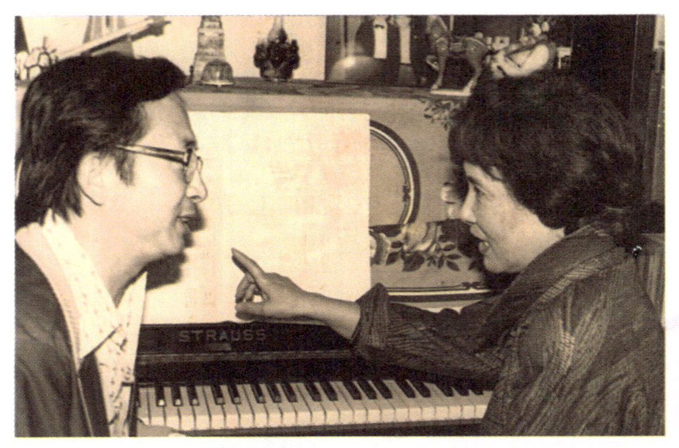

1984年秦怡与陈钢商谈《雷雨》

让我爸爸找了我和我的弟弟充当了“临时角色”。这不仅是我的首次“从影”，也使我第一次有机会得以近距离地欣赏这位美丽高雅的“东方维纳斯”。没想到过了三十年后，我自己和秦怡又合作了近三十年。我们之所以能维系半个多世纪的两代情缘，除了由于对共同的美的追求外，更是因为她那种爱的奉献精神与朴实无华的表演风格深深地感召与吸引着我。

《鲁妈的独白》是我与秦怡的第一次重要而又难忘的合作。1984年，我们在拆船厂偶尔相遇。那时的她，正在急着为几天后的“爱我中华　修我长城”义演作准备，她希望我能帮她为《雷雨》的片断找些相关的背景音乐。在她将那段台词低吟了一遍后，我很快就随她进入角色，被鲁妈坎坷的命运和悲恸的呐喊所激动。于是，就在当晚一口气写就了钢琴伴诵曲《鲁妈的独白》。我并未将音乐仅作为朗诵的衬托，而是将其融为有相对独立功能的有机部分。在前奏中，我先是用钢琴奏出固定的“钟声”，像是让时间定格在三十年前鲁妈和周朴园的相恋瞬间。然后，再通过鲁妈的音乐主题，徐徐地揭开她痛苦的回忆。当鲁妈回忆起在大雪纷飞中抱着出生才三天的男孩，被迫离开周家，讨饭、洗衣服、为人家做老妈子的不幸遭遇时，心潮起伏、不可遏止，最后对着苍天高呼道：“这是我的报应！我的报应！！”是时，秦怡蓦然用了一个大转身，将一个背影，也可以说是将一个人生的大问号和大惊叹号投向观众。而我则以双拳猛击出一连串的“音块”，用强烈的音乐来倾泻出她内心的风暴。然后，音乐戛然而止。鲁妈轻轻地转回身、低着头，一字一顿地对周朴园说：“我现在所以还站在这里，那是因为我只想见见我的儿子萍儿。啊！萍……儿……”此时，只见我用两只手臂重压钢琴的黑白键，发出雷鸣般的轰鸣。听！这不正是命运的雷雨吗？！

秦怡在电影《雷雨》中所饰的鲁妈，曾被曹禺先生誉为“最好的鲁妈”。这大概就是指她能将她所特有的高贵、美丽和复杂的人性，纠结注入这个角色的缘故吧！而这一点，也正好为音乐提供了强烈的矛盾冲突和丰富的情感空间。

秦怡朗诵《鲁妈的独白》

《梦非梦》是一部传记式的影片。片中的女主角颜蔚是秦怡的“代号”，而患有精神病的女儿“小妹”则是秦怡的爱子金捷的化身。金捷在世时我们都爱称他为“小弟”；而他每次见我时，也总是彬彬有礼地称我“哥哥”或“叔叔”。“小弟”发病时对妈妈拳如雨下，可好转后却能静心作画，还将其中的一幅通过施瓦辛格义卖捐赠给残疾人。秦怡，将其全部的母爱给了儿子；而在小弟不幸去世后，她又将全部的爱给了天下的不幸人。2008年汶川大地震时，她几乎倾其所有，捐献灾区。秦怡的一生和《梦非梦》一样，可谓一部真实的爱的奉献的记录。而我在为《梦非梦》作曲时，也就根据这个主旨，将音乐整理成

一部交响序曲，题名就是《奉献》。

2009年，88岁的秦怡才过完了从艺七十年的大庆后，又要马上赶到桐庐去拍摄《金色驿站》。那是一部中国式的《金色的池塘》。在片中，她与于洋分别担任男女主角。请问，这种以艺术为生的艺术家，他们会老吗？！

最“酷”的朋友

> 顶着百年风雨，您从容走来，
> 依然让人惊呼：您还是那样美丽……

这是在秦怡过八十八米寿时，白桦送给她的一首诗。白桦和秦怡一样，也都是一头白发，都是“顶着百年风雨”，向我们“从容走来”的跨世纪奇人。而且，去年他也才度过了生活的第八十个年头。那天，正当人们围着秦怡，惊呼她依然是那么美丽时，秦怡那随风飘动的白发，似乎突然变成了一片风吹叶摆的白桦林，再一看，那不正是微笑着的白桦，面对着秦怡，深情地朗诵着那首献给她的诗吗？

> 璀璨银幕和繁华舞台上的悲欢，
> 都已经成了感人至深的故事；
> 在街谈巷议中广为流传，最后
> 都积淀在一代又一代人的记忆里。

接着，语气一转，他突然发出了一连串的疑问，一连串的“那些”、“那些”……

> 那些曾经的、阳光明媚的爱情，
> 那些曾经的、无可替代的亲人，
> 那些本应和您继续同台的搭档，
> 那些流离失所而又激情的岁月……

那些酸甜苦辣都搁在哪儿去了呢？
那些难以逾越的艰难困顿？

最后，他仰望星空，轻声吟叹道：

每当您仰望着寂静夜空的时候，
繁星就开始跟您说话了；
她们的语言就是闪烁的星光，
只有您懂，因为您也是一颗星！

星星对您说了些什么呢？
一定是称赞您：好稳健的步履啊！
顶着百年风雨，您从容走来，
依然让人惊呼：您还是那样美丽……

仰望星空！这就是这一代人的价值核心。星空浩瀚无垠，星空点点闪闪，但在它的面庞上却只写着一个大字："爱"！

是呀，就我辈心之所思，生之所求，笔之所生，曲之所奏的，不也就是这个大写的"爱"字吗？！虽然，我们的需要很少很少，只求爱与被爱，就像白桦的一部诗集的标题就是《我在爱和被爱时的歌》，和他为我的散文集《黑色浪漫曲》所作的序"爱

白桦近影

陈钢与白桦（右）

与被爱的历程”的题意一样。他说，他“所有的诗歌就是唱在爱和被爱时的歌曲”。可是，也就是为了这个“爱”字，他经历了多少“无处搁置的酸甜苦辣”和“难以逾越的艰难困顿”呀！

他爱头顶的星空，他爱脚下的大地。爱得那么深，爱得那么苦，爱得那么鲜血淋漓，爱得那么刻骨铭心。正因为如此，他的笔下才能流淌出一首首纯美的爱情诗歌，和一篇篇神秘的云南传奇；正因为如此，他才会用“杜鹃啼血的倾诉”，写下那撼动人心的《苦恋》。而且，也就是因为这个“爱”字，长期以来，他一直被无休止地误读、曲解、忌恨、凌辱和批判，乃至于几乎在围剿中淹没和“蒸发”。其实，他只不过是一个“在密集的炮火面前，青春生命和枯草一起燃烧”的共和国的苦恋者，一个“哀民生之多艰”、“虽九死而不悔”的苦吟者，一个用长歌和短歌张扬人性、拥抱爱情的游吟诗人和一个始终坚守着《苦恋》主题曲中所高唱的“人是天地间最高尚的形象”的底线，恪守着“文学的追求和守望的从来都是美”的信条的、有良知的中国作家。所唯一不同的是，他竟然能够在“九十九个死，只有一个生”中，奇迹般地度过了八十个春秋，而且竟然还能像苦行僧似的甘于孤独，甘于隐忍，用十年的心血，写出了警世醒人的悲剧史诗《从秋瑾到林昭》。我想，这是因为他深信，“人类的经典都是在荒凉的寂寞中开放的花朵。”而在最终，他毕竟还是唱响了人性的赞歌和收获了爱的回报！

白桦的八秩寿庆，是一曲被誉为“白痴”（白桦的痴迷者）们所奏响的爱的旋律。

特别是将军向老兵的致敬和爷爷给儿孙的寄语。

老兵白桦是贺龙的老部下，今天，贺龙将军的女儿，与他相交了近六十年、今天同样是将军的贺捷生，首先向白桦致意——因为，"一个经历过那么多坎坷的中国诗人，能活到八十岁，尤其不容易。但是他活到了八十岁！"

席间有很多老兵，虽然他们激动得忘记了预先准备好的表述仪式——集体起立向白桦行军礼；但是，我们都已经在心中听到了军人们真诚的祝福，看到了军人们在向一个无论是在战壕里还是在文坛上同样紧握手中枪的老兵，致以至高无上的敬礼！

诗人白桦还是个不老的孩童，他永远用一双天真的眼睛环顾四周，幻想未来。所以，"虽然流了八十年泪水的眼眶，泉水依然涌动"，只是，"因为流淌了八十年的泪水，把我这双眼睛洗涤得像儿童那么明亮！"

在生日宴会上，他朗诵了写给三个外孙女的诗。对于这些生活在美国的孩子未来将要面临的一个重要的选择，爷爷如是说："我希望你们能够选择中国，不仅因为这里是爷爷奶奶终老的故土；还因为那时的中国也许是世界上最自由、最适宜人类居住的地方。"

白桦在这里用了一个"也许"，因为他一直在期待，"顽固地期待了八十年。"他一直在苦恋，苦恋着这片他所深爱的土地，和在这片土地上生长的孩子们。虽然他不知道"也许"能不能变成现实；但是，他永远不会放弃期待。因为，他的心中充满了那个大字——爱！所以，最后他大声地、几乎近于宣言般地对着大家和孩子们大声说道：

宝贝儿！我太爱你们了；
所以我对未来的期待更加殷切，
我爱你们，I LOVE YOU！

I LOVE YOU！白桦。我们都爱你！

看！你那一片白发，真如同是一片萧瑟绵延的白桦林，诉说着八十年的风风雨雨。你过得也真是不容易呀，也许真可算得是我朋友中"最'苦'的朋友"了。可是，今天的白大哥却显得大不一样！头戴鸭舌帽，身穿“大红袍”，脸上眉毛扬，神气又时髦。当我不由自主地回想起当年他在年过古稀后，还被破例特许驾驶着摩托车满街奔飞、情洒浦江的情景时，突然恍然大悟，顿时转换形象，赶快将我脑中的那个“苦”字，换成了一个“酷”。字虽同音，寓意则反，可倒也算得上是当今白桦的一幅真实速写。白桦虽“苦”，但也很“酷”。他既是历史老人，也是时代先锋。所以说，他是我最“酷”的朋友。

最“牛”的朋友

他“牛”吗？真牛！八十五岁高龄还在吹胡子瞪大眼，指挥《黄河》万人大合唱呢！除了属牛的曹鹏之外，又有哪个指挥有这个能耐呢？！

曹鹏虽能指挥千军万马，但家庭民主却堪称模范。他的两个女儿——大女儿曹小夏和小女儿夏小曹，分别随父母而姓。曹鹏在没有结识我前，就早于1960年在莫斯科指挥了《梁祝》的国外首演；继而在1986年，他又在上海指挥西崎崇子与上海交响

音乐指挥家曹鹏

乐团成功首演了我的小提琴协奏曲《王昭君》。1987年，夏小曹更是在美国以绎动人的演奏和丰富的肢体语言，出色地演绎了这首乐曲，从而荣获"达拉斯荣誉市民"称号。2009年，正值《梁祝》五十周年时，我还与曹鹏父女同去高雄举行了一次成功的献演。之后，我又在台北举行了"蝴蝶梦·昭君情"的专场音乐会。此时此刻，我不禁会常想起我与曹鹏父女半个世纪来的"梦"与"情"。

由于《王昭君》，使我又想起了曲中的琵琶和它的演奏者——王乙宴，这位当年的"琵琶西施"，现今的剧作家与诗人。我们的相识缘起于《王昭君》。1986年，我在创作这首小提琴协奏曲时，为了表现昭君在萋萋塞外的思乡之情，决定在中段插一段琵琶独奏。王乙宴当时叫王智敏，才上大学一年级，她手抱琵琶前来"应征"，可我没听她弹琵琶，却要她弹钢琴给我听。这大概是为了"礼貌"地打发这位"黄毛丫头"找个借口吧！不料，她却不慌不忙地弹了段莫扎特奏鸣曲给我听。琴声使我留下了她。因为，我不仅从琴声中感受到她内心的脉动，也使她显露了琵琶之外的"弦外之音"和文化涵养。果然，之后她除了成为"琵琶西施"外，还成了剧作家和诗人。不但录制了《瀛州古调》等琵琶古曲，还写出了清唱剧《马可孛罗与卜罗汉公主》，出版了诗集《一千年一万年》。她真像她自己所言的那样："世上所有的花都绽放了！"

夏小曹

王乙宴演奏琵琶

2007年，著名的德国斯图加特室内乐团在上海国际艺术节隆重献演。他们在演出中特地选用了我所改编的琵琶与室内乐合奏《春江花月夜》。当王乙宴手抱玉琵琶，走上舞台，用那大珠小珠落玉盘的声响融入柔美的弦乐群时，德国音乐家不仅为此感到新奇和惊讶，更为乐曲中所弥漫的东方情调和悲情意象所折服。他们说，这首曲子很美、很浪漫，像是“情人的私语”……

潘寅林

最“红”的朋友

他“红”吗？当然！因为他是“红色小提琴”的播种者和传播人。要知道，当年他简直比“超女”还红呢！有一次当潘寅林骑自行车过马路遇到红灯时，交警一见是他就马上将红灯转成了绿灯。前两年，我们一起在外地巡演“红色小提琴”时，有一个听众闻讯后，还特地从远处开了几个小时路程的车赶来听音乐会，并将其珍藏了三十年的、当年听潘寅林音乐会时留下的票根带来请他签名。

2006年，我与潘寅林在北京举行“红色小提琴”专场音乐会时，我在节目单上对“红色”作了这样的界定：“红色，是我们花样年华时的一抹朝霞。红色，是蹉跎岁月里的血色浪漫。红色，更是我们心中永远开不败的玫瑰！”

原本，我就该是个“红孩子”！从小，我就怀着朦胧的乌托邦幻梦去追逐理想；当

陈钢与潘寅林（右）

上海解放时，14岁的我就当了兵，以后又在“红色熔炉”中备受锻炼和煎熬。在那个“红”变成“黑”的特殊年代里，虽然我经历了那段最痛苦的被颠倒的历史，但是，由于理想尚存，志向未泯，我终于还能坚持在那乌云弥漫的岁月中写下了《金色的炉台》，在没有鸟语花香的季节里写下了《苗岭的早晨》，同时还在心中热盼着阳光普照的非常时期里写下了《阳光照耀着塔什库尔干》。而这些作品的问世都是与潘寅林分不开的。是他，在“文革”中第一个高举起独奏小提琴；是他，将我从被遗忘的角落里拉了出来，鼓励我创作了“红色小提琴”，并将其推广至神州大地的每个角落。我们的生肖都属猪，我们的合作也真堪称是“猪（珠）联璧合”呀！

最“疯”的朋友

他“疯”吗？不假，这就是海上画坛有名的老顽童，也就是被黄永玉形容为“水墨生涯，感情磁场”的，远看像济公，近看像鲁迅，嬉笑怒骂皆成诗画的谢春彦！

他爱朋友，朋友也爱他。正如他自己所言：“若无师无友，做人又有何等趣味。”我是春彦的朋友，他爱屋及乌，也爱我写的作品。2009年适逢《梁祝》诞生五十周年，

谢春彦

他在电视上看了人民大会堂的纪念演出后，激动得连夜写了两首诗给我，还将其中的一首画成扇面。诗曰：

“五十年前一梦思，梦到弦上化蝶诗。梵莪铃（注：violin之谐音）真发梵语，独对当年三杆旗。三生路上人都泣，五百年后一样痴。”

春彦説，《梁祝》一问世他就听过，没想到五十年来虽然一路风风雨雨，可是这首乐曲不但没有消亡，反而到处传扬——从上海传到全国，从中国传到世界。春彦说，他相信五百年后众人听了还会一样痴迷……

电视台的演播厅里坐着我的众多朋友们，都是为了录制专题节目“陈钢和他的朋友们”。这是一个亲切、互动的节目，众多好友能来相聚一堂，实在是我的福分！为了这次难得的团聚，秦怡特地推迟了一天去桐庐拍摄电影《金色驿站》的外景；而当天正在过八十五大寿的曹鹏，才与家人在外匆匆地吃了顿“生日快餐”后，就立即赶到摄影棚来了。有的因故未能来，但还有的没想到能来却临时匆匆赶来了……

看！最“俏”的朋友来了，那是颇有张爱玲遗风的著名主持人和作家淳子。她打扮得既时尚又“三十年代”。而我们正是由于这两个不同的“历史结点”，多次为海派文化扬气吐声；还合作出版了既历史、又时尚的《玻璃电台——上海老歌留声》。淳子一上场就煞有介事地将我描写成每天清晨骑了辆法国女人骑的自行车到花市去买菜的“上海先生”。她讲得有条有理，我听得云里雾里。其实，我似乎觉得这番描写更像是她自己……

最"帅"的朋友叶丹上校来了，那是当年的神枪手和今天的"CEO"；由于她劳苦功高，我们就将她连升几级，尊为"叶帅"。她与我一样，也都是14岁从军的老兵。在我们举行音乐会时，她常常是干练的指挥员和坚强的后勤保障。安排住宿、调动车辆、上下串联，甚至主持节目……

演播厅里还来了位最"小"的朋友，他是我当年的钢琴学生与现在的电脑老师陈天恩。我原是个既不会打字、又不会拼音，而且当年曾公然声称"拒绝电脑"的"电盲"，就是在他手把手地带教下，学会了电脑操作，开辟了一个全新的视界。我甚至还颇为得意地在MSN上根据与诗人王乙宴的即兴对话，写就了一篇自由洒脱的散文：《一个绞弦的女人》……

最"亲"的朋友

主持人在一一"数落"了我的朋友们后，突然话锋一转，推出了一个不似朋友、胜似朋友的最好、最亲的朋友——我的妻子陆凌。

1992年5月2日，我住进了她所工作的医院，她所工作的病房。一进去后，我就看到了她那双透亮的大眼睛，感应到她那颗从洁白的燕帽、洁白的衣服中所透露出的洁白的心。5月12日，当我得知那天是国际护士节时，就立即组织全体病人为她们举办了一场庆祝会，还送给每人一本照相册，以示病人的感恩之心。在送给她的相册的扉页上，我写着："凌波仙子陆地起飞"，因为她的名字叫陆凌。从那一天起，她就注定要成为我生命中的守护神和飞翔在我心中的安琪儿。

陆凌

陈钢夫妇

在经历了14年的“爱的邂逅”后，我们成了一家子。我特意在床头挂了六个可爱的小天使，因为无论是对她还是对我来说，“六”都是一个含有特别意义的数字。要知道，在上海话里，“六”不仅与“陆”同音，而且还和我最爱的动物——“鹿”字同音。小时候，我曾看过一个描写小鹿的美国电影，非常之可爱。而在我们的家庭里，也有一个可爱的小女儿——一只长得颇像小鹿的长毛吉娃娃，她的名字就叫费拉拉。当“爸爸”的我，专诚为“女儿”写了首歌；而当“妈妈”的妻子，不但每天下班回来后都要抱着它讲故事，还要一边亲着它，一边反复地唠叨：“妈妈爱你！妈妈真爱你……”因为，她认为爱是要说出来的。有一次，我故意问她：“你怎么老说爱她而不提孩子的爸呢？”她就立刻侧过头来对着我叫道：“爸爸爸爸我爱你，就像老鼠爱大米……”

我们的生活很简单，可是她很在意细节与情调。有时，她会在饭后特意泡一壶柠檬红茶，与我对坐对饮；而我也会为伊即兴演奏，夫唱妇随。此种淡淡的温馨、浓浓的情意，一下子就勾起了我昔日的回忆，那种全家围炉而坐，笑谈唱酬的童年情景……

她开车时不认路，但是认音乐。她会一遍一遍地聆听她之最爱——她爱巴伯的《柔板》、埃尔加的《大提琴协奏曲》；特别是那段被引用在电影《时光倒流七十年》中的拉赫马尼诺夫的旋律。我曾告诉她一个故事，当年我的苏联老师阿尔扎马诺夫在为我们上第一课时，先弹了一段拉赫马尼诺夫《第二钢琴协奏曲》中的主题，然后站起来说："多美的音乐呀！"是呀！美，就是他要讲的第一个、也是最重要的字！

多么像呀！——陈钢和费拉拉的童年

她爱美。爱纯朴的美，本真的美，丰腴的美。每天晚上，她都要问我第二天穿什么衣裳，而我每天的"例行私事"就是当"时装评论员"。每逢她犹豫不决，选择不定时，我就会告诉她一个"秘诀"："你只要在衣柜里挂七套衣服，每天一套，每天变样。过了一周后，再从第一套穿起。这样，人家就觉得你每天都是新的了！"当然，美也是会"移情"的。在她要求自己时，也会不由自主地要求我。所以，我这个从来不屑牛仔的"正统先生"，现在居然也开始穿起牛仔裤，潇洒走一回了……

她，也是我音乐与文学领域的第一个听众与读者，与我共享着创造的喜悦和生命的多彩。我在构思小提琴协奏曲《红楼梦》时，曾设想用三朵"花"来刻画林黛玉的命运三部曲——赏花、吟花和葬花。对此她表示了认可。因为她对《红楼梦》非常熟，在构思的推敲过程中，会提出不少建议，也往往是最后的定夺者。有一次，我在将

三口之家

我父亲的歌曲《梦中人》续写成一首歌剧咏叹调式的大歌写作时，她随我的思绪变幻万千；演出时，则又随着歌声心潮翻腾起伏。最后，当歌者用全部激情迸发出最后的高潮："我的梦中的人儿呀，你在何处，你在何处？！"时，她与歌者、还有我，竟然情不自禁地同时流下了会心的热泪……

每个人都是一本书。结识一个人，就是读一本书；爱一人，更是在写一本书。在凌凌与我最初相识时，她的同龄人都在争阅琼瑶的小说。这时，我将茨威格的著作介绍给了她，希望她能通过阅读，开垦自己心中那片尚未开垦的处女地。她开始走进了茨威格。从《一个女人的二十四小时》里，她不但得知了一个浓缩离奇的传奇，更触及了一颗敏感细腻的女人心；而《象棋的故事》则又更将她沉淀到一派深邃的哲学思考。接着，她又如饥似渴地从白桦的小说、诗歌中，发现了一个令她震撼的中国知识分子与生俱有的忧患基因和苦难的心路历程。她在这些文字中，既找到了自己心灵深处的那片尚未被污染的绿洲，也通过这些间接的媒介，透视见她心中人的影像与足迹。她与经典作陪，经典也还赠给她以心灵的滋养。我呢，就是这样读懂与重写了她这一本“书”；而她呢？除了同样陪我“读写”之外，最为可贵的是，十八年来，她还对我始终如一地精心呵护，用她那喷射的青春，不断点燃我生命的火炬……

我幸福，我真幸福，因为我有那么多真正的朋友。而他们，就如同那钻石多彩的切面，使我的生命异彩纷呈，格外璀璨！

陈钢夫妇2010年出席纽约《玫瑰与蝴蝶》音乐会

第一章

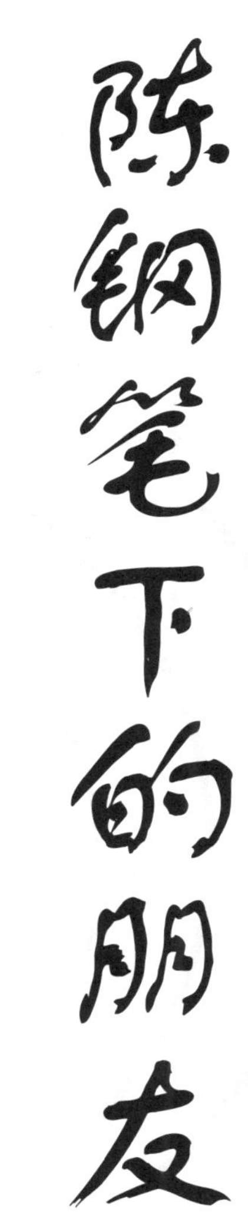

拥抱《梁祝》

陈 钢

2009年《梁祝》五十庆典

2009年《梁祝》诞生五十周年华诞，在北京的人民大会堂、国家大剧院和《梁祝》的诞生地——上海，都分别举行了隆重的纪念活动。每次演出完毕后，都有四个人登台与观众见面，那就是孟波、俞丽拿、何占豪和我。我们相拥而上，向观众致意，向祖国致敬——因为，《梁祝》就是在1959年国庆十周年时，上海音乐学院的青年学子，为年轻的共和国所献上的一份至真至爱的心礼。而在时过半世纪后，我们还都能站在这个舞台上与世同庆，那又是一番何等别样的心情呀！

拥抱孟波

我们搀扶着一位高龄九十有四的老人上台，与他一一拥抱。他就是孟波，当年上

海音乐学院的“执政官”、《梁祝》的决策者。就是他的“一圈一点”，决定了《梁祝》的命运。

1958年大跃进时，为了响应“民族化”、“群众化”的号召，上海音乐学院管弦系在刘品书记的领导下成立了一个“小提琴民族化实验小组”。他们试图探索演奏上的“民族风格”，如怎样将二胡中的滑音运用到小提琴演奏中来。为此，也相应改编过几首小曲，如《二泉映月》、《旱天雷》等。但当他们决定要写一首大型协奏曲为国庆十周年献礼时，就立即遇到了两个“瓶颈”——一是“题材”，二是“技能”。在火热的大跃进年代，其“主旋律”当然是三面红旗、大炼钢铁等等。可是，就在他们上报的三个题材——大炼钢铁、女民兵和《梁祝》中，孟波居然没有顺势而迎，而是逆流而动，冒着风险在“第三题材”——《梁祝》上圈了一圈，有了这一圈，才会有《梁祝》！

有了题材，可是谁来写，怎么写？当时“实验小组”的成员全是一批没有学过作曲的提琴学生，改编几首小品尚可，要驾驭一首交响结构的协奏曲则是完全不可能胜任之事。此时，我的恩师丁善德力荐我与何占豪合作，而当在党委会讨论此事有人反对“出身不好”的我参与创作时，也是孟波力排异议，坚持此举，这样，才可能有现在的《梁祝》问世。另外，在初稿完成后，孟波又提出了要写“化蝶”，因为这是爱情的升华，是中国式的、最浪漫的反抗！这一“点”，就点出了《梁祝》的“睛”！因为，“化蝶”是《梁祝》的精髓和灵魂，国外就将《梁祝》别称为《蝴蝶恋人》，美国的舞蹈家弗莱明就以“化蝶”为名，编了段冰上芭蕾舞……

拥抱何占豪

回忆当初创作时，我与何占豪的合作是非常融洽和默契的。虽然我们是偶然间从两股跑道上跑到一个中心点的，但基于我们有一种共同的“共和国情结”和将中国交响音乐推向世界的强烈愿望，所以创造了一个可谓“史无前例”的奇迹——《梁祝》！

何占豪是从“民族化”这个起点出发走向《梁祝》，而我则是从“国际化”这个视角来架构全局的。《梁祝》的主题音乐素材来自越剧唱腔，用何占豪的谦虚之言，是从尹桂芳和袁雪芬的唱腔中“偷”来的；而其最初的构想方式也是按戏剧情节渐次铺陈的叙事式思维。可是，交响音乐更需要的是恢宏气势与抒情写意的有机统一，和跌宕起伏、张弛有致的多层变化。从“工笔”到“写意”，不是思维的量变，而是质的飞跃。我们两人的合作，正好是成功地运用了交响音乐这种“世界语”，来讲述了一个中国古老的民间传说；用奏鸣曲的发展原则与戏剧性的叙述方式相结合的手法，创作了一部中西合璧、古今交融的协奏曲，而其感情的中轴线则是全人类共通的人性与爱。2007年，我出席了伦敦伊顿公学的一场《梁祝》演出。听众大凡为英国的绅士与淑女，他们既不知道梁山伯，也不认识祝英台，但听毕后全场起立，热烈鼓掌。欧洲凤凰台的记者告知我：“您可知道，楼上的老外都哭得稀里哗啦了……”所以，音乐，特别是交响音乐，它是一种超越语言文字、戏剧情节的写意之作，也是一种通过音乐本身而直击听众心灵的抽象艺术。就如一位诗人所言：“凡是语言

左起丁善德、何占豪、陈钢、孟波

止步的时候，音乐就开始了……”

一转眼，五十年过去了，五十年前的各种场景常会时时闪现。何占豪当年那种意气风发、斗志昂扬的亢奋神态，今天依然如故，煞是可爱。我呢，当然也改变不了过去那种连自己都觉得讨嫌的“呆头鹅”式的书生气！不过，世界是多元多彩的复合体，风格迥异，求同存异，岂不更好吗？

拥抱俞丽拿

俞丽拿（左）与陈钢

五十年前在上海兰心大戏院首演《梁祝》的十八岁的姑娘现在又站在人民大会堂的舞台上。我瞧着眼前满面笑容、踌躇满志的她，不禁想起了当年那个风风火火的假小子，我所爱称的“憨娘”。那时，我在作曲系“大四”，她在管弦系“大一”，一次上公共课时，她趁我离开教室的一刹那，竟然恶作剧地在我笔记本的封面上写下了三个大字：“呆头鹅！”后来，我好不容易找到了一个机会，给了她一个“对应的报复”，称她为“憨娘”（因为那时我爱称她的爱子、后来成为著名钢琴家的、憨厚老实的李坚为“憨大”）。当然，在赠予她这个爱称后，我立即作了个注解：“‘憨’者，专注执著也，是她专注执著的学术追求；‘憨’者，埋头苦干也，是她埋头苦干的实干精神；‘憨’者，大智若愚也，是她大智若愚的艺术造诣。”由于有这股

子“憨劲”，她才能将《梁祝》的每一个音符都吃透，演绎得出神入化，才能带领女子四重奏，勤学苦练，在国际比赛中为中国争得了殊荣。由于有这股子“憨劲”，她才能手把手、心连心地将一棵棵音乐苗子培育成金奖得主。今天，她依然犹如五十年前一样，亭亭玉立，倚琴抒情，我们从琴声中看到了一个永远的祝英台！

拥抱爱乐人

记得，在纪念《梁祝》五十周年音乐会结束后，我走出音乐厅时，一群听众一拥而上，要我签名留念。有一位姑娘从人群中挤到我面前说：“陈老师，我能不能拥抱你一下？”我说：“让我拥抱你吧！”“陈老师，你可知道我听了多少年《梁祝》？”她在提问后紧接着自己回答道：“二十五年！”“那你今年多大呀？”“二十六岁！”那么说，她是从一岁起就开始听《梁祝》了！这让我吃惊。有多少人从小就听《梁祝》，又有多少人的命运与《梁祝》紧密相连？我自己在《梁祝》问世后所经历过的两次“生命中不能承受之痛”，也都是一出出时代悲剧与社会悲剧和一千六百年前所传说的《梁祝哀史》的历史倒影。一是青涩的初恋，因“梁祝”式的不门当户对而被拆散，以致我与恋人最后在北海公园白塔上播放的《楼台会》乐声中诀别。二是当《梁祝》诞生后，远在白茅岭农场劳改的父亲，当他在电台广播中听到乐声后，一方面为儿子感到骄傲，另一方面他又无限感慨与惆怅。而最无情的是，当他提出要妈妈带一本我签名的总谱给他，并说他有些意见要告诉我时，我为了表示“站稳立场”、“划清界线”，竟然不敢在总谱上签上自己的——也是父亲所给予的名字，而不久后他就离开了人世，没有来得及告诉我他最后的意见……

《梁祝》是情的化身，可是在那个无情的年代，父子情、恋人情都被冷冷地割弃了！啊，情啊情，你在何方……

《梁祝》也是梦的化身，即使在那个火与剑交织的时代，怀着乌托邦情愫的我，始终在那个美丽的“蝴蝶梦”中寻找自己的理想王国。人是不能没有梦的，就像是梁山伯与祝英台那样，即使在人间不能结成双对，也要在天上自由飞翔……

拥抱新时代

无情的年代终于过去，改革开放的新时代终于来到。我们年轻的共和国在屡遭劫难后，又一次重逢新生、重吐新芽、重开新花。我，也才可能走出“牛棚”，重新铺开五线谱，放怀抒写人生，高歌《梁祝》中所歌颂的人性与爱。

我们要拥抱新时代，毕竟是它改变了整个中国，也改变了我的命运。美国小提琴大师艾萨克·斯特恩于1979年访问中国后拍了部荣获奥斯卡金奖的纪录片：《从毛泽东到莫扎特》。这个片名的寓意是很深刻的，中国从一个自闭、自恋，只有革命歌曲和“样板戏”的国家，终于回到了国际音乐大家庭，回到了童真的莫扎特和开放的《新世界交响曲》的语境。斯特恩那次访华时，特地来我家作客，他不但聆听了《梁祝》，还在自己的琴上试奏了《阳光照耀着塔什库尔干》的片断。1981年，我作为新中国首访美国与加拿大的作曲家，在纽约回访了斯特恩，并送了他一句摘自《乐记》的条幅：“情动于中故形于声。”我们在音乐中结识了异乡知音，也找到了感情共鸣。因为，人类毕竟有着共同的人性与承载着人性美的千言万语；而音乐更是如此，它可以跨越国家、民族与时代，直飞人心的末梢，直抵灵魂的深谷。

拥抱全世界

我们要拥抱全世界，因为世界也在拥抱《梁祝》。

《梁祝》的国际首演是在苏联，由曹鹏在1960年10月5日于莫斯科工会大厦圆柱大厅举行的庆祝中华人民共和国成立十一周年的晚会上，指挥著名的小提琴家鲍·格里斯登隆重献演，并在第二天再举行了一场“无观众音乐会”向国际直播。那天，正在兰州电影厂工作的惠玲，无意中打开了一架破收音机，突然听到了一个最亲、最熟的声音，那不正是她日思夜想的“夫君”曹鹏吗？他在讲话，在指挥《梁祝》，他正通过飞舞的彩蝶，传递他对亲人和故土的爱的致意……

《梁祝》又是日本小提琴家西崎崇子之最爱。是她为《梁祝》起了个外国名字：

《蝴蝶恋人》(The Butterfly Lovers)。她最爱蝴蝶，家里的墙与地毯上布满了蝴蝶，演出《梁祝》时还特制了“蝴蝶旗袍”。在《梁祝》诞生五十周年之际，她特地来信祝贺，将《梁祝》誉为20世纪最杰出的小提琴协奏曲，并说：“我深信《梁祝》作为一首真正的20世纪杰作，在未来的岁月里会更加受到全世界的欢迎。”杜梅与夏哈姆这两位国际级的小提琴大师都演奏过《梁祝》。2006年杜梅与中国爱乐乐团合作，在北京隆重献演了《梁祝》。身高两米的杜梅，低着头聚精会神地看着乐谱，一句句认真地演奏。曲毕，我还上台笑着对他祝贺道：“你是全世界最高的梁山伯！”并对记者说：“他演奏《梁祝》的意义超过他演奏得如何的本身。”至于吉尔·夏哈姆的演奏，则真可谓为一个精彩的国际范本。他将大幅度的戏剧变幻与细腻入微的东方色彩完美地融为一体，塑造了一个最像中国人的“洋祝英台”。

拥抱未来

五十年过去了，此时，我们心中可能都在不约而同地想着同一个念头：“多么幸运啊！半个世纪过去了，我们都还在‘话蝶’而没有‘化蝶’，都还作为《梁祝》的缔造者精彩地活着……”此时，我更是满怀感恩之情，感激《梁祝》，感激那诞生《梁祝》的纯情年代。那时，我们这些满怀赤子之心和报国之情的青年学子，渴求在中国那一片空寂的交响园地上披上新绿；而伟大的时代和年轻的新中国又需要自己的音乐之声。《梁祝》就是在那样的"天时、地利、人和"中诞生的。让我们拥抱《梁祝》,拥抱《梁祝》中所展现的清纯、浪漫与翩翩飞舞在天上人间的不了情!拥抱它所表达的终极思想,也就是用爱来拥抱世界和人类,拥抱未来!

(原刊于2009年5月17日《新民晚报》)

梦中人

陈　钢

生命是一张弓，而弓弦是梦想。

——罗曼·罗兰

梦是窗子，从里面看见了未来，用我们的灵魂的眼睛。

——裴多菲

秦怡是一个梦中人。前年，她推出了《千里寻梦》；去年，她又推出了《梦非梦》。她的绚丽的人生，就是由无数斑斓的梦缀联成的。《梦非梦》这部彩色故事片，像是滚动在玉盘中的大珠、小珠，展示了秦怡一连串的梦——人生梦、音乐梦和艺术梦……

人生梦

戏是人生酿成的，《梦非梦》也是一部以梦一般的人生酿成的一首电影散文诗和一段真实的艺术家的生涯。

《梦非梦》中的女主角颜蔚是位著名的歌剧演员，她在台上引吭高歌《蝴蝶夫人》和《茶花女》中的优美旋律；而在台下，却苦度着恶梦般的现实生活——丈夫惨遭车祸，女儿突然发疯，这一切是真是幻还是梦？

秦怡，她也曾苦度着恶梦般的现实生活。

电影里有个“小妹”，秦怡的身畔有个“小弟”。小妹病变，在幻觉中翩翩起舞；小弟发疯，连夜在屋子里奔走，喊叫……1965年，当秦怡的爱子突然发作精神病时，她觉得整个世界都要倒塌了！就像德莱塞在《巨人》中描写的那样：“她就像被火围住的蝎子一样，只能自身打转。”每天，她都揪着心从屋子的这头走到那头。白天，还要打扮得漂漂亮亮地应酬外事，下午三时就急急忙忙地赶往医院。医院规定家属必须在五时前离院，她只好央求医生，求他们让她轻轻地、不声不响地呆在那儿；等小弟睡着，帐子放下后，她才无力地望着医院里一道道上锁的门，伤心地往家走……

电影中有个小妹打妈妈的场景——妈妈回家后，突然被蒙着脸的小妹扑过来打翻在地。生活中的秦怡，也有过相同的境遇。1979年，她去福建拍摄《海外赤子》时，将孩子带在身边。天气热得灼人，小弟的病势也显得格外凶猛。她拍戏回去时，常被躲在门后的小弟劈头劈脑地打来，而她只顾得捂着脸（不然明天怎么拍戏呢？），听凭小弟的拳头像冰雹般的泻在她头上……“岁月给母亲带来忧愁，但未使她的爱减去半分”（华兹华斯：《玛格丽特的苦恼》），秦怡将她无穷无尽的爱之甘露，滴滴灌注在病孩的心田上，她相信即使是一个精神不健全的人，也是有爱的需求的。而“母爱是一种巨大的火焰”（罗曼·罗兰），她相信这支火焰一定能燃亮孩子的爱心！小弟

在清醒时，常会深情地注视着妈妈，有时，还会半夜里走进妈妈房中去看她。一天晚上，秦怡在灯下对孩子说："小弟啊，妈妈死了你怎么办？"小弟瞪了她一眼，摇摇头说："妈妈不会死的。"停了一下，他突然说："妈妈死了我也死！"……

秦怡平静地谈着她那些不平静的事，可周围的人被激动了。青岛作家王泽群三天里赶出了剧本，可是他说："真正的第一编剧不是我；而是生活中的本人——秦怡！"当然，剧本所表现的是秦怡又不是秦怡，它表现了一种比母爱更为博大的人情美和人性美，而它所点化的主题，也远远不止是一个个人的遭遇。

什么是艺术？"生活就是你的艺术，你把自己谱成乐曲。你的光阴就是十四行诗。"（奥斯卡·王尔德）

还想提一笔秦怡和小弟。

6月24日晚，北京大观园假日酒店的总经理和副总经理设"红楼宴"为《梦非梦》摄制组饯行。一道道红楼佳肴增添了这座红楼的"红味"。当细巧如指尖的小粽子上桌时，秦怡将它们小心地保藏起来，嫣然一笑道："对不起，我想带给儿子吃——本来今天要回上海和他一起过端午的，现在只能用粽子代替了……"

音乐梦

音乐是梦的艺术，也是交响化的戏剧。

为《梦非梦》涂上重彩，铸成高潮的两段戏，都是情感戏，更是音乐戏。

一段是精神病院的病女孩用口琴奏出《世上只有妈妈好》和众人合唱的动人情景。"有那么一件事。"秦怡说，"十多年前，一天，我照例到精神病院去看望我的孩子。当我正在为他忙碌不停的时候，忽然，从外面传来了一阵阵琴声。当时已是傍晚，在医院栅栏门外走廊的床位上，坐着一个十五六岁的小男孩，听说是念音乐中学的。他人虽小，口琴却吹得熟练而动听。他一首接一首地吹着，渐渐地，引来了大病房的病人。那几十个本来口呆目滞的病人，一步步都走向大栅栏门边——有的直瞪着出神的眼；有的趴在门条子的隙缝里，呆滞木讷的眼睛里颤动着闪亮的光；有的拍着手掌，踏着拍子，随着音乐的节奏轻轻地哼唱着，脸上露出奇异的微笑；还有的用祈求的目光冲着我叫：'妈妈，妈……'

不到一会儿工夫，栅栏门的上上下下都挤满了这些可怜的、心灵深处不知藏着什么怪异东西的病人。音乐在飞续着，他们的嘴唇在轻轻翕动，眼光也在闪耀……这时，我真是无法克制自己的感情，此情此景使我真切地感到，这些精神病患者，他们同样地向往美好的生活，同样地需要爱——特别是母爱！”

秦怡的这段话是这场戏的原型和基调。整场戏没有一句对白，只有《世上只有妈妈好》的乐声。“人们听到的最美的声音来自母亲，来自家乡，来自天堂。”（威·布朗：《母亲·家庭·天堂》）母爱，就是这部戏要传达的最强音！

另一段戏是剧终时小妹跑上二十八层高楼楼顶，在幻听幻觉中爬出栏杆时，颜蔚用歌声将她吸引回来的惊险场景。在一大段惊心动魄的快速音乐奏过后，妈妈先是低哼《蝴蝶夫人》中的《你，我多么爱你，我最可爱的宝贝》，再是轻唱那首孩子最爱听的歌：《在那晴朗的一天》，将孩子从痴梦中唤醒，这是全剧的高潮，也是音乐的情感暴发点！

用《蝴蝶夫人》贯穿全剧，不仅是因为可以借此点明女主角的歌剧演员身份和渲染影片的悲剧色彩，同时也是“圆”秦怡的“音乐梦”。

秦怡是那样至诚地爱着音乐。年轻时，她学过钢琴，练过嗓子，当过合唱队员，还常爱随爸爸到大光明电影院去听交响音乐会。电影《无名氏》和《两家春》中的主题歌都是作为女主角的她自己演唱的。在《花轿泪》中，她扮演女钢琴家琴丽，在巴黎的一所剧院里，她在法国交响乐队的协奏下，奏响了《梁祝》钢琴协奏曲。气度非凡，华贵雍容。最感人肺腑的一幕是当她朗诵《钢琴伴诵——鲁妈的独白》时，与音乐水乳交融，丝丝入扣；既忆述了鲁妈在周府中的辛酸往事，又呐喊出怨恨交加的控诉，宛如于无声处闻惊雷！秦怡的这出音乐—戏剧朗诵，诵遍了天南地北，从大同煤矿到新加坡，都留下了她的泪痕与声迹……

《梦非梦》中女主角的身份，原来拟定为话剧演员或电影演员，是秦怡自己把她改为歌剧演员，而且是唱《蝴蝶夫人》的女高音的——她那么爱《蝴蝶夫人》，可能是因为它那浓郁的人性内涵和悲剧情怀。秦怡的老友张瑞芳在得知她要演歌剧时，好心地劝阻她“莫砸锅”；可是，在看了影片后，她高兴了，也放心了。当然，谁也不知道，秦怡在“圆”这个音乐梦时所挥洒的心血——她既要掌握《蝴蝶夫人》和《茶花女》

的气度身份，还要掌握意大利语、口型位置和动作调度，可谓“一心四顾”！可以不无自豪地说：她是中国第一个出演意大利歌剧的电影演员！

艺术梦

《梦非梦》成功了！

《梦非梦》在北京首映时，就像是一朵盛开在初夏的鲜花！

从中南海到天桥闹市，观众们都被电影中爱心的磁场吸住了。江泽民在看完影片后跟秦怡握手说：“演得好，演得好，是部好片子！”他还认为，影片表演非常朴素，极其真实动人；影片充满了爱心，体现了母爱及人与人之间应有的爱护、关心。他对秦怡本人也有与剧中人类似的经历很同情，对秦怡对生活的热爱和对艺术的追求表示慰问并要她转达对刘琼的慰问。邓朴方坐着轮椅来参加首映式。前一天晚上，他陪小平同志看了这部影片，看完后他很激动，盛赞演员的表演投入，并语重心长地说：“现在我们进入了市场经济，也讲商品，但是我们不能把珍贵的东西给丢掉了！不然，就太寒冷了！”八十高龄的“老电影”陈荒煤也来了！他一开始就说：“人说荒煤不会笑，老是板着脸，可是今天看电影时，我多次掉了泪……”著名的文艺理论家李准认为《梦非梦》不但表现了对人类共同美——人性美的一种追求，也歌颂了富有时代特色和中华民族特色的母爱，是一部真正称得上高雅的、严肃的、能够陶冶人们高尚情操、非常具有感染力的优秀作品。最令人感动的是电影散场后，天桥的老乡们还齐聚在门口等候着秦怡、刘琼；他们的脸上还挂着没干透的泪痕……

秦怡、刘琼（右）《梦非梦》剧照

首映式上，主持人穆

怀虎用他嘹亮的话剧演员嗓门对着秦怡说:“我想问您,您七十一高龄了,居然跑到二十八层高楼的平台边沿上拍戏,你不怕危险吗?”“危险当然是有的。”秦怡淡然一笑说,“不过拍戏就像上战场,演员就像战士,导演一声令下,说干什么就干什么,哪里还顾得上这儿危险,那儿危险呢?几十年来都是这样。”是的,秦怡在高楼拍戏时,正好脚趾开了刀,可是她还要穿着高跟鞋,顶着大风在屋顶行走。风从东吹来,她就往西靠;风从西刮来,她就往东倒;风再大,她就往下蹲……她想到的只是一步步走向女儿……“那么秦怡老师,你在拍摄《梦非梦》中雨中晕倒的镜头时,居然在寒冬腊月里用消防车的几个龙头同时往你身上浇水。你——不怕冷吗?”“冷总是冷的。”秦怡还是淡然一笑,“可是生活里的母亲,为了自己的儿女,为了帮助别人,做的事要比这多得多了,浇点水又算得什么?!”

回答得多好啊!全场响起了一阵阵的掌声。

是的,就像秦怡所说的:“几十年来都是这样。”

秦怡创造了一个“令人百看不厌的角色,而不是角色中的自己”。她和刘琼已是第四次合作了,他们的表演自然、朴素、真诚、动情,不加矫饰、不留痕迹地将形象深深地种在人们的心中,令人久久不能忘怀。秦怡的眼睛则永远是她心迹的银幕和美的象征,在《梦非梦》中,她选用了“超语言”、“超动作”的眼神,淋漓尽致地表达了母亲的焦虑、爱抚、企盼和痛苦。

《梦非梦》成功了,秦怡将从一个梦跨到另一个梦。“一切活动家都是梦想者。”(詹·哈尼亚)而梦中人是不会老的。因为梦就是追求,梦就是希望,而“希望和青春是同胞兄弟。”(雪莱)

“莫道桑榆晚,为霞尚满天”。多做几个梦吧,我们可敬可爱的老艺术家,我们的梦中人!

(原刊于1993年7月22日《中国电影周报》)

(**秦怡:** 著名电影表演艺术家,陈钢称之为“最‘老’的朋友”。早在1946年,她就与十余岁的陈钢在电影《遥远的爱》中首度合作。1982年后,秦怡又与陈钢再度合作了钢琴伴诵《鲁妈的独白》和电影《梦非梦》。)

冰玫瑰

陈　钢

蝴蝶梦

“她是李乐诗——十八子‘李’，快乐的‘乐’，诗歌的‘诗’——哦，对了！她是首快乐的诗！”香港电台的“点将台”就这样“点”出了李乐诗的名字；但是，却忘了介绍她的英文名字：“rebecca”——也就是电影《蝴蝶梦》中的那个“吕贝卡”！

她是只蝴蝶，是只爱发梦的蝴蝶。“晚上，我常常仰望天穹，数着星星，神秘的苍天引起了我无数的遐想，这世界到底有多大？……“我还是像小的时候一样，往往仰头数看天上的星星，低头看着地球仪上大大小小的陆地海洋，向往那些我还没有涉足的地方，然后计划一个个我未来的去处。”

李乐诗

从小，地球仪就从她指尖的这端流转到那端，每一个地名都会引起她无边无际的遐想——纽约的街，可能是弯弯曲曲的路；爪哇么？少不了有许多长着爪的动物；至于巴黎的香榭丽大道，那一定满街花香了……长大后，她背起背囊、睡袋，在二十年中飞遍了七大洲五大洋八十多个国家和地区——从香港、台湾到欧、非、亚、美，从世界屋脊西藏到人烟稀少的撒哈拉大沙漠。“而旅行高峰是去南极北极之旅；地球仪的南端与北端是垂直相对的，是地球的极端，这两片土地产生了多少神话。是我心仪已久的土地。我终于有机会踏足这两端了，那种满足的心情，那种心胸的开阔，我好像张开了理想的翅膀在飞翔……”

李乐诗是从24岁起开始她的“自助旅行”的。她生于广东，在香港长大，可以说是地道的香港“土著居民”；可是，香港对于这位怀抱地球的姑娘来说是太小太小了！她要飞出这座小岛，飞向世界，飞到地球上每一个向往的地方。她出发的第一站是台湾。当眼前掠过阿里山的日出，连绵起伏的中央山脉和环绕着宝岛的那一望无际的大海时，她心中不断闪烁着山水画的墨斑绿迹；更是躁动着那一颗思念祖国大陆的赤子心——她多么想早日回来看看呀！1978年，中国一开放，她就随着一个香港美术代表团回到了魂牵梦萦的祖国大陆观光——渡过玉门关，跋涉戈壁滩，在鸣沙山上探寻文明的足迹；然后，又沿着中华民族的摇篮——黄河，走出河套，在黄陵缅怀炎黄祖先缔造故国的业绩；出山海关，到辽东，面对渤海湾的茫茫沧海，拜读祖先与海外交往的盛世史实……

“后来，我独自回国，希望重游梦之故乡，呼吸乡土的气息，欣赏如画的大自然。可惜我的幻梦成泡影。发生在我身上的竟是一连串不如意的事——我不理解这里的生活方式、交通设施、旅游业、酒店业等，我看到的事物教我茫然若失。我黯然回港，但又不甘心！这个比其他世界美景更胜一筹的国家，应该是可以改善的！为此，我下决心尽我所能去做我自己能力所及的事。十二年来，我推广不少旅游的信息，编书及出版，展览及讲座。我痴痴地干！”（见李乐诗：《南极札记》）

人是不能没有梦的，而梦蝴蝶的蝴蝶梦又是永远不会破灭的。因为，她是“吕贝卡”；因为——就像她对我说的，她从小就爱听《梁祝》小提琴协奏曲，而那不也正是一曲《蝴蝶梦》吗？1990年她在赴南极的途中，寄了一张盖有“南极中国长城站”邮戳的明信片给我，上面写着：“我把《梁祝》带到南极，太美了！可惜冰川太厚，天气太冷，蝴蝶不在花不开……”后来，还带了件绣有蝴蝶的T恤衫给我，并在那洁白的信笺上写了四个大字：

“生命如蝶！”

冰玫瑰

霜凝，雪飞，冰裂声声脆，
晓寒袭人，啊，这儿多么美！
小树丛披一身纯白的火焰，——
一束令人目眩的冰玫瑰。

——阿赫玛托娃

这首诗，正是李乐诗在南极“中国长城站”升旗时的图像——蓝天白雪，五星红旗从一位中国女子的手中冉冉升起，真是“万里白中一点红”！而那位奇女子，连着宛若自她身上直升的红旗，也真像是一朵冰上绽开的红玫瑰。啊，冰——玫——瑰！

“背囊、睡袋，走天下”的李乐诗，在她的背囊上永远闪着“一点红”——那面小小的五星红旗标志着她那颗无限大的中国心。在日本，青年旅馆的服务生见到她这点“红”，就特地在她房间里插上一面小五星红旗；而她藏在心底很久很久的一个梦，就是亲手将这面旗在地球的极地高高升起！

古希腊时，曾有人想象南北极是位于地球南北两端的神秘大地，可从未有人涉足过那里。18世纪中叶，伟大的英国探险家詹姆斯·库克船长虽曾三次勇闯南极圈，但始终没有到达极地；后来，探险英雄们才实现了这个梦。现在，1985年11月20日，当这位来自香港的李乐诗，幸运地获得中国南极考察委员会的批准，成为第一个踏足南极长城站的中国女性时，她又怎能不激动呢？当她跨上位于乔治王岛的“中国长城站”的土地时，禁不住满含热泪跪伏在地，亲吻着双手捧起的一堆白雪——这个献给南极大地的初吻，就像肖邦离开波兰时捧起一撮故土时的最后一吻一样，都是献给祖国母亲的亲吻！想当初，由于中国在南极没有科学考察站，代表团在参加南极条约会议时，竟被赶到会场外面的走廊去喝咖啡，乐诗也曾为这民族的屈辱失声痛哭过；今天，她又泪流不止，可是，这是幸福的泪、自豪的泪、英雄的泪……

她焦急地等候着太阳。等了五天，才等到了阳光的灿烂——于是，急忙套上风褛，戴上帽子和手套、眼镜，穿上鞋子，将两只照相机往身上一挂，就连跳带跑地冲了出去。在长城站的入口处，她拿起国旗，跑步到正门前的旗杆下，屏息静气，立——正！

她，心中轻轻地哼着国歌；她，不熟练地但又非常庄严地将国旗缓缓升起……当国旗迎风而上，在蓝天上高高飘扬时，她心中有一种难以言状的满足与自豪感。“从小我就渴望着在我生命中有这么一天，我要亲手升一次国旗，这一次，我梦幻成真了！”

升了国旗，又竖路标。

南极是一片茫茫雪原，没有居民，没有交通，当然也没有路标。可是，在长城站外，却有一根钉着满满的路牌的木柱，上面是李乐诗用油漆标注的南极洲与中国各大城市的距离——南极洲至北京一万七千五百零公里，南极洲至香港一万五千五百五十一公里……这是为了不忘却这段新开发的新路和“心路”，与祖国的条条大路息息相通！这些指示牌中有一些是李乐诗在长城站外的山坡上写的，而在风雪中用一只手书写漆字时，写上几笔手就会冻僵，关节也会作痛，那一字一笔都是要付出代价的呀！于是，她写上一回，就要将手伸进风褛里，用心窝暖暖手，让手指重新缓缓地活动起来。那些遥指前方的路牌似乎在向全世界宣告：“我们的道路四通八达，我们的心也飞向理想的天地！”

插一段趣话。

李乐诗在寻找。她试图在“中山站”（我国在继“长城站”之后在南极建造的第二个科学考察站）面对的“中山湾”中，寻找一块尚未命名的海岛——结果，在“希望湾”附近，对着“探险角”，刚好还有一座这样的小岛。李乐诗瞅了瞅同伴刘小汉说：“这个岛就给香港吧！我——就是这个岛的第一位女总督！”

石子恋

在我的纪念品柜里，放着一块石头——那是李乐诗赠我的南极石。

“一片贞石赠君知。”李乐诗写道，“我把一小块方石放在透明的盒子里，赠送给我的朋友。这不仅是一种纪念品，而是一件高贵的礼物，一方贞石，它包含我的心血，我的信心，我的意志，我的期待。你拿着它，想象它经过冰盖重压的痛苦，经过砭入肌肤冰雪的侵蚀，想象它的忠贞，小小的贞石，你多伟大，我赠送给朋友们，期待我们也一样忠贞，一样清操砺冰雪、鬼神泣壮烈！”

在我的纪念品柜里，还放着几根游丝般的细草——那是李乐诗从南极为我带来的“地衣”。她告诉我，它可以在零下180℃的气温下存活千年！清代有两首咏颂青苔的诗，一曰：“幽绝无人见，青苔作小花。”二曰：“微根欲知断，轻丝似更联。”在李乐诗的视角中，一石一草皆有情。那些在悬崖隙缝中挣脱而出的绿色的海藻和金黄色的苔藓，相呴以湿，相濡以沫，盘根错节，紧相结攀，用自己顽强的小生命与风雪搏斗。极地的恶劣环境可以毁灭冰川期的恐龙和巨鲸，却无法吞噬这小小的生命！

在李乐诗的镜头里，企鹅是可敬的“南极绅士”。它们是含情默对，长相厮守的“一夫一妻”；在孵育小企鹅时，几千只雄企鹅紧挨在一起，排成一个大屏障，抵御着零下50℃的严寒。整整60天里，它们不眠不食，屹然不动；在漫漫的冬日长夜里孵育出幼企鹅。海豹则是“南极骄子”。它们时而仰天长啸，壮怀激烈，时而嬉戏游耍，雀跃欢腾。不过，雄海豹不像企鹅那样，它们大多多妻多妾，浪漫多情……

阿乐啊阿乐，你就是企鹅，你就是海豹，你真是一个自然界的大情人！

一个在石头中窥见生命的律动，在动物里看到灵性的女子，对于人，就更会呈献出一颗拳拳赤子之心。在北极，她与爱斯基摩人同住冰屋，同吃生肉，同驾雪橇去狩猎。从那些男的狩猎高手与女的制皮巧匠的身上，她看到了真正的爱斯基摩精神——爱斯基摩（Eskimos）这词的原意为“吞食生肉的人”，但他们却自称是“因努克”，意即“高尚的人”；而他们也真正是高尚的人——男子汉们出海狩猎，不知能否生还，却还是乐观地接受大自然的挑战；妇女们则一面缝衣制革，一面准备随时接受生死断肠的噩耗。而爱斯基摩人也将李乐诗看成是同种同族，同一个村里人！

与死神拔河

“南极，那是与死神拔河的地方！反射的白光会使你变成盲女，那浮冰会突然下陷……”

1985年9月，当李乐诗向“中国南极考察站”提出申请去南极时，队长冷峻地对她说道。

“勇敢地行，死而后已！”这是她心中的回答。

在我面前浮现出高仓健在电影《南极物语》中的组组镜头。他在剧中饰演一个南极观察队的养犬员，因南极暴风雨造成的重重困难，无奈将15只爱犬留在南极，只身回到日本。事后阿健回忆当时的拍摄情景：

“在南极，遇到了暴风雨袭击，是睡在帐篷里的时候。只听‘呼——呼——呼’，狂风不休，撼动大地。帐篷发出可怕的怪叫，好像恶魔在叩打。也许帐篷会这样掉下去。我担心着，慢慢睡着了。与其说是入睡，不如说是冻得失去了知觉。

“不知过了多久，啊——，我睁开了眼睛。身子和睡袋冻成一块，在冰床上摇晃着，帐篷被风撕得无形无踪。我刚想站起来，马上就像挨了一闷棍，又倒在地。将近零下40℃的极寒中，靠睡袋在冰上躺了四个钟头……”

恐惧，寒冷，我突然想到了死：“莫非就这样死去？”

阿乐面临着阿健同样的体验。

南极有许多冰川雪山，也有许多斜坡陷阱，在日照17小时的夏日阳光晒射下，雪松了，冰融了，稍一不慎，就会踩进看来似是雪地的冰湖中。初到南极的李乐诗，在过斜坡时，就一次次地从雪车上被摔抛出来，滚进雪地。她说，这是“雪山陷阱”。

裹围在冰天雪地里的极地岩石，经常年风化腐蚀后，变成松软的烂泥浆，可表面看起来依然如“石头山”的模样——这可叫“海枯石烂”，李乐诗这样说。有一次她在沿途摄影时，突然陷入了石泥烂浆。那时，她首先想到的是保护照相器材。她不能用力“自拔”，因为那样会陷得更深；她只能将整个身子扑下去，手向前伸直，让身体大面积接触地面，以减轻双脚的压力，然后等待救援。“此时，我真正体会到泥足深陷的痛苦！”李乐诗回忆道。后来，正当她继续下沉时，队员们及时赶过来救起了她；当她拔出双脚时，长筒靴和绒袜已被深深地埋在石泥之中……

1986年夏，她在第一次考察南极的八个月后，又转飞北极。最后一个目的地是爱斯基摩村。起飞时风平浪静，但旋即冰雪横飞，狂风怒号，小小的直升机像断了线的风筝、失了群的孤雁一样颠簸，上下抖动，随风起落。飞机不能着陆，油却几乎耗尽，低头一看，下面是一片半融化的冰海。“我蓦然想起，今天是我的生日，心中回旋着一股股的激流。难道，我会踏上往昔北极探险家牺牲的足迹前仆后继吗？我想起，我实现了南极梦幻了，成为中国第一个踏足南极长城站的女性；如今，我踏进北极圈，难道我会甘心到此为止吗？……”后来，飞机终于越过了重重云雾，冲破万顷风暴，看到点点村落了……

今年3月，在第三次南极之行的归途中，她又险遭灭顶之灾……

中国抗冰船“极地号”在驶入西风带时，遇上了“极地号”自航达南极以来经历的最大的一次风浪，比过好望角时还大得多！150米长的“极地号”忽而被12级的台风和20米高的巨浪高高托起，忽而跃上峰顶，忽而又埋头猛冲，直插深谷。驾驶台上漆黑一片，鸦雀无声，只有滚滚白浪的呼啸。突然，巨浪打翻了后甲板的蒸气锅，并直冲离水面12米以上的二层甲板，将后门连门框一起打碎。水流涌至房门，继而泻入下层甲板。几吨重的缆绳大部分被抛入海中，随时都会发生绕住螺旋桨的危险……

船员们纷纷走进李乐诗的房间。有的刮净胡子，穿上新衣；有的手中紧捏着家人的照片，要李乐诗看：“阿乐，你看——这是我结婚三年的妻子，这是我的孩子……”这是海葬前人性的映辉和爱的眷恋呀！

“那么，你呢，阿乐？你当时怎么样？”后来我问李乐诗。

“我当时难过极了——不是为了自己，而是为了我们这些科学精英。我真不愿见到他们付出生命的代价为南极而牺牲。至于我，我并不怕，也没想到自己；因为，死亡对于我来说，不是一次、两次，而是随时可能发生的事。反正我一生没有浪费自己，也没有对不起别人，要我在四十几岁时死去——OK！”

“当狂风怒浪像发疯般地翻腾咆哮时，我的心却非常非常地平静。我只有一个遗憾：怕是此后再也不能回南极了……”

在那最险的一刹那，狂风掀翻了桌上所有的物品，李乐诗一手死拉着桌子，一手握笔向香港《文汇报》发出最后的电传：“我……们……遇……险……”最后她写道：“我不再写了，如果发生什么事，北京会通知你们的……”

今春，在她从北极平安归来时，我们又谈到了生与死，谈到了“与死神拔河”。她总是那么平静，像是什么都没发生过似的。6月里的一个夜晚，她突然写了封题为“生死一线”的信给我。信中写道：

“……生死于我，并不看得重，生当然是最美好，然而重要在‘活’要有意义，要有贡献，否则生不如死。死对于我并不可怕，若到生命尽头，我愿意安息。不过，若在病中难治，唯一希望即是人道解决，自行了结。

“人生旅途上，多次险境了，如今，只望多点时间，珍惜光阴，多做点事，那死也安慰。“陈教授，现在是凌晨三时，想了很多生生死死的问题，片言短语。

“今次，第七次考察队在过西风带时也在生死一线中，我庆幸能生存。但愿我能尽全力为南极事业作出贡献，无悔一生，也无悔上天给我的恩赐……”

在信尾，她又加了句：“死后若能在极地的冰雪下多宁静，可以静听寒音，似远似近，似真似假……”

读到这里，我的眼睛润湿了……

李乐诗高度

作文、作曲，都要讲究个“度”字。力度、速度、深度、广度、色彩度、对比度……而李乐诗却有着一个他人所没有的“人生高度”——“李乐诗高度”。

初见阿乐，甚感“无度”——她的风度不那么“翩翩”，普普通通，平平常常。说起话来不轻不响，不快不慢，用我们音乐行话来说，始终维系在“*mezzo*”（中庸）的“度”上。——速度：*moderato*（中速），力度：“*mf*”或“*mp*”（中强或中弱），只有在她豁然大笑时，才像是一声“*sf*”（特强）的晴天霹雳……

一切高度都始于零。“理想出自梦幻，而梦幻又是一切从零开始，千里之行，始于足下。”李乐诗的高度就是从零开始，就像她的万里远程是从孤身独行开始一样。

一切高度都始于零，而李乐诗的高度却又非从零起始，她是从一种“高度”跃往另一种“高度”——从一座浮华虚幻的“假山顶”跨向崇高充盈的真正的人生顶峰的。

她曾示我一张“人生设计图”，那张自幼就为自己的一生绘制的蓝图——五岁至二十岁，对光、形、色彩有强烈的感应，对人生充满着好奇、幻想和美梦，并开始学习绘画与美术设计。二十岁至四十岁是“广告生活”时期，用她独特的美学视角与丰富的人生经验涉足广告行业。然后，在四十岁以后，重返画坛，做自己想做的工作。她这样想了，也这样实现了。在香港的滚滚红尘中，她已经走出了一条耀眼的路——先师从名画家周公理学画，又在香港理工学院和香港大学进修艺术和设计；以后，又创办了“庆元设计有限公司”和“海珠出版社”，设计了香港第一本旅行杂志——国泰航空公司的《DISCOVERY》和第一本海上杂志《海珠》。她设计过很多重要的海报、会标——1976年香港环球小姐选美时，就采用了她设计、以香港作背景、在一座维纳斯石膏像上斜挂着“MISS UNIVERES”（环球小姐）字样的会标。在广告界她也春风得意，老板们竞相带着她去参加商业谈判，因为在现场她能根据谈判意向当场画出设计草图。在涉足电影美术设计的领域后，她又连连得胜——1980年荣获“香港电影双周”最佳美术指导的殊荣，过了十年，在1990年时，她所担任美术指导的电影《滚滚红尘》，又获得了台湾的金马奖。这部电影的人物造型、服装设计全系出自她手，为了了解20世纪四十年代的东北，她特地到黑龙江去看外景，还读了许多萧红的小说，从中了解当地的风俗人情。在花了三天三夜完成全部案头工作并移交给副导演执行后，她才急匆匆地赶往北极去了。以后，在一艘澳大利亚的船上偶然翻阅报纸时，她才得知《滚滚红尘》的美术指导荣获大奖，而得主的名字却换成了那位对美工一窍不通，但却精于算计的制片……愕然之际，她深深品味到现实世界的“滚滚红尘”是多么的污秽、混浊！

“香港有充分的物质享受，金钱与权势，把人打扮得花枝招展，也可使人拥有权威。而我经过两次南极、一次北极的磨炼后，我理解到人的生存价值并不在于物质，而在于一种高尚的精神境界，人生是一种奉献，而这种奉献应该是无我无私的，就像那亿万年积存的南极冰川，一片冰心，洁白无私，永不消融……”李乐诗在《南北极足音》中这样坦露自己的心迹！

是的，极地之行是李乐诗“人生的里程碑”。为了去南极，她辞谢了美国一家大广告公司的重聘，卖掉了一千多英尺的大房子，搬进了一间小屋，用这些钱作经费开始了她那苦行僧式的“背囊、睡袋走天下”的“自助旅行”。在物质与精神这“两极”中，她选择了后者；而当她一登上南极，以后又将一块南极土放到北极带时，她就成为第一个脚踩地球两极的中国女性。“我经历了一种地域上、时间上、空间上的变化，也给自己的人生观念一种严肃的思考。”

在南极，垃圾都得带回本国处理，不能有任何一点遗留，不准烧毁或随地处理；如果谁在雪地上拣到刻有哪一个国家标志的垃圾，那个国家就会在南极丢丑！“没有污染的理念世界，使我心情激动不已。如果每个人的心灵都像南极大地，世界上该多么和谐！”李乐诗不无感慨地说：“南极是一片没有争斗的圣地，人们和平相处，在白雪中相互扶持。所以，各站之间都建立了友谊。我们每次访问其他站时，我总带着明信片或信封，在该站盖上邮戳，这是我平生中最为有意义的集邮。”她拿出她自己出版的一集《南极梦幻》图片，上面盖着各国考察站的邮戳——苏联站、智利站、乌拉圭站等等，所有站的邮戳都各有不同的特色，除文字不同之外，图案也各显其美，有企鹅标志的，有船舶标志的……她还告诉我，长城站过去半个多小时就是苏联站。有一次他们要做面包而没有面粉时，我们把自己储存的唯一几包面粉赠送给他们，我们自己吃大米而不做面条饺子了；可是在我们需要大铁桶时，他们也就立即将铁桶送了过来……

南极是个生命跃动而又险阻重重的地方，人类在大自然面前表现出顽强的斗志，但也显得多么渺小和无助！“在南大洋西风带的气旋恶浪中，一万三千吨的抗冰考察船‘极地号’，也不过像一片小小的树叶，听天由命地随波逐流。”“也许，只有飓风震耳欲聋地轰鸣，酷寒使四肢快要麻木的时候，人才能切身体会到自然力量的强大和无情，才能心悦诚服地承认：人类在大自然面前是多么弱小。”在一望无际的极地，她深感天地之无限和人的“物质值”的有限，更觉人生的荣华富贵宛如流萤浮梦，一闪即逝。一个人，活在世上就应该赋予自己的存在以价值，而那最高的价值就是——奉献！多少年来，我们在苦苦地寻找白求恩、张思德……现在蓦然回首，伊人正在灯火阑珊处。她，就是李乐诗——一个高尚的人，纯粹的人，脱离了低级趣味的人！她摒弃了俯拾皆是的浮华富贵，孤身独行，去追寻一个洁白无私的理念世界；她用脚踩地球两端的巨大力量，证明现代女性的价值和魅力！阿乐啊阿乐，我想献给你一首诗，一首全世界最短的、但寓意最深的诗：

我用无垠
把我照亮
——意·翁加雷蒂

白色力量

今春，当李乐诗第三次从南极返回时，她向全世界宣布了一个“大科学色彩的新观念”——“白色力量”（the white power）。

她先以美术家的视角勾出四种颜色，代表四种“力量”：

“绿色力量”——大地母亲。

“红色力量”——战争动乱。

“黑色力量”——矿产资源。

“白色力量”——冰雪世界。

接着，开始了她的阐述：

“由于‘红色力量’和‘黑色力量’的侵蚀破坏，‘绿色力量’正在一天天消退；酸雨、干旱、洪水、森林消失、田园沙漠化等种种问题接踵而来；而那极地的皑皑白雪，本是保护‘绿色力量’的白色女神，它储存了地球上90%以上的冰雪，这百年来盖罩极地的厚达二千至四千八百米的冰封，一旦在温室效应升高后，就会融化解冻，那时就会使地球的海平面猛升60米高，而温柔、沉静的‘白色女神’，也将变成一支可怕的‘白色力量’，将地球上两千万平方公里的土地淹没！人啊人，你们是否还想迎接一个新的冰川期，期待着出现一艘新的‘方舟’？！”

在她眉宇间，显露出少见的严峻和焦虑。她告诉我，当她在南极见到冰山裂、冰柱断的情景时，马上就担心上海和江南会发大水；因为这里的地势低，水位高。“你知道吗？”她望了望天，又看了看地，“在南极，可以清楚地感到，臭氧洞越来越大，紫外线可以直射人体。绿色大地是人类的母亲，可是现代‘文明人’却贪得无厌地摧残它，掠夺它，树林被大片大片地砍掉了去换取外汇，土地在不断流失，水位在不断升高，这样做的最后结果，就是砍掉我们自己！今年的洪水泛滥就是‘白色力量’的一次报复和警告！”我似乎看见她双手高举着一块白色的牌子，上面写着伏契克的一句名言：

“人们，我是爱你们的，你们可要警惕啊！”

今天，1991年11月6日，星期三，李乐诗正在上海。这位来自极地的“白色女神”，一次又一次向我们发出了“白色警号”！明年，她又要打起背囊、睡袋，带引从未去过北极的中国男子出征了！

“下一步还是继续走，走更多的国家。等到有一天扛不动照相机，再也走不动时，再安定下来。那时，我将重新拿起画笔……”

那么，你就走吧！因为“吕贝卡”是留不住的。只是，路上得格外留神，格外小心。你——一定得平平安安地回来！因为，我们都等着你，我们都需要你，我们都爱你——我们的白色女神，rebecca！

后　　记

就在这篇文章发表的同时，李乐诗在上海举行了多次报告会，其中有一次是在华东政法学院。挤满课堂的那些未来的“法官”们，没有半丁点儿“法”的威严和“官”的神气；这些满脸稚气的大学生们，那么真诚地渴望从这位大姐姐身上汲取一种“南极力量”，那次报告会，我也去了。报告会后不久，乐诗去纽约拍电影，在那儿寄来了一封厚厚的信——全是那次报告会上学生的留言；而她自己的书信，只是一页短笺：

“陈教授，你好！

我已在纽约开始工作了，一切顺利。

华东政法学院讲座，感谢你的出席，我有说不出的激动，学生也同样的高兴。

中国的青年很可爱，只要我们能以心比心，给予多点爱心。人总有情，法律也是人情。在这天晚上，我们感受到了。

谢谢你！

纽约的工作室中，又在播《梁祝》。在此顺祝音乐随超音波转送到你处。

谨祝

快乐

乐敬

1991年11月18日

附上学生留言，与您分享。”

再打开学生留言，就像那绽开的朵朵鲜花，清沁可人，也像是阿乐心壁的回声：

“我将永远记住今晚！”

“我喜欢三毛，但更喜欢你！”

“你是白色世界里最美的一首诗！”

“乐诗，希望有一天我也能成为你！”

又翻开一页，那是封用一行行秀丽的蝇头小字密密麻麻写的信：

“——致乐诗

你是一首永不乏味的诗歌，每一句都是一条欢乐的小溪。你是一只走南闯北的蝴蝶，用你美丽的色彩去点缀寂寞的冰雪。你跋涉的理想是一条直线，没有终点；你柔弱的身影是一片世纪的白帆，只要有风你便远航。

岁月从你的脚下匆匆流过，你总是那么执拗，执拗地读着大地。你的足迹告诉我，谁能读懂大地，便是读懂了你，谁能读懂大地，也便读懂了自己。

或许，你的现实本是属于人类的梦想。当你迈出远游的双脚，你行囊里装的已不再是那份超脱都市的浪漫。你走向了宇宙的坐标，为了那份永恒的渴望。当你亲吻着南极的冰雪，当你领略着北极的风光，你当然明白那一瞬的壮丽都是一种生命的超越。

你曾在长城思索民族的沧桑——背影凝成一尊历史的塑像；你曾从极地带回人类的罪孽——目光流露出越来越浓的忧患。只因为你是地球的女儿，你对大地的那份恋情永不会褪色；只因为你是巨龙的传人，你脉搏里流动的永远是那不屈的热血。

谁说生命是你追求的旅程，旅程更是你追求的生命。你注定是一只以蓝天为家的鸽子，翱翔是你不变的信仰，永远。”

最令人感动的一幕，是那次报告会后，一位不愿透露姓名的女同学托人捎上一条长围巾，那是她在一天中赶结出来的，让阿乐姐姐去南极时戴上，那样会冷得好一些。

后来我才知道，李乐诗那天晚上整夜没阖上眼，她将那条又长又暖的围巾盖在身上，翻来覆去地看着上面绣着花的名字：

"rebecca！"……

（原刊于1991年10月6日《文汇报》）

（**李乐诗：**有"极地侠女"之称的李乐诗，是史上第一位踏遍三极的香港冒险家。陈钢称之为"冰玫瑰"。早在20世纪70年代初，李乐诗便身体力行"背囊睡袋环游世界"；1985年，她踏上南极之路；1986年，在北极留下足迹；1992年，登上世界第一高峰珠穆朗玛雪域。）

两见李香兰

陈 钢

一、唱不尽的《夜来香》

1992年8月1日,李香兰来到了上海。

李香兰

这位当年"满映"的领衔女明星,红遍中国、日本和东南亚,创造了"七圈半事件"(她在东京举办独唱音乐会时,听众竟然排成一条长龙绕转"日本剧场"七圈半)的女歌手。战后辗转政治舞台,成为国会议员和外交委员会委员长的女政治家,在阔别上海近半个世纪后又重新来到了上海。没有风风火火,没有鲜花簇拥,她——静悄悄地来;随同她来的,是日本电视台的一个摄制小组。

8月22日下午二时至三时,日本电视台播放了一部记述李香兰上海之行的纪录片:《李香兰四十七年间的"事实"》;它以中国六十年的变迁为大背景,记述了李香兰奇特的一生，也记述了她在上海的足迹。

她来上海为的是什么？为的是——寻找上海，寻找柳芭，寻找那半颗中国心！

唱不尽夜来香

8月2日，李香兰来上海的第二天，就找到了大光明电影院。因为，那是夜来香盛开的地方——47年前，以她唱红的名曲《夜来香》为主题的"李香兰女士歌唱会"，就是在这举行的。在"大光明"对面的昔日的跑马厅内，她还举行过露天音乐会，也唱过《夜来香》；难怪那天她还特地到国际饭店楼顶登高远眺呢……

在花园饭店2625房——那间李香兰下榻的大套间里，她饱蘸旧情地向我叙述了那时的情景：

"我到了'大光明'。一触摸到那独特的楼梯，一看到台上的红地毯，当年的情景一下子就浮现在眼前……

"47年前，1945年的6月23—25日，我在'大光明'连续开了六场独唱音乐会。伴奏是上海交响乐团，指挥呢——就是你爸爸陈歌辛和另一位日本作曲家服部良一。那真是场难忘的音乐会啊！"

我想起了几年前爸爸的老友、当年上海交响乐团的负责人草刈义夫来上海探望时，特地带来了一张他小心保存的李香兰女士歌唱会的节目单，其中有两档是我父亲的作品——一是《水上》，由《夜》、《黎明》、《小溪》、《湖上》、《渔家女》和专为李香兰写的花腔女高音独唱曲《海燕》几部分组成；二是中国歌曲三首《恨不相逢未嫁时》、《我要你》和《不变的心》。音乐会的压轴节目是《夜来香幻想曲》。

《夜来香》——它是李香兰的青春之歌、惜别之歌和重逢之歌。

青春之歌——李香兰是第一个演唱并唱红《夜来香》的歌手。这首歌的作者，85岁的黎锦光先生告诉我："1944年秋，有一天，我正在唱片厂录制京剧名旦黄桂秋的节目。那天天气非常热，我打开录音间的后门透透空气，外向正好有南风吹来，夹着阵阵花香；远处，还有夜莺在啼叫。我触景生情，涌出了《夜来香》的乐思：'那南风吹来凄凉，那夜莺啼声凄怆，月下的花儿都入梦，只有那夜来香吐露芬芳。'曲子谱好后，搁置在工作室桌上的稿纸篓中。在将近一个月的时间中，陆陆续续地被好几个歌星看到后就随手拿起来哼哼唱唱，她们哼唱后都觉得音域太宽，不好上口；周璇也看到了，她虽说‘蛮好’，可是也没有提出来要唱。有一天，李香兰来录《卖糖歌》，录好后就在我工作室里休息，也顺手翻翻篓子里的作品，当看到《夜来香》后，就坐在椅子上哼唱了好几遍，越哼越响，越唱越喜欢，最后她提出要灌录这首歌的唱片。唱片出版后，非常流行，当时在上海的日本作曲家服部良一提议将这首歌作为主题，改编成一首交响乐伴奏的幻想曲；为了使乐曲更为丰满，其中还糅进了另一首《夜来香》的素材——1935年严工上作曲、胡蝶演唱的电影《夜来香》的主题歌：‘卖夜来香，卖夜来香；卖夜来香啊！花儿好，白又香，花香没有好多时光；人怕老，珠怕黄，花儿也怕不久长。爱花的人儿快来买，莫待明朝花不香；买花费不了你多少钱，卖花女也好养爹娘，卖夜来香，卖夜来香！卖夜来香呀！’这首《夜来香幻想曲》在李香兰独唱音乐会上演出时非常成功，是整个音乐会的高潮，也是李香兰歌艺的高潮！”

李香兰本人也非常兴奋地描述那次演出：“……当帷幕升起时，我在幕后拖着长音唱出‘夜——来——香’和一段花腔。接着，指挥棒下倾泻出音乐的前奏和‘慢伦巴’的节奏，然后，我才出场，观众席里一片欢呼。在唱到胡蝶那首《夜来香》时，我要求乐队用二胡伴奏，以突出它的小调风格——那首《夜来香》是我从小就爱唱的。当我叫卖‘谁买夜来香啊’时，观众跑到台上说‘我买我买’。音乐会一连开了六场，到最后一场时，周璇、白光、白虹、姚莉都上台献花，我在返场重唱时，将她们的歌全唱了……”

1946年2月29日，李香兰含泪挥别上海乘船返归日本。那天，“港口的上空布满了通红的晚霞。在那浓密的晚霞的陪衬下，一幢幢高楼大厦黑乎乎地耸在对岸上。就在这时，收音机响起了上海电台播放的音乐。我的手紧紧地握着甲板的扶手，全身颤抖了起来——那旋律正是我唱的《夜来香》。这该是命运之神眷顾我特意给我演奏了这个‘惜别之歌’吧！”夜来香迎来了李香兰，夜来香又送走了李香兰——李香兰像一朵吹落的白兰，随波飘逝了……

1981年，李香兰和胜利唱片公司、日本广播协会联合邀请黎锦光先生访日。在招待会上，李香兰请服部良一伴奏，亲自以一曲《夜来香》喜迎故友；过了几天，日本音乐家协会设鸡尾酒会欢迎黎先生时，要黎锦光率领众多的“夜来香迷”，边唱边绕场一圈；同时，李香兰和渡边滨子等三四位明星也在台上高唱《夜来香》。——夜来香啊夜来香，你真是一首友谊之歌，重逢之歌！这次李香兰到上海，又特意会见了黎先生，当她搀扶着老人一步步地走出花园饭店时，迎面又送来一阵醉人的花香……

8月2日下午，李香兰寻访虹口旧居，找到了一家当年日侨住过的地方。她看到房间里有一架钢琴，就问房东老太太：“会唱《夜来香》吗？”老太太没有听懂她的北京话。这时，三楼的一对老夫妻闻声下楼：“谁呀？”……“您老听到过李香兰这个名字吗？”“当然，当然！”……“就是我呀！”……“啊——”于是，大家手拉手齐唱《夜来香》，然后将客人送出弄堂。

李香兰到了上海电影文艺沙龙，见到了两位多次访问过日本的中国艺术家：秦怡和白桦。秦怡是十年前随同全国政协代表团访日时见到李香兰的。她那时正负责处理日本在华的遗孤问题；白桦几天后也正要访日。李香兰很欣赏“沙龙”，说日本电影界还没像样的场所。她在那儿尝了最爱吃的清蒸桂鱼、麻婆豆腐和绍兴花雕，最后还和大家一起唱“卡拉OK”，——她说，这是她生平第一次唱“卡拉OK”；唱的什么呢？就是《夜——来——香》！

柳芭传奇

1992年8月3日，李香兰来到俄罗斯总领事馆，寻找柳芭。“柳芭是我最珍贵的朋友。我之所以成为歌唱的李香兰，是因为有了柳芭；我之所以成为活着的李香兰，也是因为有了柳芭。柳芭像是神安排在我生活中的护身符，有时像太阳，有时像月亮，她永远伴随着我……”李香兰望着天空，轻柔地、神秘地、深情地说着。

1920年2月12日，山口淑子出生在沈阳附近的北烟台，不久全家迁往抚顺。十岁时，她在抚顺小学读三年级，在去沈阳秋游的火车上，她结识了柳芭——一位与她同岁的、住在沈阳的犹太裔俄罗斯少女。那天，柳芭正好坐在她身畔。在她眼中，柳芭是个“有几颗俏皮的雀斑的外国洋娃娃”；而在柳芭的眼中，淑子则是个“黑头发的东方洋囡囡”。柳芭管淑子叫“唷西柯羌”，而淑子则爱称柳芭为“柳芭奇卡”。她们一见倾心，旅行一结束，就彼此用带花的信纸和粉红的信封通信。

那年，小淑子得了浸润型肺结核，病愈出院后，医生建议她做一些有益于呼吸器官的健康疗法。她父亲要淑子随他学日本的“能乐”，通过学唱来增强肺部呼吸；可是淑子怎么也不习惯日本的古典谣唱和“任舞”（“能乐”中不化妆，不带伴奏的简单的舞蹈），为了摆脱困境，她去找了柳芭。

“柳芭奇卡，我难过，我着急；爸爸要我学‘能乐’，我不要，我不要……”

“你可以学古典歌曲嘛！”柳芭想了一下说，“去找波多列索夫夫人！”

波多列索夫夫人是俄国帝国大剧院的著名歌剧演员，也是柳芭家的朋友，小淑子就跟她学习花腔女高音。夫人教得热心，淑子学得认真，声音一天比一天美，身材也一天比一天好。每年秋天，夫人都要在大和旅馆举行独唱音乐会。一天，夫人突然对淑子说：“我的独唱音乐会想让你先开场。”于是，13岁的淑子穿了套紫底上画有白鹤的长袖和服上了台，她在唱了第一首日本歌曲《荒山之月》之后，一连唱了舒伯特的《小夜曲》、贝多芬的《我爱你》和格里格的《索尔维格之歌》。

台下有一个听众——“奉天广播电台”的科长东敬三，这家电台于1932年在伪“满洲国”成立，他们当时正在为新节目“满洲新歌曲”（将中国民歌、流行歌曲与征集的新歌编排成集）寻找专职歌手，条件是：中国少女，识谱，能说北京话，还得会日语。可是，怎么也找不到具备这些条件的中国歌手。这时，他们发现了淑子。

“他们要我上电台唱歌，我不愿意；我说，我唱歌是为了健康而不是做歌手。他们说，这不是上电影，看不到形象，只是听声音；我说，那就用‘山口淑子’这个名字唱吧！’他们说不行，唱中国歌一定要用中国名字。于是，给我想了很多好听的中国名字，正在左思右想的时候，我若无其事地说：‘我有中国名字么！李——香——兰！这是邻居李将军给我起的！’就这样，我这个日本姑娘山口淑子变成了中国少女李香兰。”李香兰感慨万分地回顾道：“不是吗？没有柳芭，我不会去学唱，也就没有唱歌的李香兰！”

不久，李香兰转到北京翊教女中去读书，临行前，再一次去向柳芭告别，可是，柳芭家那个飘着香甜的面包味的点心铺的大门和窗户都被日本宪兵用板子钉上了。柳芭一家人突然消失了。她站在那儿哭着叫：“柳芭奇卡，柳芭奇卡……”

“那么，你们后来什么时候又见到了呢？”我好奇地问。

“十年后，在‘大光明’！”

“就在1945年6月独唱音乐会的最后一场——我们通常称之为‘千秋乐’的那一场，演出非常成功。散场后场内挤满听众，在我走出去的那一刹那，突然有一个声音在喊：‘唷西柯羌；唷西柯羌……’天呀！谁在叫我的日本小名呢？我猛地吓了一跳！回头一看；原来是柳芭！‘柳芭奇卡，柳芭奇卡，是你呀！’我叫着奔了过去。她抱着我说：‘唷西柯羌，原来是你嘛！——你怎么变成明星，变成李香兰了？！’她原来不知道她的好友山口淑子就是李香兰，直到看见海报上我的照片，才将信将疑地来了……

“场子里人太多，不好讲话，柳芭就邀我当夜到她家去聚聚。一到她家，迎面看到的就是一张斯大林像和一面苏联国旗，原来她正在上海的苏联领事馆担任秘书。”

“多么巧啊！幸亏她看到海报后来找我。不然，那么挤的会场，那么多的听众，每一秒钟我们都可能擦肩而过；可是，我们却奇迹般地重逢了！这真是神的安排呀！”突然，李香兰亢奋地朝着我说，“知道吗？如果没有柳芭，就没有今天的我，没有活着的李香兰，我就可能被——枪毙！！”

“枪毙？！”我大惑不解地问道。

“是的。枪——毙——！”她沉重地点了点头，“战后，日侨被指定集中居住在虹口的收容所里。当时，我和陈云裳、陈燕之、李丽华等几个女明星都被报纸点了名，我的罪名是‘身为中国人，却和日本人共同拍摄冒充中国的电影，协助日本的大陆政策，背叛了中国’和‘使用中日两国语言，利用朋友关系搞间谍活动。’我从未做过间谍，而且真是日本人，可是没有书面文本证明我的身份。

“一天，经常来看望我的老保姆面无人色地奔了进来，手中拿着一张四开的小报，紧张地说：‘不得了啦！不得了啦！报上说：文化汉奸李香兰，将于12月8日午后三时在上海国际赛马场枪决。’

“在我的生死关头，柳芭又出现了！

“在我进了收容所后，柳芭一直没有消息，可是她一直在惦念着我。她的祖国苏联是战胜国而且她又在上海的苏联领事馆工作，有外交特权，可以自由出入收容所。但是她担心对我有不利影响，一直没来看我，而是在暗中查访情况。当她弄清我的问题不是特务嫌疑后，开始办理和我的会面手续：‘唷西柯羌，只要证明你确实是日本人，就可以无罪释放。有没有什么能够证明你的国籍或身份的有力文件？我能帮你做点什么呢？’柳芭知道我是日本人，是山口阿伊和山口文雄的长女山口淑子，也知道李香兰这个名字是李际春将军给起的中国名，但仅有她的证明又有什么用呢？这时，川喜多先生想出了一个妙主意——移居伪满洲的日本人为了证明国籍，平时身边总有几份户籍副本，只要将它提交军事法庭，就可能被承认是最有力的证明国籍的证据。

“我把这一切告诉了柳芭。1946年2月上旬，我和柳芭会晤了一个多小时。以后，就再也没见到她了……”

突然，她张大了眼睛，将身子朝前轻挪一步，继续她的讲述：“奇迹发生了！一天，门口站岗的士兵带来了一只长方形的木盒，说是有人送来的。打开一看，不由得我叫了起来——原来，是我最喜欢的‘人形藤娘’，这是我父母给我的，我一直放在我房间里的柜子上。看着，看着，心中突然亮出一个念头，明白这一定是柳芭带来的！仔细再看，藤娘的腰带上有一处开了线，解开一看，内侧有一张薄薄的纸片被叠成细长条儿缝在里面，我用颤抖的手打开纸条，那是一张已经有些污迹的日本纸，正是那张能够证明我身份的山口家的户籍副本——它是柳芭到我北京的家中取来的！这样，我才被宣判无罪释放。柳芭啊柳芭——是她救了我呀！”

“啊——”我长长地吐了口气，“那么，那么柳芭现在在哪儿呢？您这次找到她了吗？”

她摇摇头说：“我去俄罗斯总领事馆找了，可是杳无音信。”说着说着，她从桌上拿起了一封信，带着一丝希望的微笑说道：“好消息还是有的。前几天东京来信，说是有位见过柳芭的76岁的女作家说，柳芭已经结婚了，她的一家1949年回到乌拉尔……”

“我一定要找到柳芭。”她坚定地点了点头。

故国不了情

李香兰有两个母亲——一个日本，一个中国；她称日本为祖国，中国为故国。李香兰有一颗心——一半在日本，一半在中国；她到上海来，是为了寻找那散发着夜来香的半颗中国心！

8月4日，她来到外滩、外白渡桥和当年居住过的百老汇大厦（即现在上海大厦），她要多看看黄浦江，多看看上海！多看看那魂牵梦萦的故国、故土、故人……

我们相对而坐，我凝视着她那双自小就看熟了的大眼睛——它还是那么美丽，只是润湿了……

"我和你爸爸很好啊！可惜他不在了……"她急切地询问我爸爸在世时的情况，追忆他们47年前深浓的情谊——他为她创作了《海燕》、《忘忧草》……而李香兰在1946年10月回国后举行的第一场音乐会上，她还依恋地咏唱着这些歌；他为她指挥了大光明的独唱音乐会，使李香兰的歌唱生涯横生异彩……

"你知道吗？"她略为停顿了一下，朝着我说，"那是14年前的事了！1978年时，我和一些日本官员重访了阔别40年的长春电影制片厂。那些旧日的同伴们——'永远年轻'的浦克、'活泼美人'夏佩杰、'古典美人郑晓君和'喜剧青年'王哲民等急不可待地从那块写着'热烈欢迎'的标语牌旁奔了过来，当年十七八岁的青年演员，重逢时都已年过花甲了。

"那天，在长影大排练厅为我们举行了一个盛大的欢迎会。会场上摆着一支大交响乐队。主持人说，为了欢迎我，他们将演奏一首中国乐曲——那就是小提琴协奏曲《梁祝》！他们告诉我，这首乐曲在'文革'中被禁演，他们也十年没听了，今天是开禁后的首次演出。"

"演出开始了，听着听着，所有的人全哭了——中国人在哭，我更是一直不断地流泪。同去的日本官员也都很欣赏这首美丽的乐曲，但不理解我们为什么会听得那么难过。他们哪能理解我的心呢？我一面听，一面就回想起我在中国的日子；想起你爸爸的命运。前两年上海交响乐团来日本演出《梁祝》时我也去听了，也是一直流着泪……那一天，中国驻日本的大使也出席了，我还以为你会来呢！"

是的，那次演出她本是希望我能去的，后因行期紧迫来不及办出境手续而未成，事后，当草刈义夫先生（前上海交响乐团负责人）和日本电视台访问上海时，草刈义夫特地带来了1945年那张珍贵的节目单；而日本电视台还专程到我家拍摄了我的讲话录像带回给李香兰。后来，她还托前驻日大使宋之光和夫人李清带来了她那本才出版不久的自传《在中国的日子——李香兰：我的半生》。

这是份真实的历史记录。在这本自传里，她勇敢地掀开了历史的面纱和历史的疮疤，揭露了日本军国主义侵华战争给中国人民带来的巨大灾难。她，作为历史的牺牲者和历史的见证人，书中"充满了作者对作为明星李香兰被日本侵华政策所利用的前半生的反省，和作为政治家为和平而献身的挚愿"（藤原作弥）。自传在1987年问世后，引起了巨大的反响——1989年，富士电视台推出了由泽田立靖木主演的、长达五小时的电视剧《再见，李香兰》；以后，又由浅利庆太先生改编为音乐剧《李香兰》，它自1991年1月在东京的青山剧场首演以来，已经演出了184场，观众人数超过18万。世界各报的剧评标题有：《给观众以冲击的战争音乐剧》、《李香兰直率地谈论战争的历史》、《日本的音乐剧再现了战争：一个被两个国家分撕的明星的故事》……一个17岁的高中生高桥雅弘写信给浅利庆太道："音乐剧《李香兰》不仅告诉我历史上的事件和时代背景，还告诉我战争的事实和给我怎样与邻国——中国一起开拓未来的启示。"现在，李香兰在战争结束47年、中日邦交恢复20周年的今天，又将《李香兰》带到了中国——她的故国。1995年4月10日，《李香兰》在北京新建的国际剧院首演，剧场的第一批热情的观众用经久不息的掌声合着演员们的歌声：

"前事不忘，后事之师！"

"日中不再战，我们同是黑发黑眼睛！"

二、不破的镜子——又见李香兰

偶尔翻阅到一篇《纳凉会记》——那是1944年7月21日《新中国报》社在上海威阳路2号办的一次纳凉会的报道。李香兰和张爱玲两位"第一流的东亚女明星"和"第一流的中国女作家"是被邀出席的主客。会上，陈文彬先生提及了李香兰的一件轶事："有一天在国际饭店，我和李小姐在一桌吃饭，不知怎样一来，她的皮夹子落到地上。从包里散出许多杂物。我替她拾了起来。发现一面旧的镜子破了。当时我说，'镜子破了。在中国的迷信上讲是不大好的。'她怎样说？'——旧的，破的，我对它有感情。'"

她，李香兰。就是一位“镜中人”——她从“破镜”中凝望着那反射出的不破的往昔，倾听着感情的涛声。当每次面对着她时，我总觉得她所面对着的并不是我，而是她心中的一面镜子——它给予她无尽的回忆，而她，则在滚滚的时光中轻轻地重诉着那悠悠情思……

陈钢与李香兰

1995年的初秋，我又一次见到了李香兰。

9月的东京，依然是那样的灼热。我是应邀去那里商谈旅日摄影家汪芜生的风景摄影《黄山神韵》作曲事宜的。到那里没几天，主人就在日本著名歌星加藤登纪子的姐姐经营的一家饭店里举行一个欢迎晚会。说来也巧，那天中午我在宾馆里无意中打开了电视，却正好是细眉凤眼，梳男式短发的加藤在演唱——那是她访问哈尔滨——她的出生地时所录的一个专辑。我第一次听到她的演唱，就被那深沉而富于磁性的歌声所吸引，而当晚又见到了她，并在钢琴上为她即兴伴奏时，就更是倍感亲切！加藤的歌声把我带到了另一个人的歌声中——那就是李香兰的歌声，加藤是我同代人，李香兰是我爸爸的同代人，见到加藤自然会想到李香兰，想到若是李香兰能来出席晚会，能来唱一首爸爸的歌该有多好啊！可是她没能来，那晚她有事。

过了三天，李香兰来电邀我星期五（9月20日）晚上6:30到8:30在大仑饭店（AKura）共进晚餐。大仑饭店是东京最有名的饭店，她没请我吃日本菜，而是品尝法国大菜。“日本菜吃不饱。”她说：“有一次我请一个美国代表团吃日本菜，吃完后客人满意地搓搓手说：‘很好！那么，那么现在，现在让我们开始吧……’开始什么？原来，他们还以为刚才吃的日本菜是点心，不是正餐呢！”说着说着就笑开了两个深深的酒窝和一对亮丽的大眼睛顿时像四朵鲜花那样怒放！她依然是那么美丽！而唯有美丽的人才是不怕照“破了的镜子”的。因为，“旧的，破的，我对它有感情”。

她开始对着“镜子”说话……

历史的镜子

她告诉我，过两天她就要去北京——以现代史教授的身份访问北大、北师大和南开大学，与他们交流现代史教学中的各种问题。她不是“第一流的东亚女明星”吗？她不是曾经身为日本国会议员和外交委员会委员长吗？怎么又成了传授现代史的教育家了呢？！哦！这是历史的驱使，良心的驱使！“这全是事实呀！”李香兰说。她经历了“9・18事变”、“芦沟桥事变”，目睹了“平顶山事件”中关东军活活打死一个因给游击队带路而被捕的工人的惨烈情景。

她正是日本军国主义侵华战争的历史见证人。就在纪念反法西斯战争和抗日战争胜利五十周年之际，就在日本某些人矢口否认这段罪恶历史的时候，她就在南京——这座万民被害的屠城郑重而又沉痛地宣告：日本应该向中国人民谢罪！此举深受世上正义人士之首肯却在日本本土上受到右翼的重重压力。可是，她勇敢地挺身而出，不但通过自传《在中国的日子——李香兰：我的半生》和根据这本自传改编的电视剧《再见，李香兰》、音乐剧《李香兰》揭露了日本军国主义侵华战争给中国人民带来的巨大灾难和表现了“日中不再战，我们同是黑发黑眼睛”的和平挚愿，而且以教育家的身份，教育日本青少年牢记“这全都是事实呀！”我笑着对李香兰说：“这次你没有‘骑墙’了！”她也笑了。原来1936年时她正好在北京随同学到中南海参加一个为纪念“一二・九”死难同胞举行的默祷会。会上大家纷纷表决心——有的要到南京去找国民政府，有的要去陕北参加红军，还有人表示要留下来战斗到最后一口气。轮到李香兰，她急得气吁吁地说：“我……我要站在北京的城墙上！”因为，对于李香兰来说日本是祖国，中国是故国。现在，祖国和故国要开战了，这对于既爱自己祖国，又爱自己故国的李香兰来说，又能说什么呢？！“我要站在北京的城墙上！”——这是最好的选择！因为，站在城墙上，从外面飞来的是日本炮火，从城墙里面打来的是中国铅丹，不管被哪一方打倒，她都注定要第一个死去……59年过去了，李香兰从历史的明镜中看到过去的步步足迹，她，更坚定地迈向前方……

艺术的镜子

李香兰对《夜来香》情有独钟。是她，当年从百代唱片公司的稿纸篓里发现了这支被丢弃的歌曲（因为好几个歌星哼唱后都觉得音域太宽，不易上口）；是她，将这支歌唱遍中国、日本和东南亚，成为流行乐坛的一首传世名曲；也是她，几十年来，一直铭记这首歌的作者黎锦光，1981年时特地邀请他访日。李香兰和渡边滨子等在鸡尾酒会上登台高唱《夜来香》，而黎锦光则率领一群"夜来香"迷，边唱边绕场一圈。1992年我在上海第一次见李香兰时，她提出要见黎锦光，我陪了黎先生在花园饭店见她。老友会晤完毕后，她小心地搀扶着黎老先生一步步走出饭店。哪知，这竟是他们最后一次见面——第二年黎先生就谢世了。这次我们在大仑饭店谈到黎先生时，不禁相对欷歔。可是，我们都从她的艺术镜子中感受到音乐的永久魅力。回到上海后，刚巧又看了那篇《纳凉会记》，它又正好讲一件《夜来香》的轶事——当时有人问："假如李小姐希望在某一部影片中演出，而又请张小姐（注：指张爱玲）来执笔写这个剧本，那么李小姐在这个剧本中，希望担任哪一类角色呢？"李香兰说："就拿音乐片来做个例子吧。在我举行的歌唱会里，曾唱过新的和旧的《夜来香》歌曲，当时很受人欢迎。曾经有人要编这样一个剧本：有一个老音乐家，编了一个旧的《夜来香》后，他很骄傲，同当时社会合不来，就出走了。过了许多年，他的儿子又编了一个新的《夜来香》。我是预定演那老音乐家儿子的情人，末了我唱这新的《夜来香》，刚巧那流亡的老音乐家也在偷偷地听……我看了剧本后，总仿佛里面缺少点什么似的……"缺少点什么？在座的川喜多说："她想象中的恋爱故事不是普通的，而是波浪式的；不是浅薄的，而是深刻的。"张爱玲接着说："她不要那种太平凡的、公式化的爱，而要'激情'的。"那么，李香兰是不是有过这么一段不平凡的、激情的爱呢？我不知道。可是，当我坐在她的对面时，却似乎窥见她正面对着一面心中的爱情的镜子——镜子中显现了一个人，那不是别人，正是我的爸爸——作曲家陈歌辛。

爱情的镜子

李香兰的名字，一直是沉浮于我忆海中的一枝奇葩——小时候，家里抽屉里有一张张她睁着大大眼睛、露出深深酒窝的题赠给爸爸的照片，而1945年在“大光明”举行的以《夜来香》为主题的“李香兰女士歌唱会”又是爸爸和日本作曲家服部良一一同指挥的。在那次音乐会中，有两档节目是爸爸的作品——一是《水上》，由《夜》、《黎明》、《小溪》、《湖上》、《渔家女》和专为李香兰写的花腔女高音独唱曲《海燕》几部分组成；二是《中国歌曲三首》——《恨不相逢未嫁时》（爸爸作词）、《我要你》和《不变的心》。爸爸还为她写了《忘忧草》……

过了四十多年，一次李香兰托前驻日大使宋之光和夫人李清带给我她那本才出版不久的自传：《在中国的日子——李香兰：我的半生》。她那秀丽挺拔、功底深厚的中文毛笔题字令我惊讶，但同样令我惊讶的是，书中几乎只字未提及爸爸……

陈钢与李香兰

之后，当草刈义夫先生（前上海交响乐团负责人）和日本电视台访问上海时，李香兰还特地托电视台到我家录像，并将我的录音讲话带给她。她告诉电视台的记者，当年她差一点嫁给我爸爸。当我问“那为什么在她的传记中不着一笔？”时，记者笑着说：“李香兰说，最重要的事是不能写在书上的……”

那么，他们之间是不是有过一段不写在书上的恋情呢？

1992年李香兰来上海时，我们第一次见了面，她急切地询问爸爸在世时的情况，追忆他们47年前深浓的情海。临别时我按捺不住在电话中问她：“能不能告诉我一点当年和爸爸在一起时的情形？”她停顿了一下，哽咽着轻轻地说：“我和你爸爸很好啊……”

这次在东京见面时，她又笑着说：“你

爸爸是个美男子，要不是因为有了你妈妈和你们，我就嫁给他了……”她一首一首地回忆着爸爸为她写的歌——《海燕》。那首矫健开朗的花腔女高音独唱曲，是专为俄国帝国大剧院的著名歌剧女演员波多列索夫夫人的女弟子李香兰写的；而《忘忧草》——她似乎有些忘了，她随着我的低哼轻轻地跟唱：“爱人哟，天上疏星零落，有你在身边，我便不知道寂寞。爱人哟，世界已经入梦，有你在身边，我就不觉得空虚。我在泥中默念你的名字，忘去这烦忧的日子。爱人哟，虽然那似水流年无情，有你在梦里我的叶便长青。”

我想，这也许就是她的一段不平凡的、有激情的“上海之恋”……

（本文系《唱不尽的夜来香》〈原刊于1993年1月22日《上海文化报》〉与《不破的镜子》〈原刊于1996年第一期《上影画报》〉合写而成）

（**李香兰**：本名山口淑子，祖籍日本佐贺县杵岛郡北方村，生于辽宁省抚顺市，是20世纪三四十年代红极一时的明星和歌星，也是陈钢父亲的好友。陈歌辛曾为她创作了《海燕》、《恨不相逢未嫁时》等名曲。）

玻璃电台——上海老歌留声

陈　钢

淳子

淳子坐在那里，坐在她那工作了几十年的电台里。那不是“玻璃电台”，可她主持的节目——“上海老歌三人谈”，谈的却是当年老上海的“玻璃电台”。

1926年1月23日建成开业的上海“新新公司”六层的新都饭店，别开生面地在大厅里自行设计、自行装备了第一个由中国创办的广播电台，因电台的房子四周是用玻璃隔断的，故俗称为“玻璃电台”。这也许可以视为当年电台透明、开放的某种象征，和白领女性走进都市生活的一个标志。我母亲当年就曾在“玻璃电台”里担任过播音员，淳子那时虽未出生，可她现在却是当代播音红人。与常人所不同的是，在直面当今现实的同时，她的目光常常注视着上海的过往。

淳子坐在那里，坐在《淳子咖啡馆》节目的播音台前。我不由得想起了她往昔的当红节目：《相伴到黎明》。整整十年，她夜夜与那些不相识的朋友们，通过电波促膝谈心，为他们送上了女性特有的心灵鸡汤，使他们走出迷茫与困境。今天，她又在做什么呢？她的角色转换一定会引起老听众们的新关注，也同时会传达出一个信息：上海老歌，永远不老！

淳子坐在那里，坐在她旁边的是旅美女作家李黎，一位"张迷"，也是一位老歌迷。还有一个就是我。没想到的是，上海老歌不仅使我们三个人从不同的地方聚合到这里，也使张爱玲和她的《色·戒》浮现在我们的语境中。老歌带出了张爱玲，张爱玲也带出了老歌。

张爱玲也坐在那里。不，她是站在那里，站在她曾居住过的爱丁顿公寓（现常德公寓）的阳台上。登高远眺，她可以见到百乐门，也可以听到从那里传出来的歌声。她听到了《蔷薇处处开》……

"有一天深夜，远处飘来跳舞厅的音乐，女人尖细的喉咙唱着《蔷薇处处开》诺大的上海，没有几家点着灯，更显得夜的空旷……"

"上海就在窗外，海船上的别离，命运性的决裂，冷到人心里去……在这样凶残的、大而破的夜晚，给它到处开起蔷薇花来，是不能想象的事，然而这女人还是细声细气很乐观地说是开着的，即使不过是绸绢的蔷薇，缀在帐顶、灯罩、帽檐、袖口、鞋尖、阳伞上，那幼小的圆满也有它的可爱可亲。"

"幼小的圆满"，形容得多么贴切呀！在笼罩着"惨雾愁云"的孤岛上，确实很少能找到蔷薇盛开的地方；可是，即使是只有在空中飘来的、细声细气的蔷薇之歌，却多少也能给人带来一丝抚慰、希望与"幼小的圆满"。就像歌曲作者陈歌辛所创作的另一首歌《花样的年华》一样，它一方面刻划了"蓦地里，这孤岛笼罩着惨雾愁云"的残酷现实；另一方面，它又唱出了作者真正的潜台词："啊，可爱的祖国，几时我能够投进你的怀抱，能见那雾消云散，重见你放出光明。"……

李黎从张爱玲谈到了《蔷薇处处开》，又从《蔷薇》谈到了"文革"后第一个重唱《蔷薇》的朱逢博，谈着谈着，李黎突然兴奋得咳嗽起来，她赶快用手捂着嘴，而淳子与我也不约而同地将视线移到了她的手和手上那只闪亮的钻戒。

"二十年了，老了！"李黎不无感慨地说。

"不老不老！它比现在的新款更漂亮！"淳子脱口而出。

我突然想起了张爱玲的《色·戒》，这篇她很久前写、又写了很久的，最近又突然被李安搬上银幕的小说。它"老"了吗？没有！它就像李黎手上的钻戒，虽然小巧，却有多面；虽然无色，但很光芒！而张爱玲散文中提到的那些歌"老"了吗？没有！当年曾经枯萎的蔷薇，现在不是开得更欢了吗？！

张爱玲在另一篇散文中这样写道："从前上海的橱窗比香港的值得看，也许白俄多，还有点情调。"

这里的"关键词"是"情调"。"情调"，也可谓之为"味道"，是一种看不见、摸不着的东西，但却散发不息，留之弥久。王家卫拍《花样年华》时，为了营造上海的"味道"，特地请出了"上海大姐大"潘迪华来扮演房东太太。可你们是否知道，原本在电影中是没有这场戏的；只是因为王家卫在电影院里偶然遇见了她，遇见了九年前参加拍摄《阿飞正传》，而九年后依然风姿绰约的潘迪华后，才决定为她加戏——或者说，是为戏加她的。因为，她那几句"味道好极了"的上海话，一下子就点中了当年上海味道的"穴"，为这出电影注入了上海牌的"味精"；而这次，李安在拍电影《色·戒》时，又专程请出了潘迪华，让汤唯她们这一伙现代女子，特地赶到香港，跟她学搓麻将，那也为的是更好地营造上海女人的"味道"。潘迪华手上每一只手指的招式，都像婀娜多姿的旗袍女郎那舞动着的细腰，散发出浓浓的上海陈香，而这一切又哪能在短短的几小时中学会呢？！怪不得"潘姐"说："味道这种东西是训练不出来的，是一个人在一个环境里，一点一点泡出来的。"

此话不假。姿势可以学，味道难以觅。所以，张爱玲才在那段话中特别提到了"白俄"，也就是旧俄贵族。贵族要历经几代才能造就，他们的"味道"，当然绝不可能是肯德基快餐包里的调料所可以替代的；而上海之所以比香港有"味道"，也就是因为有了由"白俄"带来的、与生俱有的贵族文化，以及他们所"转载"的法国文化，高雅文化、精致文化和情调文化，加之融合了上海本土有着千百年传统的吴越文化之后，才酿造出了味道好极了的老上海的海派文化!

“味道好极了!”这是“雀巢咖啡”的广告语,也是描述海派文化的最佳定语。

上海老歌,为何不老,就是因为“味道好极了!”什么味道?租界加上城隍庙,洋的土的全有了!上海老歌是从城隍庙走向租界,从农耕文明走向城市文化,然后合为一体,演变为一种中西合璧的全新的“混血儿”和世界上独树一帜的海派文化。所以,味道特别丰美、味道特别浓郁,味道特别奇特,味道特别香醇。啊,味道真是好极了!

你听!“我望着你,你望着我,千言万语变作沉默……”,好一幅情侣漫步的抒情意象!

你听!“我走遍漫漫的天涯路,我望断迢遥的云和路,多少的往事堪重诉,你呀,你在何处?”好一首浪漫诗人的潇洒游吟!

你听!“夜来香,我为你歌唱,夜来香,我为你思量”,好一派大都会的景象万千!

还有,还有……

“香槟酒满场飞,钗光鬓影晃来回,爵士乐声响,对对满场飞。嗨!”

“粪车是我们的报晓鸡,多少的声音都跟着它起,前门叫卖菜,后门叫卖米,哭声震天是二房东的小弟弟,双脚乱跳的是三层楼的小东西,只有卖报的呼声,比较有书卷气。”

妙哉妙哉,真是一幅幅生动活泼、诙趣丛生的上海市井风俗画呀!

再者,当时那些歌的曲调里也充满了“混血”味,除了一些源自江南民歌的小调歌曲(如《天涯歌女》、《月圆花好》)外,在上海三四十年代流行音乐成熟期中所诞生的、表现上海城市文化的标志性歌曲,如《玫瑰玫瑰我爱你》、《夜上海》、《夜来香》、《香格里拉》等,则都是在中国民间曲调的基础上,有机地融合了当时舞厅音乐的节奏,如爵士、探戈、伦巴、桑巴等,组构成一种张爱玲所谓的“奇异的智慧”,也就是一种“特别的味道”,一种城市的味道,大都会的味道,上海的味道……

味道好极了!

淳子坐在那里,李黎和我也坐在那里,可我们三个人的眼睛,都离不开李黎手上的那只钻戒,三个人的口中,也都离不开李安的《色·戒》。“戒”虽无“色”,却光芒四射；而上海老歌的“底色”，则是为活生生的“饮食男女”和在上海屋檐下日夜穿梭的“小市民”所涂的一层粉红色——女色！上海的女色，有张爱玲那样的“惊艳”、“冷艳”，上海的“小市民”则“市”而不“小”，他们虽然各自拥有自己的小天地、小算盘、小情调和小生活，但却因为毕竟是身为中国第一大都会的移民，当然就必定具有大眼光、大胸怀、大目标和大境界！有大有小，有雅有俗，有中有西，有高有低，这就是上海“混血儿”所特具的“异色”，也是上海老歌所独有的“味道”！张爱玲自称是“小市民”，而上海老歌也就是为这样的“小市民”所谱的市井之声，而且，其中大部分也都是写给女性和为女性所唱的。所以，可谓上海老歌的“魔戒”上，泛红着一层层都市的“女色”，而这也正是上海老歌“味道”所在的“秘诀”。

淳子还是坐在那里。节目结束了，她急着拿起了电话打给“潘姐”，告诉她我们在节目中都提到了她——在我们眼中，她才是真正的上海女人，而她所说的话，唱的歌，也都是这个城市的声音与味道的纯度最高的反响。潘迪华听了淳子的话后咯咯地笑了起来，她用《花样年华》里房东太太的口气大声说道：

“哎唷哎唷！侬格味道真是好极了！”然后停了停，我似乎看到电话另一端的潘迪华，她狡猾地眨了眨细细的凤眼，然后轻轻地说：“现在时髦的讲法是不是，味道勿要忒好了？！”

（**淳子**：著名主持人和作家。写作颇具张爱玲遗风。与陈钢合作出版了既历史、又时尚的《玻璃电台：上海留声》。）

好一个林黛玉

陈 钢

面前放着一盘音带，一张剧照。

音带——沈佩华的唱腔集锦。第一首是《孟姜女》中的《小过关》。

这是首再普通不过的民间小调，是一首同调异词的分节歌。过门过后，我们期待着的是那熟悉的“春调”；可是，沈佩华一开腔就出口不凡，先声夺人，紧抓住观众的心；通过几个转折的小腔和装饰音，勾画出“这一个”孟姜女彼时彼刻那种“冬天里的春天”的悲剧情愫。

“正月”过了，“二月”过了，三月里——当清明来时，沈佩华突然唱腔一转，先抑后扬，挑起了一阵情感的波涛；同时，又在徵调式的旋律中加入弱音，使色彩更为暗淡阴沉。

这里的“换头”成了全首分节歌的转折点。演员在这时不仅是一个“陈述者”，而且是一个创作者，创造性地使一首四句头的分节歌变化发展成顿挫有致、起伏跌宕的叙事曲。到了“七月”，沈佩华又将“歌头”回到传统的《孟姜女》的唱法，使人们想起周璇的《四季歌》与《天涯歌女》。

沈佩华演唱的《孟姜女》已经超出了民间小调与锡剧的范畴，它是一首独特的抒情诗和叙事曲，难怪歌唱家朱明瑛特地向她学习了这首锡剧《孟姜女》作为她的保留节目呢！《孟姜女》是沈佩华中期的代表作，通过这段唱，我们可以发现她演唱的几

锡剧表演艺术家沈佩华

个特点——江南音乐所特有的糯、雅、甜和由此产生的一种“磁性效应”。她以情带声，以字行腔，情真意长，字准腔圆。她行腔时善于运气，并能将真假声巧妙地结合一体；同时，还在情感高潮中糅进颤音与哭腔，感人肺腑，催人泪下。

我又将视线移到桌上的照片——三十八年前，一个“质本洁来还洁去”的艺术形象，那就是沈佩华在锡剧《红楼梦》中塑造的“这一个”林黛玉，那个“挥动花锄把土分”的葬花的黛玉，那个“呕空心血写新诗”的焚稿的黛玉；她似乎是沈佩华的灵魂，沈佩华的化身，沈佩华的载体。沈佩华继《红楼梦》、《小过关》之后，在20世纪60年代初又塑造了另一个“悲旦”——《玉蜻蜓》中的王智贞，而悲旦的力量是最最震撼人心的！

“这一个”沈佩华创造了“这一个”林黛玉，而什么是“这一个”沈佩华呢？

夏衍称沈佩华为他们“沈家门的南方姑娘”。她出生于杭州，长于上海，杭州的山水和上海的海风哺育成“这一个”沈佩华——她将锡剧的泥土气、苏滩的柔媚、越剧的缠绵和上海滩都市风的时代歌曲巧妙地结合在一起，构成了自己独具一格的风韵与魅力。

每当我听到“葬花”中的“红可消，香可断，难灭心中一点真”时，就会觉得这是沈佩华的写照，她贵在一个“真”字，一个难灭的“真”字——有了真，才有高贵的美和捣心的悲。她，舞台上这样，生活中也这样。她，真真切切地演戏，真真切切地做人，真真切切地用心去对待生活，对待朋友。

我是在四十年前结识沈佩华的。她是我的朋友，也是我爸爸的朋友、我们全家的朋友，因为我们都爱听锡剧，特别是沈佩华的演唱。1953年我在南京前线歌舞团工作，在一次联欢中结识了沈佩华；同年，他们来沪演出时，父亲陈歌辛又认识了她。以后，我常去看锡剧，父亲则在他们来沪演出时，在家中亲自为沈佩华主演的《庵堂相会》修饰唱腔——这是戏曲第一次跨进我们的家门，也是我们第一次嗅到锡剧沁人心脾的清香。1956年锡剧团来沪隆重献演《红楼梦》，我们在长江剧场的舞台上又一次看到了沈佩华——好一个林黛玉！她那高贵儒雅、清淡自然的表演和感人肺腑、催人泪下的演唱，深深打动了在座每一个观众的心，那“葬花”的唱腔也深深铭刻在我们的记忆仓库中。我爸爸曾经引用“南方调”的音调谱写了千古绝句：“两情若是长久时，岂在那朝朝暮暮。”我们最爱唱它——特别是在那些风雨飘摇的艰难岁月里。它是一支怀念的歌、深情的歌、遥远的歌，每当我们哼唱它时，都有一种特殊的心境和刻骨铭心的感受。20世纪60年代初，当妈妈坐在摇摇晃晃的牛车上前往白茅岭探望爸爸时，她口中轻哼着的、伴随着她前往的就是这支旋律，后来，当沈佩华再次来到我家时，坐在沙发上看到亡父的照片，难过得流下了眼泪。我想，在冥冥之中回响荡漾着的也一定是这支旋律！这支旋律是我们一家与锡剧、与佩华的一段友情记录，也是我们一个难解的“情结”。我一直有一个愿望，将这段旋律与《红楼梦》的唱腔结合起来，作为素材，创作一首乐曲——《葬花》！花总是会谢的，只是，我们都应该记住花开时的艳丽与芬芳，将它们小心地保藏在地下，深埋在心灵的尽头……

两情若是长久时，岂在那朝朝暮暮！
好一个孟姜女！
好一个王智贞！
好一个林黛玉！
好一个沈佩华！

（《离合悲欢七十秋——沈佩华的艺术生涯》，江苏文艺出版社1995年版。）

（**沈佩华：**著名锡剧表演艺术家。从事锡剧艺术六十余年，在舞台上塑造了众多令人难忘的艺术形象，形成了独特的“沈派”艺术。）

早春二月柳色新

陈　钢

早春二月柳色新。今年开春，中美建交后，我在上海第一次结识了著名的华裔美国作曲家周文中教授。隔了不到一个月，在桃花盛开的三月里，我们又在黄浦江畔见面了。

我们相处的时间不长，他来去总是匆匆的；现有过的几次交往都很感人，深深地留在我的记忆里。每当我听到他那深沉悠扬的《柳色新》（钢琴独奏曲、取材于古琴曲《阳关三叠》）时，就会回忆起他在祝酒时说的那句话："……归来的游子。"

那天是宴会。宾主同贺中美建交和欢宴周文中教授。白发苍苍的贺老来了，老音乐家丁善德、谭抒真、周小燕来了，周文中先生的一些新老朋友们也都来了。宾主开怀畅谈，满桌春风。平时总是沉稳持重的周先生，这时脸上也微泛着醉红。他举杯激动地说："我此时此刻的心情，就像是归来的游子。"

在他深沉的音乐中，在他匆匆来去的足迹中，我仿佛摸到了一棵怀春的寸草，一颗赤诚而热烈的心。

就在宴会当天的午间，我和周先生在他寓所里促膝长谈。他谈到了他的童年、青年和出国后的境遇：

"我从小就喜欢音乐，而最早听到的是中国音乐。我还记得幼年时老乡们劳动后一面吃花生喝白干，一面吹笛的情景；我还记得晚间街头的叫卖和无线电里的古琴声。以后我向陈又新先生学过小提琴。抗战爆发后，觉得学音乐不是时候，就改学建筑……”

因此，在他二十三岁出国时，已经在国内修完土木工程课程，并获得美国耶鲁大学建筑系奖学金。但是他太爱音乐了，在到耶鲁大学注册一周后，最后还是下了决心，放弃建筑，到波士顿去。他考取了美国最古老的“新英格兰音乐学院”，向尼古拉·斯林聂姆斯基学习作曲。以后到了纽约，在哥伦比亚大学的奥托鲁恩林的指导下从事研究工作。1949年，结识了现已去世的现代音乐大师——爱德华·瓦累斯，成为他的学生和挚友（现在是他的音乐遗嘱执行人）。从1949年至1953年间，周文中几乎每天出入于瓦累斯家中。每次上课，都是一场热烈的讨论。瓦累斯从不教给他怎样作，而是完全从他的作品本身出发，指出问题，让他自己找出解决问题的途径和方法。无疑地，瓦累斯对周文中的创作有着重要的、甚至是转折性的影响。

周文中的作品第一号《山水》是他给瓦累斯看的第一个作品，而瓦累斯也就是通过这首作品认识了周文中，并主动收他为学生的。这首作品不仅以中国传统的旋律作为音乐主题，而且在每乐章前冠以一诗（分别题名为《道情》、《别离愁》和《夕阳一抹》），像中国画的画面上的题诗一般。

在1952年创作的《唐诗七首》中，周文中富于创造性地将歌唱者的自由吟诵和微妙的乐队音响变化结合起来。瓦累斯在看了这首作品的一部分后，兴奋地赞许道：“这才是真正你自己的音乐！”周文中在他的鼓励下写完了这部作品，并更坚定了自己将现代音乐技巧和中国古代音乐传统融合起来创制新作的信心。

1954年至1955年间，周文中继《山水》、《唐诗七首》后又写了“两朵花”——《花落知多少》和《花月正春风》。前者取意于孟浩然的《春晓》诗句：“夜来风雨声，花落知多少”，是对抗战期间青年人遭受灾难的痛苦回忆；后者则取意于李煜的《望江南》词：“车如流水马如龙，花月正春风”，表达了对祖国的梦忆和憧憬。这“两朵花”都不是一般的“风花雪月”情，而是含泪盼春的心声；他从不同的画面表现了作者当时对祖国“从今一别，两地相思人梦频”的思念之情。《花落知多少》是周文中最著名的作品之一，曾在各国演出，获得好评。1959年由旧金山交响乐团首次演出时，阿尔弗莱德·弗兰根斯坦在《旧金山编年史》中写道：“《花落知多少》开头像是一首典型的令人着魔的诗篇：用简单的、若有所思的曲调和苍白的配器。不久以后，听众就被卷入到在音乐文献中最有风韵的、最复杂的、富有说服力的不谐和音响之中，其中有一些是为各种乐器所写的最富有才华的高水平片断，在和声上，这首曲子使人想起周的老师爱德华·瓦累斯的风格——厚实的，史诗性的，凶猛的。而周的风格却完全不是这样。他把他的不平凡的技术称之为旋律的笔法，它也明确表现了中国画的各种技法。《花落知多少》是一首极度吸引人的富于个性的作品，和绘画一样，它显示了一种东西方音乐正在形成的新的、重要的综合。”（1959年12月4日）

“东、西方音乐正在形成的新的、重要的综合”，这句话不仅是对周文中作品特色的概括，而且是现代音乐潮流的一个重要标志，而周文中先生正是沿着这个方向在不断探索和前进的。他的老师尼古拉·斯林聂姆斯基曾鼓励他“积累中国传统音乐的知识”，因为他觉得周“在20世纪创造东方风格方面有着独特的机会”。瓦累斯也是从这个角度来肯定他的《唐诗七首》的。而周文中先生，正如他自己所说，“在我身上有双种文化的问题——出自一种文化渊源而又受另一种文化的影响。我应该将东方与西方的文化结合起来，用新的技巧处理中国材料，走一条新的路线。”因此，在他的作品中，将中国的古代音乐和20世纪的现代“先锋派”技巧巧妙地结合了起来。这种尝试成功地体现在他以古琴曲《阳关三叠》和《渔歌》为素材创作的钢琴曲《柳色新》和管弦乐曲《渔歌》中。这两首作品近年来都在我国演奏过，并引起了强烈的反响。

周文中先生在《柳色新》（某种意义上说是他的代表作）中巧妙地运用了以和弦外音（围绕主要音运动的上下邻音，小二度与小九度）丰富的透明音程（八度）的连续和以快速分解琶音表现的滑奏，使我们在“齐奏”中仿佛听到了古琴演奏时左手“走”（滑奏）时发出的富有特性的“噪音”，和“吟”、“揉”时产生的特有的韵味。同时，运用了高低半音上的“调性徘徊”，来表现古人离家时往返顾盼的依恋之情。而这种感情由于节奏上“散文式”的处理，表达得更深刻了。

《渔歌》是根据毛敏仲（公元1280年）的同名琴曲改编成约以九样现代管弦乐器合奏的乐曲。20世纪60年代时，作者曾和一个表演团体一起开音乐会。这个乐队有一个传统：开始时要演奏一首古老的乐曲。周先生认为真正古老的文化要到亚洲和中国去找，就应邀为这个乐队写了这首乐曲。

他说："一般的旋律像欧洲的素描，我则企图在旋律中模仿中国书法中的用笔——在单一的线条进行中包蕴着丰富的粗细、浓淡的变化和笔锋的转折。"因此，周先生在《渔歌》中发展了"音色旋律"，用"点描"的手法赋予同样音以不同的音色，使简单的单声部旋律获得"立体化"的音响。为了再现古琴音乐中丰富的指法变化和微妙的微音程变化，周先生将原古琴的音高、音色、音节和节奏都作了管弦乐化的扩大。他有意在弦乐和管乐上运用各种滑奏来模仿古琴中的滑音和微音程（如小提琴声部的拨、滑奏相结合，中音长笛用嘴唇的控制和乐器的转动来构成大幅度的慢颤音，长号上轻奏的慢滑音等）。同时，用钢琴和打击乐来艺术地再现古琴演奏中右手指法，作出了"散"（空弦）、"按"（实音p+）、"泛"（泛音）的各种变化。（钢琴用了三种特殊的演奏法：——一面弹键一面按弦，P——用针窠套指击弦和+——取琴弦的一端弹泛音来构成右手指肉、指甲和泛音演奏的音色。打击乐组合细致，用金属、木属和鼓属构成不同的音色和音高。）这首精心雕琢的作品演出后，获得了普遍的好评。

在周文中先生的其他作品中，也可清楚地看出这种"综合"的脉络——如《飞草》（长笛与钢琴合奏）就是根据富于曲折变化的草书笔法写的，而《变》则是直接从《易经》的"万物皆变"这种哲学思想中汲取灵感的。他善于以纯器乐音响来表达中国式的哲学思维、诗意画境和笔法原则。这种精神上与大自然相接近，表情上的隐喻和表现上的含蓄、简练是与中国特有的文化传统血肉相连的。周文中先生所作的尝试是企图把中国的古代音乐推进到"现代化"的高度。正如阿尔弗莱德·弗兰根斯坦在《高传真杂志》中写的那样："中国主题，他继续使用，被他独特用在他的作品中，以德彪西的式样出现，但它们被发展了，和他的老师的处理方法相似。于是，它在现代音乐中，出现了最有风韵的，似非但有可能的结合——最苍白的、纤细的、矜持的、间接的，和最茁壮的、最丰富的以及最喧嚷的结合在一起。"这种尝试是很有意义的，而且已经取得了可喜的成果。

周文中先生不但通过他的作品来体现"东西方音乐的综合"，而且通过他的辛勤工作和不断努力，大大地促进了中美音乐文化的交流。

很早，他就为中美音乐文化交流忙碌着。1970年，他在美国纽约电台播讲了多次中国音乐。1977年，他担任了"美中关系委员会"理事，并从1978年起主持哥伦比亚大学“美中艺术交换中心”的工作。“美中艺术交换中心”是一个全国性、全面性的艺术交换机构，负责从音乐资料到教学设备、从表演艺术到音乐器材的交换，将来还要进行研究人员、留学生、专业人员等全面的、系统的交换。许多著名的第一流的美国音乐家、小提琴家艾萨克·斯特恩（Isaac Stern），指挥家、作曲家列奥纳德·伯恩斯坦（Leonary Bernstein），女高音歌唱家碧薇莉·西尔丝（Beverld Sills），作曲家、教育家、指挥家根瑟·修勒（Gunther Schuller）等，都将根据交换计划先后来我国访问与讲学示范，而我国也将陆续派出留学生与专业人员出国学习、考察。

在谈到中美文化交流时，周先生不止一次地说道：“中国既是具有悠久历史的文化古国，同时又是一个正在建设的前所未有过的新社会；而美国则一方面是一个最年轻的国家，同时又是一个经济最发达的国家。在第二次世界大战后，美国无疑地已经成为西方的艺术中心。尤其是在纽约，每个晚上的音乐会几乎等于柏林、巴黎和伦敦所有音乐会的总和。另外，由于美国也是多民族的国家，大战后对东方音乐、亚洲音乐的兴趣和研究都加深了。西方在注视着东方，因此，中美两国的文化交流具有极其重要的意义！”

在谈到美国音乐的发展趋向和特点时，周先生着重介绍了两点：一是它的“多样主义”，二是它的商业化倾向。

“多样主义”表现在各种风格、流派平行交叉地自由发展：既有师承20世纪初巴托克（Bartok）、斯特拉文斯基（Stravinsky）传统的“现代古典乐派”，又有主张发扬美国民族传统的“美国之声派”（American sound）；既有建立在计算基础上的“序列派”（包括十二音体系及其各种变形），又有受东方哲学影响的约翰·凯奇（John Cage）为首的“偶然音乐”。此外，还有的作曲家特别注重通过新的演奏技术、新的音色与新的表现手法来增强音乐的表现力。如周先生的老师爱德华·瓦累斯就是——他认为音乐就是音乐，是一个统一的完整体，用不着将它分解为旋律、和声、对位等等。而近年来在美国出现了一种“混合化”的倾向：撷取各个乐派之精华，将其“混合”起来，化出一种新的路线来。周先生说：“我个人也是赞成这条路线的。”

另一点，由于美国是资本主义社会，音乐就不可避免地受到“商业化”的影响。如交响乐队须有商界资助（如纽约交响乐团就是靠捐款资助维持的民间组织）才能维持下去。因此，新作品的演奏和录播就不能不受到商界趣味的影响。周先生还说："现在美国电视里充斥了广告音乐。我的孩子们就成天哼这些音乐，对传统音乐接触的机会很少了。"

因此，周先生认为我们在借鉴西方音乐时，应当站在自己民族的立场上加以选择地融化，不能生搬硬套。作为一个学者、教授，一位主持哥伦比亚艺术学院和作曲博士班工作的长者，周文中先生还对我们的音乐教育提出了很中肯的建议。他主张在音乐教育中要"眼光远，材料广"。他认为中国方面从纯技术方面讲是没有问题的，从小训练的办法也是好的。问题在于十几年来对西方音乐没有一个广泛的认识。这是资料问题，也是政策问题，是对音乐资料的认识问题——对西方音乐的认识越广越好，要了解最古的、最新的各种流派、风格。这种广泛的认识和音乐技术训练是同样重要的。他举例说，在美国弹奏一首莫扎特的作品时，先要介绍给学生各种版本，让他们比较，然后进入研究音乐的内在结构（特别是高潮的处理）。

在学习方法上，周先生特别强调思考和讨论。他说中国学生都很刻苦，但同时应注意学习方法。练琴不在于练多少钟点，而在于如何练。用错误的方法练，时间越久越糟糕。上作曲理论课主要用的是讨论的方法。美国重要的大学都不用固定的教科书，老师给学生一个书目（即参考材料），然后学生自己研究，再进行课堂讨论。而测定学生成绩的主要方法是看他们在学期论文中表现出来的思考解决问题的能力和心得。

三个月过去了。正值初夏6月，周文中先生陪同小提琴大师艾萨克·斯特恩又一次回到了祖国，回到了他学习音乐的故乡——上海。他们来我家作客。当我看到斯特恩先生第一次听到中国小提琴作品（《梁祝》、《阳光照耀着塔什库尔干》和《苗岭的早晨》）时所流露出来的欣喜时，我不由想起了周文中先生告诉我的一件事：

1949年他带着作品第一号《山水》向现代音乐大师瓦累斯求教时，手头拮据，怕交不出学费而不被接纳。可是很少教学生的瓦累斯在看完周文中的《山水》后，却主动收他为学生，并对他说："我留下你，就不要你交学费。有很多人就曾经这样帮助过我——罗曼·罗兰、罗丹、布索尼、德彪西、理查·斯特劳斯，他们都帮助过我，也都没有收我学费。我只希望你以后也这样去做，要尽力帮助别人……"

瓦累斯已经去世了，可是他的学生、周文中先生今天正照着他那严师的话做着，在中美文化交流的乐坛上，辛勤地忙碌，像传说中喜鹊为牛郎织女搭桥那样，从华盛顿——直接到北京。

在黄浦江畔，我们吟着王维的诗："渭城朝雨浥轻尘，客舍青青柳色新……"送别了又匆匆离去的友人。

（原刊于1979年11、12月号《人民音乐》。）

（**周文中：**美籍华人作曲家。与法国华人画家赵无极、美籍华人建筑师贝聿铭先生，被誉为海外华人的"艺术三宝"。）

大王落难

陈　钢

王西麟

诸位，我这里说的“大王”，既不是《霸王别姬》中的楚霸王项羽，也不是正在花潮吻海中翻腾的“四大天王”，而是“另一个”——一个仅仅是因为他个儿大、而且姓王的“大王”。

前不久，天津《今晚报》上登了一则消息：“我国著名一级作曲家王西麟，日前被北京歌舞团解聘。”理由呢？只一条——“未能创作流行音乐”！

大王落难了！

不就是他，这位在交响园地中辛勤耕耘，颇有建树，以他色彩斑斓的《云南音诗》和豪情澎湃的《第三交响曲》震撼乐坛的王西麟吗？

不就是他，这位个儿大、嗓门大、动作大的山西大汉，一块儿在咱们作曲系里呆过的老同学吗？记得一次在成都开会时，我与他同居一室，半夜里忽闻“大王”格格作响的咬牙切齿声与阵阵袭来的雷鸣般的鼾声，有时，还会突然冒出一声令人毛骨悚然的惨叫。第二天一早，我就卷席而逃了！到了后来，我才懂得这些全是他坎坷了几十年的积郁在梦中的折射和宣泄，也就不见怪于他了。“大王”的乐语一如他的梦语——从管弦乐序曲《吟》中的慢诵低吟、呜咽抽泣到《第三交响曲》中的大悲大恸、大吼大叫，表现出“大王”敢于赤条条直面人生、与世抗争、鞭挞魅魆、张扬正气的大理念、大思考和大气魄！

可是，大王真的落难了！

他，一个堂堂正正的七尺汉子，正值顶峰状态的华实之年，却被轻轻一脚就踢出了门！难道这世界真是那么小，小得连一个王西麟也容纳不下？一个又歌又舞的团难道连一个多少可以装点门面的管弦乐作曲家也不需要，连一个月工资还抵不上一个“天王演唱会”的一张黑市门票的一级作曲家也养不起吗？踢在“大王”身上的一脚也踢到了我们的心上，它是亮给当今“乐呆子”们的一张“红牌警告”：“喂，‘一级秀才’们，两条路，任你挑，要不下海就下水，不写流行音乐就滚蛋！”

我，“睡不着如翻掌，少可有一万声长吁短叹，五千遍捣地捶床”。昏梦中迷迷糊糊地飞往北京，一手推开了“大王”家那半掩半开的门……

夜灯前，“大王”正独歌独酌，独吟独笑，地上散落着《第三交响曲》的总谱，依稀地透出了斑斑泪痕与道道皱纹，他正在拾起总谱，一张张地往壁炉里扔……我一个箭步穿将过去，一面夺谱一面大喊道：“撕不得呀撕不得！这可是‘字字看来皆是血，十年辛苦不寻常’——你老弟的心血呀！”“大王”长叹一声说：“师兄啊！‘不惜歌者苦，但伤知音稀’啊！时下里有谁要听咱们的音乐呢！”

沉默……

我岔开话头，问道：“老弟，生活可有难？”

他摇摇头：“不。清初学者李柏著书无纸用槲叶，一天只吃两顿稀饭；我比起他要强多了，至少在中央音乐学院教书每小时可有近十元钱。”

我劝慰他说：“有麝自然香！你有浑身本事，还怕没处使？现在还是顺顺风向，不妨到流行乐坛去闯荡一番，潇洒走一回，如何？”

“你说啥？！”“大王”突然跳将起来，一抹脸，变成了屈原，他仰天长啸，壮怀激

烈地高诵着:“吾不能变心而从俗兮,固将愁苦而终穷!”(屈原:《九章·涉江》)

“那,那你也要吃饭呀……”

忽然间,他又变成了关汉卿,慢悠悠地低吟着元曲:“虽然我身贫,我身贫志不移;我心经纶天地,志扶社稷!”(关汉卿:《裴度还带》)唱着唱着,他从怀中抖出一张纸片:“我还要写一首歌颂贫穷的大合唱呢!看,这就是歌词——曼·穆尔的《贫困颂》——‘贫困,你是人类艺术的源泉,你将伟大的灵感赐予诗人。’”

“大王啊大王,你真是‘不论穷达生死,直节贯殊途’的铮铮铁汉呀!只是太执著,太执拗,太不识时务,太不会转弯了!”

他笑了。苦笑——痴笑——大笑——狂笑,笑成个醉糊涂,笑成个曹雪芹,他潇洒地笑道:“高情不入时人眼,拍手凭他笑路旁!”(曹雪芹:《红楼梦》)

他还在笑。笑得前仰后合,笑得踉踉跄跄,笑声将我震醒,我一下子从床上翻到床下……

我的眼角挂着一行苦涩的泪……

大王啊大王,你在哪里,我们都挂念着你。我们都在寻觅你的信息,倾听你的声音,我们会听到你的《贫困颂》,会听到你的第四、第五交响曲,我们还从你的声音中听到另一个声音——海明威的声音,“一个人并不是生来要给打倒的。你尽可把他消灭掉,可就是打不败他!”

第二天早上,我醒来心乱如麻,下意识地翻动着报纸。不料,《文艺报》上一行刺目的标题倏然闯入眼睑:《教师斯文扫地,编剧公开乞讨》。这是电影学院教师丁牧的一篇公开行乞文。由于“所谓文化云云早已无甚高贵和体面而言,又何必再犹抱琵琶半遮面呢?”因此他决定以“无奈的真诚、苦涩的泪和悲壮的血”公开行乞。

他——一个曾经发表过数十万艺术理论文章及影视剧作的剧作家,一个中国、也是亚洲唯一的一所专业化高等电影学府——北京电影学院的剧作教师,仅在1992—1993年初就有三个剧本被电影厂所接纳;然而,这些剧本至今统统未能投拍,因为没有钱——除非是作者自己去跑钱。而电影刊物发表剧本须由作者拉来广告赞助,有的刊物已将书号卖给书商,沦为“地摊刊物”的变种;而且,即使发表了的剧本,也将不付稿酬……

当真别无选择，只能公开行乞！

他的行乞，不是为了个人温饱，因为，“即使到了举家食粥的潦倒地步，也难得向人低下清高穷酸的头。”他的行乞，是为了“乞讨一个公众对民族文化事业的危机感和责任心，乞讨一个文学艺术能够正常容身、生存的环境，乞讨一个物质世界与精神世界同样富强的社会，乞讨公众对文化人的关注、同情和实实在在的物质援助。”

多么慷慨激昂，壮怀激烈呀！

我睡不着，也醒不了，冷汗淋漓，肝火中烧。难道文化宝塔的各路英雄从“大王”沦为“小三子”后还要纷纷落难逃荒，而我们的“诸文化家族正在共同沦为一个越来越捉襟见肘的乞丐帮”吗？一个“大王”、一个“小丁”，加起来不过是“两声凄厉，两声抽泣”；而那些红灯绿酒下的劲歌狂舞，拳头枕头中的你死我活，不是依然如故吗？文人落难，可谓小事一桩；但文化清贫、文化萎缩和文化落难，不可不谓一个文明古国最深最深的悲哀和最大最大的国耻呀！

文人是大王还是乞丐？也许都是，也许都不是。不过，莱辛早就说过：“真正的乞丐是真正的也是唯一的国王”。

（**王西麟：**著名交响作曲家。他在上海音乐学院就读时，就因埋头钻研技术、作品气势宏大而被称作“王交响”；之后则更有多部交响乐力作问世。他擅长于在音乐中警世呐喊。）

他在天堂里放声歌唱

陈　钢

天动地摇，霞光四射，苍穹里爆发出霹雳一声：“我—来—了！”

老温来了！温可铮来了！！中国的夏里亚宾来了！！！

他在登上艺术巅峰时驾云而去，他在天堂里放声歌唱，他没有走，他也不会走，他和他的歌声，将永远铭刻在世界音乐名人堂的纪念碑上，铭刻在历史的履痕和人们的心坎里。他没有走！他没有走！！

一个七十八高龄的老人，在舞台上站如松，声如钟，一口气唱了14首歌，竟然还保持着他那九岁获得“音乐天才儿童奖”时的童真，保持着莫斯科青年声乐比赛时的辉煌，而且越唱越美，越唱越好，真是一个打破了男低音世界基尼斯纪录的响当当的温可铮！

歌唱家温可铮

一个七十八高龄的老人，当他正在爬上艺术巅峰时，突然倒了下来！可是，他并没有倒，他只是昂首挺胸地站在那里，像一尊古铜色的雕塑那样，庄严地站在那里。他在用他那苍劲硬朗的笔触，划下了两个圆满的句号：艺术的句号与人生的句号！他在向世间证明：温可铮是个铮铮铁汉，而非爬行着的小人！

当年，温可铮有一句名言：“我爬也要爬到莫斯科去！”

爬！对，就是这个“爬”字，表达了拙于言语而只擅长歌唱的温可铮，向往前去他的老师苏石林和世界“男低音之王”夏里亚宾的祖国，当年的“苏联老大哥”那儿去进修的志向和决心。

可是，同样也是这个“爬”字，到了“文革”时，竟然成为要想死心塌地爬到敌对的“苏修”的罪证，也成了“温可铮形象”和“温可铮符号”！温可铮，这位新中国第一位昂首高歌，登上国际声乐乐坛的杰出的青年男低音歌唱家，一下子变成了匍匐在地，向“狗洞”一步步“爬”过去的“修正主义走狗”，“可铮”变成了“可憎”……

你不是要“爬”吗？那好，北京来的女红卫兵将音乐学院的“牛鬼蛇神”们集中起来，拉出腰中的皮带刷地一抽：“低下头来！”然后冷笑着说：“你们不都是‘音乐家’吗？好啊，那就让你们一起来个大合唱吧！”接着，转头就指着老温说：“温可铮，你不是著名的‘男低音歌唱家’吗？那就让你来领唱，要唱得清楚，唱得响亮！现在开始，预备—起！”于是，大家低着头，声音参差不齐地唱着那首从北京流传过来的《牛鬼蛇神歌》：“我是牛鬼蛇神，我有罪，我该死……”。当然，其中最响亮的还是那个想“爬出去”的“老牛”，不过，他有意压着嗓子从低声区中挤出的歌声，倒也颇似爬行着的老牛的低吼……

这段往事好像挺为“黑色幽默”吧？可是，在现实中的“黑色”决非“幽默”，而是冰硬、血腥和兽性的代名词。特别是对于那个想“爬出去”的人……

“文革”一开始，老温就首当其冲，和我同进“牛棚”。但冲进他家去“横扫”的并不是一般的红卫兵，而是一个同行——一个同样唱男低音的声乐系学生和他带去的红卫兵。他们“有的放矢”，朝着他们锁定的两个目标进军——一是抢走他多年来潜心积累的声乐笔记，二是将塑料拖鞋、毛线帽子强行塞入他的嘴里，同时用鞋底猛抽他的喉部。这样，既可摧毁他的声带，也能夺走他苦学积累的珍贵的资料；这样，就可从根基上摧毁温可铮!

此时此地,又有谁能救他呢?能救他的只有一个人——他自己!为了保卫他的命根子——那天赐的金不换的声带,他本能地挣脱了架住他的歹徒,猛地从三楼一股脑儿溜至二楼的平台,紧接着纵身一跃直抵一楼,然后夺门而走……

那时关在"牛棚"里的"牛鬼",待遇也有区别。我属于"小牛鬼",行动尚能自由;老温则是"老牛",关在学校,不准外出。有一年过春节时,他想请假回家几天,红卫兵甲同意了,可红卫兵乙知道后大发雷霆,立即把他从家里揪到学校,紧急集合全体"牛鬼蛇神",当众毒打。木棍打成几截,再随手捞起地上的水泥棒横扫而过,幸亏他顿时拔地跃起,才又一次逃过了这一劫!

在那个"非常时期",非即常,常即非,事事颠倒,事事非常,尊严的人一夜间成了非人的"牛鬼",而真正的牛鬼却纷纷装扮成人,粉墨登场。所以,"文革"除了是一次空前的政治浩劫外,也可谓是一场人与兽的生死搏斗!人,这个大写的字在字典中被抹去了,人性,也在神州大地上泯灭了!

不,没有泯灭!即使在那样的年代,人民也是偷偷地保护着艺术和艺术家,因为这才是他们的精神所系与心灵之爱。当老温被红卫兵追逐殴打时,是经常听他在家练声的工人邻居们保护了他;当他随着学校的"革命师生"到钢铁厂去"改造"时,挥汗炼钢的炉前工人极需要歌声的鼓舞,而那些平时口号连篇、吼声震天的"革命师生"们,却无一敢于上沸腾的炉台前演唱!可就在那时,被剥夺了演唱权利的温可铮却不顾一切,挺身上前,炉前放歌《咱们工人有力量》!他拿到的那张"批准书",是工人弟兄们给的。他们不仅批准了他唱,鼓励了他唱,而且要求他一唱再唱!

他要唱,他也只会唱,他是一个为歌而生、为歌而死的不折不扣的歌迷、歌痴和歌狂!

"音乐是我生活的唯一意义,我所有的自尊自信都来自音乐,我活着就是为了唱歌!"

"假如我不干这一行,我不知道我是什么样的人?!"

"我要当半个和尚,让自己处于世外桃源才好。"他也差不离是半个"和尚"了,连在结婚登记的路上，他还在边走边背谱呢！

“我连骨头都能唱呀！”温可铮仰天长啸道。

这，就是温可铮，就是那个视歌为命的温可铮呀！

“我要唱！我要唱！！”

即使在那个非常时期，温可铮也会用“非常”的方法来练唱。别人“插红旗”时，他却在背歌词；要他读报，他就用朗诵替代练声。他在“牛棚”的桌上，端放着《毛主席诗词》和《毛主席语录》，可压在它下面的却是一堆乐谱；有人来时就高诵：“不须放屁，试看天地翻覆”，可人一走，就低吟着《杨白劳》和舒伯特艺术歌曲。每天，他都要在校园里扫地，他一面扫地，一面则轻哼着他那首得意的保留曲目：《跳蚤之歌》。这首选自歌德《浮士德》歌词的歌，道出了他的心声：“你们这些穿着龙袍的跳蚤，得意忘形，不可一世，可最终总会被愤怒的人们捏死！”想到这里，他禁不住爆发出爽朗和蔑视的大笑，然后在牙缝里轻轻迸出三个字：“捏—死—它！”

在那些日子里，家里不能唱，他就在大热天里跑到表哥家去，拉起窗帘锁起门，光着膀子偷偷练唱。在一个大雨滂沱的傍晚，他还与妻子一起骑车到西郊的荒野里去，在一棵树下放声大唱，雨声陪伴着歌声，也淹没了歌声；歌雨和着泪雨，在污浊的黑暗中流出了一汪清泉；而依偎在旁、相依为命的妻子，虽是那么弱小，那么惴惴不安，却像是一支坚硬的铁柱，默默地支撑着他。就是她，在温可铮快支撑不住的时候，拉住了他，留住了他。他们当时的那段对话，可以收集在任何一本经典诗作与文集中：

“好，你想死，我陪你一起死，但是我得把话讲清楚。我记得你父亲说是你一年级的时候就写作文要成为伟大的歌唱家。是吗？”

“是的。”

“你是写了血书才得到父亲的同意考上了国立音乐学院，是吗？”

“是的。”

“你的理想实现了没有？”

“没有。”

“那你现在觉得唱够了吗？”

"没有！"

"那你教够了吗？"

"没有！"

"那你能甘心死吗？！"

……

妻子用心声救活了歌痴，而他则用响亮的歌声，证明了他一生的艺术理想与辉煌成就。

他是新中国第一个在国内举办独唱音乐会的歌唱家，曾参加了一千六百余场演出，其中个人独唱近三百场，保留曲目超过五百多首。我们的老院长谭抒真曾如此评述他："温可铮演唱歌曲数量之大、范围之广、水平之高、演出场次之多，在国际上也是少有的，在国内不仅限于歌唱家，即使将器乐演奏家包括在内，无论谁也远不能和他相比。"

他用不着"爬"到莫斯科去，早在五十年前，当他在参加国际青年歌唱家比赛获奖后，苏联的音乐大师、人民演员鲍·格梅里亚就对他盛赞道："温可铮的歌唱是当时我听到的最具前途的男低音歌唱家之一。"今天，全世界都在倾听温可铮的声音。他是第一个在美国卡耐基音乐厅举行独唱音乐会的中国歌唱家，他还曾应邀在联合国总部和日本皇宫演唱，被日本报界誉为"夏里亚宾再现"，说他的演唱"显示了世界第一流歌唱家的威力。"（见德岛新闻）法国老一辈著名声乐家阿兰·万佐，在聆听他的歌声后赞叹道："上帝啊，怎么这位来自东方的歌唱家的嗓音如此年轻富有魅力，他的美妙的歌唱艺术，即使在意大利，在欧洲也是绝无仅有的了……"

1999年2月，权威的《纽约时报》如此评论他的演唱："来自中国的、年高七十的世界知名的男低音温可铮，竟以美妙神奇的嗓音力度，使人动容与震撼！"

"动容"与"震撼"就是对温可铮歌唱艺术的最高褒奖！

令人动容与震撼，是因为歌者自己的动心与动情！有一次他在美国演唱《老人河》后，许多人为之流泪、为之动容，事后记者问道："你们国家没有密西西比河，文化根基也不一样，为什么能打动我们呢？"温可铮答曰："我曾经受过的苦难，让我对你们国家当时黑人的悲惨完全了解。"

温可铮与王逑夫唱妇随

令人动容与震撼，还因为他对声乐艺术的痴迷和对祖国文化的热爱。他自幼就喜欢京剧、民歌和国画，还牢记少林功夫中所讲究的“曲不离口，拳不离手”，“夏练三伏，冬练三九，”坚持天天练声，保持声音的完美和声感的敏锐。苏石林、契尔金是他的老师，金少山、徐悲鸿也是他的老师，人民和祖国大地更是他老师的老师！他，就是在他们的哺育与滋养下攀登上艺术高峰的！

尤为可贵的是，温可铮不仅以他雄浑深沉的歌声，令人折服地步入了艺术大师的殿堂；更用他像伏尔加船夫那样的艰辛、沉重、颠簸、呻吟，一步一个脚印的步履，向大地母亲交上了一份他作为一个诚实的人、正直的人和勇敢的人的出色的答卷。他得过很多奖，可是他还得了一个别的歌唱家都不曾得过的“特别奖”——2007年1月28日荣获的首届“中国诚信人生杰出人物奖”！而且，他是获奖的十大杰出人物中唯一的音乐家！这虽是温可铮在世时所获的最后一个奖，但从某种意义上说，是一个比歌唱奖更为重要的“人生奖”，是一张对他七十八载风雨人生赞颂和认可的“生命质量合格证”。它表彰了他老实做人、务实敬业、奋发进取的诚信精神，和对艺术的真诚崇敬与执著追求。

什么是“诚信”？诚信的同义词就是一个“真”字！

人间难得一点真啊！！

在假唱泛滥的今天，在那些“名歌手”们在伴声带的掩护下，公然欺骗听众，使其声音“永葆青春”的现实面前，七十有八的温可铮，响当当地喊出了四个字：拒绝假唱！而且，他竟然连话筒也不用。

“我的演唱形式很简单，就是一架钢琴伴奏。另外我不使用话筒，完全靠自己的声音，我一直拒绝话筒。”

“麦克风传出的声音是被复制过的，我的演唱是‘真迹’。谁都知道王羲之的字值钱，可是你把它拓印了几万张还卖真价，对得起观众吗？！”

78岁的温可铮就这样打破了19世纪初德国男低音大歌唱家路丁·威士创下的72岁用真声举行独唱音乐会的记录，更有力地揭穿了那些为假唱辩护的“假歌唱家”们不光彩的手段。你看！站在舞台上的不就是那个78岁的老人，可又是货真价实的铮铮铁汉：温—可—铮吗？！

温可铮是一棵乐坛的常青树，声乐王国中的得道者，更是一个堂堂正正的人！可是，他悄然走了，突然走了，不无遗憾地走了，头也没回一回地走了！他在还没有来得及在方始开幕的国家大剧院里举行八十大寿独唱音乐会，在没有来得及完成他积累与酝酿了几十年的声乐论著前，就猝然离我们而去了！天哪，这个充满了污秽与欺诈的尘世间，竟然容不了这位歌坛好汉的拳拳报国之心和绵绵歌咏之情，听任他弃世远飞了！可是，他还是不告而别地飞了，无怨无悔地飞了，飞到了一个没有挤压、没有忌恨的净土，飞到了天国为他留的一席宝座。在那里，他可以纵情放歌，开怀欢笑！在那里，他不但举办了八十大寿独唱音乐会，饰演了他梦寐以求的歌剧《伊凡·苏萨宁》与《鲍里斯·戈多诺夫》；而且，还与师辈夏里亚宾、苏石林在一起，切磋技艺，举办了世界男低音学术论坛，琅琅宣读了他新写的论文。可有时，他还会在万籁俱静的深夜里，悄悄地拨开云雾，俯首远望，对着亲人、学生，轻轻地哼一句‘啊，嘎哦丽泰’，问一声无声的好！可情不自禁间，他，温可铮，这个从不掉泪的铮铮铁汉，突然在他饱含深情的眼中，喷泻出一阵阵英雄的泪……

顿时间，泪飞顿作倾盆雨！泪雨、歌雨、咆哮之雨、欢腾之雨满天旋转，满天飞舞！它湿润了大地，它温暖了人间，突然，我想起了帕瓦罗蒂、想起了这位才走不久的男高音歌王1981年时在纽约的一所大教堂里演唱《圣母颂》的情景。我曾无数次听过这首圣歌，可是我从来没有听过这样轻轻地、远远地、从教堂四周绕梁而至、袅袅传入耳中、注人心间的天籁之声！现在，这个声音突然又升了起来，我似乎听到温可铮也在唱这首歌；但不是轻轻地、远远地，而是高昂地、嘹亮地……

他走了，但是还在歌唱，歌唱，歌唱……

他在天堂里放声歌唱！

（**温可铮：**中国著名男低音歌唱家，“文革”期间其与太太王逑均为陈钢的“棚友”。）

满天大雪满天情

陈 钢

章含之

2008年1月26日中午，大雪带来了一条惊人的短信：章含之走了！

谁也不相信这条短信，这条由含之多本著作的出版人萧关鸿发来的短信。正在重庆拍戏的潘虹也来电询问，她也不信。当我确认此事后，就在第一时间里告知报社，并发了条短信给洪晃："满天的大雪为她哭泣，满天的大雪为她送行。她带走了一段历史，她带走了一部传奇。可是，她——上海的女儿，给我们留下了一道迷人的风采和一颗对大海的眷恋之心。永远别不了的含之，你将永远活在我们心间。"

满天大雪是含之洒不尽的情——亲情、友情和对天地告别之情。我们不能相信这条无情的短信，因为去年5月我们还在上海首席公馆一起笑谈喝饮；我们无法接受这条残忍的短信，因为上天连这位"最后的名媛"也都不能挽留。满天大雪也是朋友们洒不完的泪——你一走，海上少了一道风景；你一走，席间顿现空缺，可烛光里依旧闪动着你的谈笑和身影。报上说，你已"离世"，那么是不是可以说，你还会回来……

记得我们的相识是在十年前文汇报的《笔会文丛》问世时的一次作者聚会。那套文丛除作家柯灵外，全系艺术家（如吴冠中、华君武、秦怡、含之与我等）的散文作

章含之与陈钢

品。我以我的《黑色浪漫曲》与含之交换了她与乔冠华合作的《那随风飘去的岁月》，然后在签名相赠时对她开着玩笑说："我想送你一个雅号好吗？"她随口应道："好啊！"然后，我一字一字地吐出了四个字："东—方—名—猪！""什么，东方明珠？不敢当不敢当！""不！是'有名'的'名'，'猪狗'的'猪'……"她愣了一下，然后扑哧一声笑了出来："对呀，我是属猪呀！""我也是啊……"以后，我们就以"猪兄"、"猪妹"彼此相称了。当那套丛书到青岛去签售时，我又发现"猪妹"是我们中最被关注的一位"公众人"。也许是因为她头上的三道光环——章士钊的女儿、毛泽东的英文老师与乔冠华的妻子，但更是因为她身上散发出的"末代名媛"的绝色风姿和对乔冠华无尽的、浓得化不开的爱！

"爱，是不可以说后悔的。"章含之如是说。当比她长二十二岁的乔冠华借古诗："隔江人在雨声中，晚风菰叶生秋怨"向她发出爱的召唤时，她就无怨无悔地投身于他的怀抱；而在老乔晚年孤寂寥寞之时，她又始终相依相偎，陪伴在他身旁。老乔弥留之际想说一些什么又什么都说不出时，她向他作出了妻子庄严的承诺："你什么都不用说了，你没有做的事情我会替你做，你没有说完的话，我会替你说。"就为了这一句承诺，她孤身走了二十年，从黑发走到白发……

她说了，也做了，全是为了那无怨无悔的爱。她请钱绍武为乔冠华雕像，并将其安放在与父亲章士钊同一个地方；她代他诉说，代他演讲，几乎成了他的化身与延续，也成了他不可分割的共同体。斯人斯情，又有谁能不为之敬重，为之感动呢！

最令人感动的是女儿洪晃的话。洪晃在妈妈去世后说，她是因为看到了妈妈对“乔伯伯”的忠诚，才相信世上是有爱情的。妈妈相信爱情，并为此付出一切。“她是个了不起的女性”！

1981年我在纽约结识了洪晃的爸爸，北大经济学教授洪君彦。我们经常来往，互为知音。他常常在我跟前打电话给小洪晃，轻轻地、不断地说：“I love You，I miss you…”父亲是那么地爱着女儿呀！可洪晃在14岁时却又不得不离开了史家胡同，离开了妈妈，独自搬到爸爸那儿去了。一个经历了家庭的破碎、心中烙下了不可磨灭的伤痕的姑娘，当她长大后，当她走近了一直离得很远很远的妈妈之后，她才真正懂得了一个最重要的字：爱！妈妈是一个有着真爱的女人，而当一个人有着真爱时，她就值得敬重，值得爱慕，值得称颂，她就是一个可爱的女人！

可爱的女人才会爱着可爱的一切。含之爱亲人、爱朋友，爱美、爱花、爱大海。她在青岛沿海还买了套“观海楼”。为了精心装修这套公寓，她特地从加拿大请来了设计师，还亲自购置了黑金色的沙发和紫红带金的落地窗帘，使房间格外大气、贵气和书卷气！当她一经入住后，就油然生起了一股“主人翁感”。因为，从小到老，含之还没有一套真正属于自己的屋子。现在有了，况且是开门见海，而不是“四合”在内。第一个星期，她好生兴奋，天天看海；可第二个星期，举目无亲，四顾无友，她不禁仰天长啸道：“啊！我可快要跳海了……”

“跳”到哪里去？还是跳回四合院，因为那才是她命之所系的家。还有一个地方可以“跳”，那就是上海，她出生的地方。

她是上海的女儿。她那一口纯粹地道的上海口语和身上所散发出的不可复制、也无法替代的名媛风采，是她出生与归属的标识。回来吧，含之。四合院给你留下了太多的沧桑，而上海一直像母亲那样地向你敞开胸怀。在安放着父亲与丈夫塑像的上海福寿园——人生后花园里，他们正等着你的来到，等着和你在天上相会。

雪还在下，情也不会断。“问世间，情为何物，直教人生死相许”……

（**章含之：**作家、外交官。与陈钢以“猪兄”、“猪妹”相称。）

朝拜乐圣

陈　钢

新年伊始。元旦早上的第一件事，是打个电话问候"亲家"。陈沂闻先生成为我的"亲家"并不是因为他与我同姓，而是因为他是音乐的"亲家"、音乐学院的"亲家"……

1993年11月20日上午，在上海音乐学院的图书馆大厅，举行了一个别开生面的"受赠仪式"——由上海音乐学院接受内燃机专家陈沂闻先生馈赠的201张珍藏名贵唱片。

陈先生是位老交大、老留学生和老发烧友。抗战胜利前夕，他毕业于重庆交大，继而赴美国密歇根大学研究院深造。1948年，美国哥伦比亚唱片公司的331/3转密纹不碎唱片问世，每张定价为六美元多；当时，这位痴迷于古典音乐之中而又无钱购买的穷留学生想出了一个"穷招"——到校园附近的一家音乐书店打工，以工作五小时换取一张唱片的代价充代工资。这样，在三年半中间，他用积攒的血汗钱购藏了二百多张古典音乐唱片——它们是17—19世纪交响乐、协奏曲、歌剧、芭蕾舞和室内乐的代表作，也都是国外二十至四十年代名演奏家、指挥家和乐队的珍品版本。

1952年，当陈沂闻和一批留美中国学生得知祖国将于1953年开始第一个五年计划时，就决心回国参加建设。那时正值抗美援朝高潮，继钱学森教授在回国前遭软禁之后，美国政府密令禁止理、工、医、农四系的中国留学生回国服务，一经中途查获，即按敌侨论处——监禁或高额罚款。当时，陈沂闻不得不以谎称赴英国皇家理工学院读博士为名，绕欧洲大陆经莫斯科回国。途中历时半年，环绕半个地球。为了轻装上路，他不得不丢弃了衣物、电器；可是，却将这二百多张珍贵唱片一张不漏地随身带回了国。不幸的是，“文革”中全被一抄而光。之后，他凭着刻在唱片硬壳封套上的姓名和不得出售的英文以及唱片内圆处所贴的黄色小方块编号，用了几年时间四处打听下落，最后经胡耀邦同志的关心过问，才得以一一从北京追回。当时，陈老抚物触情，看着那些曾经绕过地球半周、又陪伴他度过半个世纪的唱片、那些惨遭“文革”浩劫幸又失而复得的珍品，不禁心潮澎湃、泪流纵横……

1993年当他发现身患前列腺癌后，感到“前路未卜”因而常想起“随伴我已近半个世纪、绕过地球半周、又遭‘文革’浩劫并失而复得的唱片，该考虑妥为移交别人利用的问题了……”之后，就将其珍藏的201张名贵唱片和英产自动落片三速电唱机一架，无偿捐赠给上海音乐学院。

爱默生说：“戒指和宝石不是礼物，而是礼物的代用品。真正的礼物是你自己的一部分……”对于陈沂闻来说，音乐就是他生命的一部分。他希望他的生命、他的理想通过音乐、通过唱片——他的生命符号和心中的“内燃机”来延续下去，奏鸣下去，燃烧下去！

两年多过去了，“亲家”现在可好？电波中传来的硬朗的话语和笑声使我欣慰。格外令人神往的，是他告诉我的那一段音乐之旅：

1952年，陈沂闻从美国经过欧洲回国时，只想了却挂在心头的一桩宿愿——朝拜乐圣！到巴黎去朝拜肖邦。从伦敦到巴黎后，陈沂闻的第一件事就是瞻仰肖邦之墓。坐落在肖邦墓畔的是一位法国女歌星的坟，坟边插满花束；可肖邦墓前一片清冷。他，恭恭敬敬地上前献上鲜花，然后，深深地鞠了三个躬。当脑际浮起这位伟大的爱国主义作曲家的“革命练习曲”的旋风般的旋律时，陈沂闻在心中轻轻地哼起了“我的家在东北松花江上……”

到奥地利去朝拜莫扎特。奥地利战后为四国共管，外国旅客签证只准七十二小时——三天三夜。陈沂闻除了在维也纳森林和多瑙河景色中聆听斯特劳斯圆舞曲和波尔卡舞曲的律动外，特地在最后一天赶到萨尔茨堡参观莫扎特故居，去看看那座简陋的房子和神童出生的小床。当时只有三十岁的陈沂闻，在想到莫扎特只有三十五岁就早逝时不禁欷歔不已！他想：莫扎特啊莫扎特，如果时光能够倒流，如果生命能够移植，我愿活在你的时代，用我生命赠献于你，让你的音乐给人类带来更多的快乐！此时此刻，他似乎更懂得爱因斯坦临终前的最大的遗憾——我，再也听不到莫扎特的音乐了！

他到德国去朝拜贝多芬。在莱茵河畔，有一座高大的贝多芬雕像，他怒目前视，手指前方。正当陈沂闻在巨像下流连徘徊时，一位德国女学生带他去波恩市中心瞻仰贝多芬故居。进门是贝多芬完成《田园交响曲》时的石凳，仿佛在低吟着曲中的旋律。三楼阁楼里放着贝多芬出生时的小床；而二楼则是放着一架古钢琴的贝多芬的工作室。橱窗里陈列着一只圆号式的大助听器，另一个橱窗里陈列着贝多芬逝世时的石膏模型——那雄狮般的头，双眼紧闭，却似怒目而视。石膏上还印着花环的印迹，那是贝多芬去世后希腊王室献赠的。后来，那所故居在20世纪50年代末的一场大火中被烧毁了……

"你可到学校图书馆找出那张我送的贝多芬《月光奏鸣曲》的唱片封面，上面的头像就是他……"

是的，陈老。您馈赠给我们的不止是一张张唱片，而是一尊尊乐圣，我们要朝拜乐圣，朝拜崇高，朝拜理想，朝拜希望！

（此文系《新民晚报》1995年12月31日《最后的馈赠》和1996年1月6日《朝拜乐圣》两文合写而成。）

（**陈沂闻：**陈钢称之为"亲家"。新中国第一代音乐发烧友。）

白桦的三度悲怆

陈　钢

翘首企盼的圣·彼得堡爱乐乐团来了，翘首企盼的《悲怆交响曲》来了。此时，我立即想到了一个人——白桦。

白桦树是白色的，但白桦却是红色的。一个被日本鬼子活埋了父亲的红小鬼，一个爬起来擦干眼泪走上战场的战士，一个用深沉而浪漫的笔尖抒写人性的诗人，当然是“红色”的！可是，他的一生却像那一片望不到边际、笼罩着皑皑白雪的白桦林，那说不尽、道不完的悲怆……

1957年冬，大雪纷飞。“红色”的白桦被打成了“白色”的右派。

在离开北京之前，李德伦请白桦去青艺剧场听由他指挥的柴可夫斯基的《悲怆交响曲》。当时，这位憨厚的“李大爷”，压根就不知道白桦的处境。白桦在后来回忆道：“去，还是不去，当时对于我就像哈姆雷特的‘活，还是死去’一样，最后我还是踏着大雪去了。我是在绝望中去寻找《悲怆》的，但我得到的却不仅是《悲怆》。在慢板乐章结束之后，我哭了。哭泣着走上积雪的长安街，我真正意识到我是一个被我紧紧拥抱着的人世抛弃了的孤儿，但我朦胧间觉得还有另一个永不舍弃我的境界。此后，我不再幻想向石壁去乞求什么了，我的思索也随之而多了一点深沉。空旷，寂寞，迫切地渴望着喧哗人世之上的音响……”

寒冬方过，春寒又接踵而至。1981年，“四人帮”粉碎后不久，祖国的苦恋者白桦，

却由于他的电影剧本《苦恋》，再一次受到了批判。就在批判文章发表的第二天，还是这位“李大爷”，正好从北京来武汉客席指挥，他一下飞机就给白桦打电话，告诉他：“白桦！这是我下飞机的第一件事，给你打电话！我要告诉你，你不孤独，我和许多许多朋友都在你的身边。我还记得1957年的一个大雪天，我请你来听音乐，你绝望地走进青年艺术剧院后台，连话也说不出来。现在总比那个时候好得多吧！是春天了！是春寒！！”

“很快，我又在北京第二次听李德伦指挥柴可夫斯基的《悲怆交响曲》。虽然我还是流了泪，而且走到街上都没有擦拭，让它在脸上慢慢被料峭的春风吹干，我把它当作大自然的抚爱。此刻，德伦的话又在我耳边响起来：‘是春天了！是春寒！！’”

几度悲怆几度愁，风霜雪雨搏激流。料峭的春风不断吹拂，可刺骨的春寒始终缠绕着他徘徊不去。白桦在一次复一次的春寒中，一面不断地咀嚼着柴可夫斯基留给他的悲怆，一面在心中喃喃自语道：“请透过我的创口看看我的年轮吧！每一个冬天后面都有一个春天！”

白桦的心中，永远有春天！

春天来了！2008年11月18日，圣·彼得堡爱乐乐团从柴可夫斯基的故乡来到了上海，在第十届“中国上海国际艺术节”闭幕式上，隆重献演了《悲怆交响曲》。我特意请了白桦去听这场音乐会，听一听那首陪伴了他半个世纪的心曲。可事先我并没道出那段缘由，一直到了上海大剧院后，他才看到节目单中的压轴曲目——《悲怆交响曲》！

"起初，我很不安，因为我不知道这一次柴可夫斯基会告诉我什么，我只有凝神倾听，听任它。很快，我的许多珍贵的生活碎片就在悲怆的记忆中闪现，而后一一消失。接着，铺天盖地的悲怆覆盖了我，我立即想到诗——只有诗才能表达悲怆给我的一切！"白桦事后回忆道。

然后，他用诗写下了他的《三听悲怆》：

"第一次倾听《悲怆》，啊！悲怆是致命的柔情！第二次倾听《悲怆》，啊！悲怆是澎湃的激愤！第三次倾听《悲怆》，啊！悲怆是绝望的深沉！

悲怆源于爱，痛苦源于爱的激情。当爱河泛滥之后，那就是悲怆的汪洋大海。悲怆是命运最后的答案，悲怆是上苍最权威的结论。悲怆是凄美的夕阳返照，悲怆是生命遗留在天地间的余音。谁也走不出悲怆，因为悲怆源于爱。"

爱！这是一个给人难以名状的震撼的一个字，它是一声破天惊雷，它又是无底的万丈深渊。为了这个字，多少人向它奔去，又多少人为之沉沦。而白桦的三度悲怆，正好是这个人类终极命题的中国版诠释。

"悲怆"（Pathetique）的含意不仅是"悲哀"、"悲痛"和"悲剧"，而且是悲而恸之，悲而怆之，也就是白桦最爱的诗句："念天地之悠悠，独怆然而涕下"中所表之情意。但是，在悲叹与怆然之后，他并没有枯萎，也没有沉沦，而是登高远望，寄托未来。最近，在一个慈善音乐会上，在一个7岁的女孩子弹奏着《天鹅》的伴奏下，年近八旬的他，用那带着嘶哑、但深沉有力的声音，开卷朗诵了他的新作：《一棵枯树的快乐》：

"一场恐怖的风暴之后，我苍老的躯干终于被彻底折断了；我快乐，非常地快乐，因为这是我的信念，为爱宁折不弯。

不！不！这还不是我最快乐的时候，当朝霞渐渐染红了群山，我彻底化为了一堆溶于泥土的灰烬，而后吐出清新悦目的新绿一片。那才是、那才是我最快乐的时候，我把一切都归还给了这个世界；一切，我所有的一切，让有限的生命在爱的传递中成为无限。多好！"

（原刊于《首席》杂志2009年6月号。）

（**白桦：**著名作家、剧作家、诗人。陈钢称之为最"酷"的朋友。）

“湿牌”记者

陈　钢

世人尊记者为“无冕之王”，她却把自己说成是“傻瓜相机”；而我，却另想起了一个非常特别、格外亲切的称谓：“湿牌记者”。这个名词不是我，而是由徐丽仙所独创的。

徐丽仙最信赖的人，就是那个代她写入党申请书、离婚申请书、家书、遗书，为她整理艺术笔记和唯一得知她深埋在心底数十年恋结的女记者。别人说她是丽仙的干女儿，丽仙骄傲地一甩头说：“什么‘干女儿’？！我伲勿是‘干格’，是‘湿格’——‘干格’一甩就落脱，‘湿格’黏在一起，永远掰不开！”由此，我就叫伊人为“湿牌记者”。

什么是“湿格”——水是湿的，泪是湿的，血也是湿的。一个“湿”字就可勾勒出一个人的风骨品貌，真可谓是“丽调”中之瑰宝也！

她是水。她总是默默地流，流往低处、深处、远处；流往那被遗忘的角落，用汩汩清泉温暖艺术家孤独的心，使他们复归到行星的轨道，在天际放射荧光。话剧《于无声处》在1978年问世时，是一出在工人文化宫演出的工人业余创作，就是这位“湿牌记者”用七个字为标题的大块通讯《于无声处闻惊雷》向全国引爆出它的巨响的。作者宗福先——当时一个热处理厂的普通工人，事后回忆道：“我看见她从剧场后门跨着富有弹性的大步精神抖擞地闯进化妆间，抓住导演苏乐慈：谁是那个作者？那一瞬间，我们认识了。这是我生平认识的第一个记者。到今天，我们也还是好友，虽然来往不像当年那么密切了。她说，作为一个记者，她不爱多找出了名的人，她喜欢找无名的人。'当时你是，现在你不是了'。"像宗福先这样的文艺家，可以列出一大串名单。怪不得余秋雨这样写道："她在平常中发现了不平常，在悲剧中发现了崇高，在芜杂的都市风景中找到了足以燃烧千万人心灵的火种。"（《都市的良知》）

她是泪。她爱哭，爱"慷慨为悲咤，洒泪鸣不平"；她还爱与被采写对象一起哭，用自己的泪抚慰受伤者的创痛。她曾这样写道："生活告诉我，和你一同笑过的人，你可能很快把他忘掉；和你一同哭过的人，你却永远不忘。"她饱含着热泪为年轻的钢琴教授范大雷的不平待遇振臂呐喊，她又淌着苦泪眼睁睁地远送他永离人间——她，在《红烛泪干》中写了她的泪，也写了范妈妈的泪："看一眼范老师，再看一眼范老师吧；他静静地，静静地躺在那儿。他累了，睡着了，永远地睡着了。我的泪水禁不住地往下掉。""范大雷的妈妈徐嘉声老师，这位饱经人间哀伤的伟大母亲，默默地站在一边。她脸上像断了线的珍珠似的眼泪，如意犹未尽的删节号，她什么都不说，但什么都说了。"她在用泪笔蘸着心血写完《无言的辉煌》后又这样写道："写到这儿，我突然热泪如倾，我想起一句诗：'把爱抹掉了，地球将会是一座坟墓。'"她犹如倾之热泪，是因为她有如海之情，如火之爱！我想起了约·万·切尼的《眼泪》："如果眼里没有泪水，心中就不会有彩虹。"

她是血。血比水浓。

她的每篇报道都是用心血写的。她的血管里流淌着一个多血质、易激动、B型血型的理想主义女性的热血，也汇融着被采访对象的滴滴鲜血。曾经几度无家可回的徐丽仙被她接到家中，同睡在一张床上。晚上，舌底癌使丽仙疼痛难熬，她小心地往她舌头上倒珍珠粉帮她止痛。丽仙一把抱住她说："你懂得我。只有艺术和你才是真的。"在丽仙病情好转回家后，她却得了血液病。范大雷生命的最后时刻，她几乎天天陪着他，陪着他唱，陪着他叫，也陪着他吐血——好几次她从中山医院探望正在吐血的范大雷出门后，自己也吐了血……她的血管把心和被采访对象的心紧紧地连结在一起。

就是这个"湿牌记者"，她用心血和泪水浇灌了每一个字和每一颗心。在"金牌"、"银牌"满天飞的今天，闪出了这样一块浸透了绵绵情意的"湿牌"，真是件可欣慰的事！

这就是我在出席"周玉明报告文学研讨会"回家后写下的一段札记。

（原刊于1993年12月8日《新民晚报》。）

（**周玉明**：作家，《文汇报》首席记者。）

秋之歌

陈　钢

音乐家为作家的书写序，似乎有点儿“悖”；但细想起来，倒也不足为怪。因为，万事皆有缘。我与玉明、鑫珊能成为“生前好友”，当然是有那么一段缘分，才会生出这段小序，一首为《秋之歌》所作的“歌之歌”。

秋属金，而我与鑫珊的名字中均有“金”（用音乐术语来说，叫“共同音”）。我出生后算命先生说我“命中缺金”，故起名为“陈钢”（后来又有位先生说是算错了，我命中并不缺金）。鑫珊的命大概比我还穷，因此一口气叠上了三个“金”，成为“鑫”；而且嫌之不足，还加上了比金还贵重的“珊瑚”，这样，就比我阔绰多了！既然，我与鑫珊的大名中都有“金”，而“金”与“玉”又是天生有“良缘”的，那么，他们合作写书，我凑热闹作序，也就顺理成章，理所当然了！

我们是在秋天里结识的。

1990年秋天，我们一位共同的音乐朋友，华裔比利时女高音刘淑娇，在她离沪赴港迁居前，请了她的老师周小燕、谭冰若、钱苑和好友周玉明、赵鑫珊、丁园等在“世界之窗”饮茶道别。我呢？是刘淑娇比利时丈夫洛克的作曲老师，所以也应邀赴宴了。对于周玉明，我早就在各种场合中多次见过她，但仅仅是点头而已！因为我对于她专写女性艺术家这点，始终大惑不解。不是吗？连最好的旦角都是男人扮演的，而你为什么却患有这种“女人偏执狂”，不好好写写男人，写写屹立在文化之巅的男艺术家们呢？后来，我才得知其中的奥秘——因为她在写一个人之前，必先倾注其爱于其所写之对象；这样，就很可能情结万千，困陷于情网之中；所以，她必须过了“不惑之年”后，才能好好写男人！鑫珊呢？我早就在他的“哲学诗作”中认识了他，不过，那时还以为他是位才女（因为他的名中有“珊”，而文笔又是那么秀丽）；后来，才知道他不但是个烈性汉子，而且还是尼采的密友呢……

自那次宴会后，我们就常来常往，于是成了“生前好友”。

我们还是在秋天的音乐中找到“初秋”与“晚秋”的。一次在我家里听音乐，应鑫珊的要求，我一连放了两遍拉赫马尼诺夫的《第二钢琴协奏曲》。那个魂系贝多芬的赵鑫珊，在听这首乐曲时，如痴如醉，简直又在梦缠拉赫马尼诺夫了！当第一乐章一结束，他就兴奋地说：“这就像田野上的小白桦树，我去过那里……”周玉明一面翻阅李乐诗赠我的散文集《南极足音》，一面漫不经心地说：“我听到了海浪的翻腾……”周玉明就是这样，尽管她内心的海浪如何地翻跃滚腾，可她的表情永远是那样地平静，那样地漫不经心和若无其事。音乐在进行着……

第二乐章开始了。黑管奏出了一个忧郁的、蒙着一层淡淡哀愁的慢板主题。周玉明突然放下了书说：“这就是晚秋！”而当主题递交给弦乐重复时，那旋律如同轻烟袅袅，悠悠飘飞……这时，赵鑫珊慢悠悠地晃着头说：“啊！这就是初秋……”

这样，这本散文集的名字就定了下来——《秋之歌——初秋与晚秋二重唱》。

秋，曾经使多少诗人、哲人、情人为之倾倒，为之吟唱！可是，在这么多咏秋的诗作中，我所偏爱的那首恰恰是周玉明在电话中漫不经心地告诉我的“信天游”：

秋，
属于我的季节。
一个秋天金色的吻，
胜过所有春天绿色的温存。
秋，

我最依恋的季节。
唯有它不用镀金，
成熟的爱本身就是金。
秋，
人生最美的季节。
叶片落尽，
枝干依然潇洒。
头——永远高昂！
心——永远年轻！

这首诗，就是我心中的“秋之歌”！

中国人写秋天，总是那么萧条、凄楚、悲凉、苦涩！不是“一声梧叶一声秋，一点芭蕉一点愁”，就是“枯藤、老树、昏鸦，古道、西风、瘦马”。好端端的中秋月圆，却要它残缺弯钩；好不容易一年一度牛郎织女鹊桥相会，偏叫人家见了一面又活活拆开。真是故意令人断肠，令人落泪泪不休。秋天是个色彩斑斓的季节。可是在中国人的眼里，它的色调总是那么冷白、灰暗。在咏秋的诗中，描涂得最显眼的颜色就是一个“黄”字——什么“秋花惨淡秋草黄”啊，“秋风起兮白云飞，草木黄落兮雁南归”啊；还有什么“雨中黄叶树，灯下白云天”、“黄叶无风自落，秋云不雨常阴”等等。难得有一点红，也不外乎是夕阳、残阳、斜阳……

我心中的秋天是高歌的季节，丰收的季节，多情的季节，火红的季节——红，是我灵魂的主色！当我在尼亚加拉大瀑布畔看到一片无边无际的红枫林和在加拿大国旗上看到那个国家和民族的精神标志——红枫时，我的心底会涌出一股秋的神往，一股比看到雄狮和星条时更为激动的激动！我也喜欢白色，喜欢红与白两个色块的“撞击”和对照；喜欢“芦花千顷雪，红树一川霞”、“一川枫叶，两岸芦花”那种红白相映的景色。我可不喜欢黄色，因为它中庸，混浊；而且容易使人联想到皇帝，联想到宫殿与庙堂……那么，周玉明，你的主色又是什么？她自己说，她最爱的是天蓝色与奶白色。因为她觉得天蓝色象征开阔与深邃，而奶白色则象征着纯洁和透明。这使我想起了俄国诗人丘比切夫在其著名的抒情诗《在初秋的日子里》呈现的这两种颜色：

白昼像水晶般透明，
黄昏更是灿烂辉煌……
空气更空旷，鸟声已绝灭，
但还未感到风雪临近的威胁，
只有一片纯净温暖的蔚蓝，
向正在休息的田野倾泻……

人们可知道，当老托尔斯泰在读完这首诗后，禁不住噙着感动的老泪，在诗旁写下了一个“K”字——俄语“美”字的第一个字母！

周玉明啊周玉明，你是一块透明的玉，一块不加雕琢的璞玉。你还是个奇女子，一个奇而不特，奇而不怪的大女人！你的诗文的每一个音节，都是心河中流淌出来的初秋之歌！

至于鑫珊，他名字中的“金”实在太多！“金”与“秋”、“冷”、“悲”相连，而且与白色有关。他行文冷峻，隐隐地露出缕缕悲情，可实际上却是个痴醉疯癫的游吟诗人。他执著、顽强得像一把金刚钻，可心的深处却是一汪柔情。不知怎地，我总是将他与“黑色”联系起来，因为哲学家在人们的心目中就像个迷宫与黑洞，像那音乐中“黑色的b小调”。

也还是那个丘比切夫，在《秋暮》一诗中写到面对风暴将临的冬日前的晚秋时说，万物之灵有一种“面对苦难时的崇高的羞怯”——虽然万物凋谢颓败，大地阴冷荒凉，可是甘于奉献的艺术家，还是怀着对生活的一往情深，闪泛着羞涩的微笑，表现出“崇高的羞怯”——在这“羞怯”中，饱蘸着多少失落与热泪，蕴含着多少愁绪与冀求，这是一种“待到山花烂漫时，她在丛中笑”那样的“羞怯”，一种无私奉献的、崇高的“羞怯”，一种哲学的“羞怯”，晚秋的“羞怯”。

秋啊，秋，“初秋”和“晚秋”的二重唱，唱出了一首美丽的金秋之歌！

他们俩——一个初秋，一个晚秋；那么我呢？夹在中间的我又算什么呢？就算是“中秋”吧！好在中秋乃佳节也，又有月饼好吃，那就权且将这本集子充当一只美味香甜的“沪式大月饼”奉献给诸君吧！

（此文系为周玉明、赵鑫珊《秋之歌——初秋与晚秋二重唱》一书所作序言，该书于1992年由上海文艺出版社出版。）

（**赵鑫珊：**著名作家、学者。）

白—黑—红

——小说《天空是凝固的海洋》序

陈　钢

孙思怡

音乐是流动的建筑，建筑是凝固的音乐；天空是凝固的海洋，海洋是天空的泪光；而思怡则是个“不可思议”的三色混合体……

白

面前泛起一阵白浪……

白色的衣裙，白色的脸庞，白色的声调，白色的文字。一个白色的姑娘站在我面前。她，正在写一篇如同白色那般纯洁的长篇小说，可她却是一位歌手；她，曾经历过同龄人所难以想象的多重坎坷；但在她的脸上，却始终挂着那淡定而坦然的微笑……

我没有听过她的歌，更没看过她

的小说，可是，透过她的眼睛，我可以看到她的内心独白和心灵色彩……

“你最喜欢的颜色是什么？”

“白色。”

“为什么？”

“因为它是低调的张扬。”

“那你最喜欢的音乐又是什么？”

“《梁祝》！”

“哦！是这样。所以你来找我？……”

“是的。因为我的小说就是想写一则现代版的《梁祝》，并想通过它的故事来坚定地告诉世人：‘我们可以为爱而失望，却不可以因为失望而不敢再去爱’的爱之真情、真理，鼓励那些在现实和真爱中迷失方向的人们勇敢地去追求爱。”

现代青年会相信纯情和真爱吗？“80后”的青年会相信一千六百年前梁山伯与祝英台之间那种至死不渝的爱情吗？可是，现在站在我面前的这位21世纪的新女性、一位观念颇为前卫的姑娘（她甚至敢于颠覆传统观念，提出了“同性为何不能相爱”的论点）却用自己的切身体验，挑战了这道世纪疑题。

“梁祝”式的爱情似乎仅仅是遥远的古代传说，可一个追求真爱和纯爱的少女，却偏偏从那个一千六百年前发生的故事中，找到了爱的核心价值与终极目标。“梁祝”的故事又似乎是一种不真实的叙事——聪明的才子梁山伯竟然会认不出同窗三载的祝英台是位美丽的佳人；而当梁、祝双双殉情之后，却又会化成蝴蝶，在天上起舞翩翩，这可实在是太传奇，太不可思议了！可是，就是在一千六百年后的现今，孙思怡却又重新拾起了这个古老的命题，赋之以现代的内容和全新的阐释，这就更是思怡的“不可思议”之处了！

爱是一个永远说不清道不明的命题。它既是真实的，也是梦幻的；既是纯真的，也是纠结的。爱，可以是零距离地合二为一，但也可以是遥不可及地“千万年彼此相望”（海涅）。梁、祝是这样，牛郎织女是这样，小说中的“天空”与“海洋”难道不也是这样的吗？

那么，爱究竟是什么？它又在何处呢？

思怡如是说："这个世界不是没有真爱，而是看你敢不敢去追求。我宁愿被爱刺伤九百九十九次，只为等到第一千次的红玫瑰。"

"勇敢地去追梦。勇敢地去爱。勇敢地去坚强。勇敢地走自己的路。勇敢地路过。一直到勇敢地结束。"

黑

"你最爱听的歌是什么？"

"《黑色星期天》"！

我听了为之一惊！可是，从她的眼睛里，我找到了答案——那里有一丝淡淡的忧郁和薄薄的阴霾，眼谷深处，似乎还有一个黑洞……

《黑色星期天》是匈牙利钢琴手Rezso Reress（鲁兰斯·查理斯）于1933年失恋后写出的一首"音乐绝命书"，非常神秘、非常绝望，非常地令人窒息。它的英文译名是《Gloomy Sunday》（也有译作《魔鬼的邀请书》的），曾有很多人听了这首歌后悲痛欲绝，走上了不归路。可是，如此年轻的思怡又怎会喜欢上这首"黑色中的黑色"的"绝命之歌"呢？是因为她有与生俱来的"黑色基因"呢，还是因为她在现实生活中遭遇了"生命中不能承受之重"？

两者都有！

思怡是我的朋友的朋友的朋友。她的朋友、也就是她的油画老师，就是画家李贺；而李贺的朋友古远，又是在他主编的《首席杂志》上多次发表过我文稿的一位青年学人。通过这样一次"远关系转调"，我见到了古远带来的思怡，却未见到本来要来的"朋友的朋友"李贺。不过这亦无妨。书如其人，画如其人，我只要看看画，就可知道李贺及其弟子的风范与品味了。

打开李贺的博客，满页的向日葵迎面扑来，看惯了凡高的向日葵的我，更为吸引我的则是李贺的抽象水墨画：《浮躁城市》、《漂浮城市》和充满童趣的《红烛》、《红椅》和《小红猪》。可是，思怡的眼睛却一直盯着那幅黑色的《伤城》。她说，她喜欢象征着毁灭的黑色。因为，有了毁灭才有重生！

在现实中，她曾经度过了一段美丽人生，但也确实经历了一段痛楚的黑色人生。一个骄傲美丽的富家女，一个因一曲《因为爱上你》而声名鹊起，被誉为“歌坛才女”、“天籁之音”的女歌手，突然因父亲投资失败，家庭破产，一夜间就从高高的云端里掉进了万丈深渊。可是她不言放弃，继续追梦。面对着累累重债，她用自己柔弱的双肩担负起家庭重担。打工，做推销员，演出，唱酒吧，拍广告，做韩国JJ专业美发产品的形象代理。还有，就是用她咀嚼着的梦幻人生和黑色现实写成长篇小说，拍成电视连续剧……

“这个天蝎座的女孩，孤傲的不可妥协的女孩，被自尊和自卑同时折磨着，水深火热。”（孤独的行者）

思怡说：“生命的意义在于用有限的时间去经历无限的经历，经历，才是对人生最灿烂的记录。”是呀！一个白色的少女有过一段黑色的经历，不也正好能使她的人生调色板上增添了一道异彩吗？！

思怡生命中的黑洞也许会是条长长的隧道，可是你瞧，它的尽头不正在透露出一道曙光、一丝晨曦的朝霞吗？

红

“思怡，你回过头来看看！”

一直面对着我的她回过了头，看到我温馨的琴房里弥漫着的一片柔和的阳光，那是通过花色玻璃透射进来的夕阳余晖；同时，也看到了墙上的一张我的专场音乐会的大海报——《红色小提琴》！

“思怡，你知道什么是‘红色’吗？”

“红色，是我们花样年华时的一抹朝霞；红色，是我们蹉跎岁月里的血色浪漫；红色，更是我们心中永远开不败的玫瑰！”

“思怡，你不是喜欢玫瑰吗？你不是喜欢蝴蝶吗？那么，你去看看你老师李贺的那一组蝴蝶系列作品‘重生’吧！”

李贺的蝴蝶系列非常形象和深刻地表现了《梁祝》中所彰显的中国人的生命观、

爱情观，也就是思怡所追求的“毁灭—重生”的哲学理念。画的核心是“生命之美，翩翩起舞，”而《梁祝》所表现的也正是生命的重生和爱情的重生。

我
只是一个正走在路上的行人
孤独地
顶着太阳行走
难得的是
自己心里还有绿洲
——李贺

红烛

好诗好画好境界呀！我们的所思所行、所歌所吟都应该是这样的境界！尽管路途上布满荆棘，尽管我们孤独落寞，但只要心中有一方绿洲，我们的心就会像蝴蝶一样地自由！

思怡说：“我是个追逐太阳的人，追逐太阳的人又怎能害怕阳光的刺呢？”

太阳的女儿应该喜欢灿烂多彩的光谱，你是白色的，又是黑色的、红色的，可又为什么不能是蓝色的呢？“天空”是蓝色的，“海洋”也是蓝色的，也许，当某一天天空与海洋相吻时，天际间会响起一阕美丽动人的《蓝色狂想曲》……

赤橙黄绿青蓝紫，愿你身披七彩霓裳，脚踩朵朵白云，像蝴蝶一样，在天上人间自由飞翔……

你是“歌者”，但你又不全是歌者；你是“作家”，但你好像又不完全像作家。那么你是谁？我想，你就是你！只有当你真正像你自己时，这才是找到了最最可贵和准确的定位。

思怡，记住你自己的人生格言：“人的一生中有很多种角色，真正适合你的只有一种，就是做自己！”

庄周梦蝶，你就化成蝴蝶，去寻找那第一千朵红玫瑰吧！

（**孙思怡：**歌手。可谓是陈钢“朋友的朋友的朋友”。）

双城

为了证明火在燃烧

陈　钢

我写诗/为了证明火在燃烧。

——(法)让·布里阿勒:《我写诗》

在我们这个曾经是诗的国度,越来越令我陷入诗的迷惘——诗似乎很多,多得像可口可乐和力士香皂;而诗人似乎比诗还多得多。一人一面大旗,一人一座山头;一人一句口号加一打纲领。可是,诗在哪里,诗中的人又在哪里?后现代主义诗人帕拉不是曾经辛辣无情地把某些"现代诗人"的"反诗歌"行径说成"一口涌流的棺材,一具离心力的棺材,一座没有死尸的追悼会堂",而把"反诗人"说成是"一个贩卖棺材和骨灰盒的商贾,一个什么也不信仰的教士,一个对自己怀疑不定的将军,一个嘲笑一切的流浪汉"吗?这兴许是对当今诗坛怪相的一幅绝妙速写吧!

在不想看诗的时候,偶然间在去年看到了萧未的诗——一个16岁的姑娘的诗。她意外地、却在不知不觉间用诗吸引了我。

读她的诗就像是在听音乐——说不清,但却有很多话想说;不显露、不矫情、不张扬、不神经,只是在被遗忘的角落里默默细诉着自己的心语。它,"突然而来,伴着烈火;突然而去,孤零萧瑟。"(聂鲁达)它,就像艾略特所说:"世间总有千百万首诗/我只是加上了不多的几首","它们甚至比不上月球表面最初留下的足迹,但有时它们毕竟闪烁发光。”

对！它们有时毕竟闪烁发光。但，那是为什么？因为——它们是诗！

诗是什么？诗是情，诗是火。这才有苏东坡那辉煌千载的《赤壁怀古》，才有血，才有泪，才有淌着血泪写下的情诗。不是吗？“诗是流泪的眼睛，是流泪的肩膀/流泪肩膀的眼睛，是流泪的手/流泪的手的眼睛，是流泪的脚跟/流泪的脚跟的眼睛。”（尼·斯特内斯库：《诗》）萧未有那么多情、那么多泪，也就有那么多诗。她虽然那么小，她——“这个年纪/履历和额头一样干净/心情和习题一样简单”（萧未《这个年纪》）；可是，她却在用那颗多情的诗心，轻诉着自己那过早苏醒的爱意——“这个年纪，有过的情感，也许是现实，也许是梦幻，也许是伞下的雨——有或没有之间。”（萧未）虽然有人说：“因为没有受伤/何以无权哭泣。”（萧未：《伤口》）但是，她有权用泪记录她的追寻与失落。

她——热烈地追寻。“是的/没有，什么都没有/只有我的泪——/因你而引起的所有的心痛/若是不能融化记忆的封壳/至少/至少可注满离去时/你留下的深深浅浅的脚印。”（萧未：《只有这一些》）

她——将泪化成忧和美的象征。“我的泪如此火热地滴落/又在冰冷的告别中凝固/所有的情谊在一瞬被注定了结局/成为最美的那一颗琥珀。”（萧未：《结局》）化成琥珀的泪就像钉在墙上的雨一般，永永远远地滴啊滴啊，流啊流啊，那滴下的泪和流下的雨结成凝固的音乐……

音乐——是的，音乐。萧未的诗充满了音乐。

在我眼中，诗是可读的音乐。诗——在英语中canto本是源自拉丁文字的意大利语“歌”。魏尔仑主张“音乐先于一切”。庞德也说：“有一种诗，诗中，音乐和纯乐曲，仿佛正进入语言。”音乐在诗中无处不在——从意象、声韵到节奏、结构，都散发着美妙绝伦的奇响。

萧未在诗中用了某些直接的音乐意象。如“弦”。

在《古琴》中，那“弦”是“黄河岸上的纤绳”，它“一根根嵌进你古老的琴把”。有了弦，就如歌如泣，就会在心底留下历史的足迹。但是，这“弦”似乎是根无声的哑弦。“几千年来/沉默便是你的琴声/多少血染无边的黄昏啊/静谧的心中/卷起从未弹响的曲调/那飞扬的黄土是深埋的音符”，可是，弦终于拨响了！“在沾满灰尘的岁月里/你，那把古琴，/故乡梦中最后的记忆/拉出黄土坡上变调的旋律。”是啊！被深埋的音符从黄土坡里被拉了出来，沉默了几千年的琴声好不容易重新奏响了，但却“变调”了！这，不就是一个活脱脱的现代文明古国的映象吗？！

琴弦这个意象曾为很多诗人所钟爱。意大利隐逸派诗人夸西莫多在《死寂的吉他》中这样写道：“萧瑟的秋风折断了吉他的琴弦/撕裂幽晦的琴腹，却有一只手把断弦拨弹/用火焰一般的手指。”真是——手指弹断弦，弦断诗不断啊！萧未心中满张着各种各样的弦，它们一直在微微地颤动着。她既有那根宛如黄河纤绳般粗的古琴弦，也有另外几根“思索的弦”、“思绪的弦”、“悠远的弦”和“绝望的弦”。她害怕被挣不脱、逃不开的“城市的高楼的罗网”捉住，害怕“喧哗的生活早晚会到来，将我吞没”。怎么办？她思索着。“思索的弦上有六只蜘蛛在向我爬来/没什么了，再没有了……”“弦断裂了/我沉下了……”（萧未：《无题》）弦断人沉，这就是“思索的弦”对都市重压反弹出的逆响！十六岁花季的萧未常怀着“月夜的梦”，当她“将梦的珍珠/镶嵌在记忆的贝壳中/任它/顺水漂荡/沉入银河”时，她那根“思绪的琴上最悠远的弦”突然奏响了！这根弦“荡起月河波浪阵阵/隐闪银光/那载着珍珠的贝壳/若现眼前/月光之上，旧日的梦啊/依然如故”。多美的一首“月光曲”呀！当冬日的雪飘落在“思绪的弦上”时，她——“拨动琴弦/却总是无法抨击自己的诗句”；她——“猜不透/最后崩断的/将会是哪一根绝望的弦”，她——不知为什么，在那颗晶莹剔透、幼小稚嫩的心灵里，总是飘拂着那丝丝缕缕恬淡而深邃的、挥之不去的忧思……诗的意象是那样地奇特——它既有具体的“象”，却又蕴含着无尽的“意”。庞德说：“不把意象用于装饰，意象本身就是语言，意象是超越公式化了的语言的道。”在萧未的诗中，意象常充满了音乐线条的流动性。如《千年的等待》——“在悠远的棕色眼睛里/弓与箭搭成了记忆/每一个狩猎的黄昏/你都会想起/那只遥远的鹰。”在这里，搭起的弓与箭有着蓄势待发之态，它构成了一种似静实动的意象，到了“狩猎的黄昏”，将箭射向“遥远的鹰”时，这实际上已是可望而不可即的记忆的远射和理想的翱翔。

诗是语言的艺术，而语言又是以它与节奏、音调的相关程度来呈现它的音乐性的。印欧语系的语言是有重音的语音，它以重音的间隔频率来组织音节的节奏单元。

如马雅可夫斯基的“楼梯式”诗的节奏源头就是俄罗斯民歌中的“重音诗体”，它的特征是“每个梯级表现一个停顿，每个诗行的重音数目是自由的”。（吕进：《中国现代诗学》）由于这种诗体既有浓郁的民族情韵，又有铿锵有力的现代节奏，所以受到了比“非楼梯式”排列的诗更大的欢迎。而汉语则是没有重音的单音节语言，它通过声韵的变化来构筑诗体，自由诗比起讲究格式、对仗、韵律的格律诗来，就更显得散逸不羁，潇洒自若。“韵，是诗歌特定位置上的相应复现的因素。”（吕进：《中国现代诗学》）而萧未则是在诗中通过主导词组的“相应复现”来表现出音乐的重复美、循环美和回荡美，同时更用以强化主题。在《我是一只黑天鹅》中，一开始就点明了主题：“我是一只黑天鹅”。接着，一气呵成的十五行诗，层层揭示了黑天鹅如何在“七彩燃烧之后”，保持着一颗“纯洁的心”。接着，在停顿间歇后，又徐徐地、轻轻地再现了主题：“我——是——一——只——黑——天——鹅——”它像是“在夜幕中悠然而降”的和“划过无言的天空”远去的那只天鹅的一声回响，一声凄厉的哀鸣……

在萧未的诗中，出现过好几次“枪声”。

《选择》有三个诗段，头两段的句首都是声声震耳的“开枪吧”！一段比一段紧迫，一段比一段逼人。到了第三段的结束，我们又听到了前两段句首的主导词组：“开——枪——吧！”这是首尾呼应，也是类似曲式中的“省略的再现”。

在《爱，恨》中，枪声是个移动的符号。

“你父亲的枪声/曾是我父亲葬典上的礼枪”——那是过去的枪声。

“我终于不能再逃脱/你褐色眼眸所组成的罗网”——那是现在的“枪声”，是自己所爱的仇人之子的爱情的罗网、柔情的子弹，那上了膛而还没有扣响的“枪声”。

未来呢？未来还会有那命中注定的、无法躲闪的枪声！

“开枪吧，为什么还要颤抖呢/欢笑不过是烟云/祖祖辈辈的鲜血才是我们的真实/开枪吧。”

两声“开枪”，一声比一声壮烈，一声比一声凄怆！我们似乎看到那划破历史长空的枪声从遥远的过去火速飞向悠悠的未来，那不绝的枪声长贯于耳，萦绕于心。

在《午夜十二点》中，枪声变成了钟声——那敲醒青春梦幻的钟声。因为，“不是王子的你/并非公主的我”是不会嵌进水晶鞋的传说的。不愿成为现代灰姑娘的女诗人，在一开始写道："是时候了/离开吧/午夜的钟已敲响/水晶鞋会掉出你的梦境"，而在一串十六行诗后，停顿了一下，出现了类似音乐中的"倒装的再现"，词组位置的颠倒，使"钟声"更加逼近，而那难离的脚步必须慢慢挪开。——"钟声敲响/是时候了/让我们离开吧……"

色彩是诗的羽翼。苏联诗人拉苏尔的《色彩诗》就是完全以色彩作为审美对象的——其中有《白色调的喜悦》、《黄色调的写生》和《红色调的希望》等。智利诗人力未列拉·米斯特拉尔在《色彩的旋律》中甚至这样写道："多么疯狂/色彩多么美妙……"

萧未的诗中有一层光谱，一个斑斓绚丽的色彩世界！

她是一棵小草，一支浑身散发着绿色芳香的嫩芽。

"她睁开她的眼睛，绿莹莹的眼波闪烁，像未绽的花蕾一般纯，第一次，此刻第一次为人瞥见"（劳伦斯：《绿》）。绿，是生命的原色，是"每个孩子梦中的颜色"（萧未：《雪》）。而她，"只想做一棵初春的枫叶/把绿色的枝丫/伸向那涂满了红色的天空"（《绿色的枫叶》）。

萧未从绿色中摘采了生命的嫩芽，再浓一点，就找到了蓝。在《蓝色的衬衫》中，她看到了"孩提时天一般的蓝色/童年时海一般的蓝色"；她"看见了海/看见了天/看见了载着我儿时梦的小筏"。

当绿色渐渐褪黄，也是萧未从童话境界跨入现实世界时，她那绿色的眼睛中不禁泛出黄色的惆怅……

英国诗人王尔德在《黄色交响曲》中写到了黄蝴蝶的公共马车、黄色干草的大驳船，宛如"一条丝织的黄披肩的浓雾和呈现出秋意的黄叶"，而萧未则在《黄色》中用三朵黄玫瑰构筑出别离的意象，用晕黄的灯光映照出孤独的心境——"三朵黄玫瑰扎成的别离/挂在夜发亮的把手上/远方有盏晕黄的灯/照不亮前程/却可以裹起我的孤独……"

小未"老"了，小未愁了，她的生命调色板上除了绿、蓝外，还添上了"黄调"。她写下了《古琴》，又写下了《老树》——又是古，又是老；可是，从古琴弦和老树根中，她拣出了不尽褪色的古老中国那被剥落的生命！

在《古琴》中，古琴打破了千年的沉默，在"血染天边的黄昏"里，"奏起了从未弹响的曲调"——"那飞扬的黄土里深埋的音符"，又在"沾满灰尘的岁月"里，"拉出黄土坡上变色的旋律”。

啊！黄河—黄昏—黄土—黄土坡……这是用一片黄色掩埋着的尘封的历史，是文明古国积郁的沉吟和炎黄子孙心中的一首“黄调”！

黄——再浓一些，就成了黑！

现代诗人对黑情有独钟，他们都有一双黑色的眼睛。

顾城的名诗“黑夜给了我黑色的眼睛/我却用它寻找光明”中凸显的是一个相悖的双重意象，一双在黑暗中求索的眼睛。

“昨天/像黑色的蛇/它在许多人的心上/缓缓爬过/留下了青苔/涂去了红色”，那黑色的、缓缓爬行着的蛇，是那黑色年代的心灵轨迹和色彩印记。

萧未也有一双黑色的眼睛。她在《失眠的夜》中写道：

让我睡去/我不愿再睁着漆黑的眼睛/打量这格外发亮的黑夜”。

她——还是一只黑色的天鹅。萧未在《黑天鹅》的后半处出现了“七彩燃烧”，出现了“朦胧的缤纷”，出现了红！红，是萧未的指向性色彩——它指向生命的本原，指向理想的未来，它是诗人心中一团团燃烧的火焰！

她——将绿指向了红。

“我只想做一棵初春的枫！/把绿色的枝丫/伸向那充满了红色的天空”（《绿色的枫叶》）。

她——将黄指向了红。

“星星隐去/路灯在远方/昏黄的光晕带着寒冷/从梧桐内枝梢滴下来/你划亮一根火柴，说/靠着它吧/度过漫漫长夜”（《燃烧的心》）。这字里行间并没出现红色，也没出现标玺所书的“燃烧的心”；它只是轻轻地“划亮一根火柴”，而“红色”与“燃烧”却同时升了起来——这不是一根火柴，而是长夜中熊熊燃烧的火焰！

她——又将白指向了红。

“开枪吧/子弹将划破上苍的胸膛/晚霞会染红白昼的衣襟/纯白的羽翼会宣布我的自由/而鲜红的血将证明我的爱”（《选择》）。多么洁白的自由，多么鲜红的爱！在《夸父的子孙》中，萧未也是先用“茫茫雪橇”着上了白的底色，然后，喷射出一道壮丽的红色。“我的血，我的生命/是怎样地化作一抹红霞/如同祖先夸父眼中/炽烈而绝望的火焰”。

这就是萧未——本我的萧未，骨子里有着红的底色的萧未。所以，她才会将自己比作“炽热而短促的生命火焰”（《结局》），而她的泪才会“如此火热滴落”（《结局》），她的“燃烧的心”才不会熄灭！她——我们的小诗人，使我想起了法国诗人让·布里阿勒的名句：“我写诗/为了证明火在燃烧”。诗是火，诗人是纵火者。意大利未来主义诗人帕拉米斯基宣称：“我是诗人，不幸的无能为力的纵火者，我写的每一首诗都是一把燃烧的烈火。”（《纵火者》）他昂着高贵的头说：“跪下吧，芸芸众生，你们恐惧熊熊的烈火只配称作可怜的牧羊人。”比利时诗人爱弥尔·维尔哈伦说：“我激情奔放的诗行/放射出经久不息的火光，像炮火一样把所有人照亮。”燃烧吧，萧未！你应该是红色的孩子，你应该是一把烈火，你所有的诗都应该证明火在燃烧！

萧未的诗有着一块丰富多彩的调色板——它有主色、辅色，也有指向性色彩。同时，她还巧妙地运用了色彩的交融与声色的交感。

萧未诗的色调变化不仅表现在色彩本身，更在于她诗中所特具的从体裁到情怀的大幅度变化——有时，她是个抒情的游吟诗人，弹着尚未折断的吉他的弦，哼唱着20世纪的浪漫曲。有时，她像个“准嬉皮士”，用辛辣调侃的笔调，对时弊抛去犀利的投枪——看看《戏子》吧：“我的面具比我的脸更美丽/我的台词比我的语言更动听/别撕开/布景背后/一无所有/请别……撕开”。萧未在哀求“请别撕开”的同时，撕开了面具，撕开了幕，也撕开了赤诚而无奈的心扉——“我的眼泪，我的欢笑/我的生，我的死/请你/请你装出/满意的微笑/真实，沉重的真实/我——无法承受”。

这哪里像一个十六岁姑娘写的诗？十六岁花季呀！怎会有那么多枯树老丫、黄叶血花？！又怎么会将蓝色的遐想和黑色的调侃酿煮在一起，发出一种奇异的声响？！我想——这是因为她有着一颗心，一颗沉甸甸的心；她有着一双“心灵的眼睛”，就像苏珊·朗格所言：“如果没有深度的心灵，光辉不能四达，普视就流于不视。普视是不朽者所特有的本领。”

睁大你心灵的眼睛吧！萧——未！

（此文系为萧未诗集《刻在墙上的雨》所作序言，该诗集于1997年由学林出版社出版。）

（**萧未：**青年诗人，陈钢称其写的诗充满了音乐。）

"戆娘"外传

陈　钢

当年，她才十八岁的那一年，当那个第一个透过如诉如泣的琴声，亮出美丽痴情的祝英台的倩影的女孩子，出现在上海兰心大戏院的舞台上时，人们不禁会击节赞叹道："这是谁？这不是俞丽拿吗？这是谁？这难道不就是祝英台吗？！"

是的，她就是俞丽拿，她也就是祝英台！

台上是祝英台，台下却是个调皮捣蛋的"假小子"——1958年大跃进时，她一"跃"而出，"进"而提出，咱们应该写一首歌颂大炼钢铁的小提琴协奏曲！下乡回来，她又上台赤足狂舞，活像个肩挑河泥上田埂的女社员。有时，她还会闹出些小小的恶作剧。一次，我们上公共课时，她趁我离开教室的一刹那，竟然在我的笔记本封面上写了三个大字："呆头鹅！"

我呆吗？"呆头鹅"是对梁山伯的戏称，怎能乱挪到我的身上？！后来，我好不容易找到了一个机会，给了她一个"对等的报复"。

那时，我们是同住在一个街道的"准邻居"，她的爱子——李坚，从小就是个两耳不闻窗外事的"小书生"，所以，我就爱称他为"戆大"，转而就称他的妈为"戆娘"！俞丽拿的这一"专利外号"，也就由此而生了。

俞丽拿的名字，意即"将美丽拿过来"。俞丽拿的美丽，恰恰就在于她的"戆"，俞丽拿的成功，也正是在于她的"戆"！"戆"者，专注执著也；"戆"者，埋头苦干也；

“戆”者，大智若愚也；所以，“戆娘”不“戆”！

俞丽拿与李坚

由于有这股子“戆劲”，她才会逐字逐句地琢磨“梁祝”唱段中的行腔，惟妙惟肖地刻画了一个栩栩如生的“音乐祝英台”。

由于有这股子“戆劲”，她才会带领女子弦乐四重奏组，背谱演奏了声部此起彼伏、难以默契合成的乐曲，在国际比赛中获得殊荣。

由于有这股子“戆劲”，她才能手把手、心连心地将一棵棵音乐苗子培育成金奖得主。她爱学生如子女，放了假还要“拖”着学生来家中上课。不久前，她发着高烧去英国讲学；回国后，又顶着高烧将学生“传唤”来学校补课。此时，看着这位病瘦了三十八斤的“三八红旗手”，不禁令人心生怜爱，同时，也不得不对这位为艺术和教育付出超人心血的代价的“戆娘”肃然起敬了！

“戆娘”不是对她的戏称、谑称，而是尊称、爱称。“戆”和“呆”，从某种层面上说，都是智慧和力量的表征。

（此文系为“音乐家画卷”之《永远的祝英台——俞丽拿卷》所作序言。）

（**俞丽拿：**中国著名小提琴家，《梁祝》的首演者，陈钢曾经的“准邻居”，钢琴家李坚的母亲。陈钢戏称伊为“戆娘”。）

蝶飞双城记

陈　钢

我曾演出过两出“双城记”，两出都在上海与高雄，而且都是因为“梁祝情缘”。

十年前，我随“21世纪华人音乐经典”代表团来到高雄演出过《梁祝》；十年后，正值《梁祝》诞生五十周年之际，我又来到这里，参加了“梁祝情缘——翔飞半世纪”庆典音乐会的演出。这真可谓是双蝶飞双城，十年唱了两出“双城记”呀！

6月20日，演出的前夕，强台风突然袭击高雄，可是，排练厅里却出奇地安静。本地的高雄交响乐团和当天从上海赶来加盟的城市交响乐团，为了共同的“梁祝情缘”，聚集在一起，在暴风雨中高唱起“上海—高雄双城记”。

“双城记”，一个寓意多么深远的比喻和称谓啊！ 1981年，当我首次赴美，在一个台湾友人家做客时，才无意中得知，原来早在1970年代，《梁祝》就被改名为《殉情记》，通过地下渠道在台湾流行了。难怪当1990年俞丽拿、李坚母子拍档在台湾首次献演《梁祝》时，旋即引起了一场“蝴蝶旋风”。蝴蝶将上海与台北两个城市牵成一线，连成一

曹鹏与女儿夏小曹（左立者）在演出中

心，唱响了一出精彩的“双城记”！而之后，曹鹏与爱女夏小曹父女拍档，在高雄两次演出了《梁祝》。

这是一场非同寻常的演出。音乐会前一天，由我先作了场题为“拥抱梁祝”的演讲，然后第二天正式演出。曹鹏、夏小曹与我，三人一台戏，同唱“双城记”。

看着台上的曹鹏，立即想起这位将《梁祝》推向世界的“第一推手”的往事。1960年，正在苏联留学的他，在得知《梁祝》诞生的消息后，兴奋不已，立即让家人寄去总谱；同时，为了寻找《梁祝》中缺此不可的板鼓，他寻遍了莫斯科，终于在格林卡博物馆里找到了一副陈列用的板鼓。最后，他与苏联杰出的小提琴家鲍·格里斯登合作，在庆祝中华人民共和国成立十一周年的交响音乐会上，成功地献演了《梁祝》，而当他被告知要在第三天在工会大厦圆柱大厅再次向世界进行直播时，万万没想到一个戏剧性的镜头——当时远在千里之外的兰州电影厂工作的妻子惠玲，那天也正好在无意中打开了一台旧收音机。突然间，她听到了一个最最熟悉的声音，那不是曹鹏在讲话吗？那是不是他有意或无意地从千里之外通过“梁祝情缘”传递的一个爱的信息呢？

曹鹏还通过他与夏小曹的“父女对唱”，一次又一次地奏出了“梁祝情缘”。小夏在美国佛罗里达州交响乐团任副首席时，曾接连三次演出《梁祝》，拉得那些美国听众边听边掉泪，有的还跟着她连听三场，连哭三遍。在香港“2004年情人节主题音乐会”上，她的演奏被描写成：“她美貌如仙女下凡，琴声似天籁之音。《梁祝》怎一个美字了得。她的弓与弦亲密接触的感觉妙不可言，音乐像清泉一般汩汩流淌，情思如泣如诉娓娓道来。无论炫技还是抒情的段落，她自有出奇制胜的法宝，既可热情如火，又能柔情似水，活脱一个百变女郎。”台湾著名的音乐人阿镗这次特地赶

曹鹏

来高雄听乐，听后感叹道："夏小姐全身投入在《梁祝》的音乐中，忘记了她自己，忘记了纷纷扰扰的世界，用如诉如泣的小提琴声，诉说着一千六百年前，凄美到极点的爱情故事。"

"听其乐、观其形、感其心。到了'楼台会'与'抗婚'一段，我的心猛然一颤，突然开悟：《梁祝》那么感人，那么成功，最关键是四个字：以死相争！"

音乐会非常成功，大家都沉浸在那个不醒的"蝴蝶梦"中。在庆功晚宴上，突然听到来自不同国家和地区的欢声笑语，以及叽叽喳喳的上海乡音。原来，这是加盟而来的上海城市交响乐团，而这个乐团的爸爸也就是曹鹏。一个高龄八十有四的老指挥家，空手缔造了中国第一个、也是大陆地区第一支参加"世界业余交响联盟（WFAO）"的交响乐团，这是他艺术长青的见证和艺术生命的新生。

"一站到舞台上，我就热血沸腾、青春焕发。我想指挥到九十岁、一百岁……"

曹鹏及其城市交响乐团是上海的一张城市新名片，2010年世博会期间，他们将演出贝多芬的《欢乐颂》，高唱“亿万人民团结起来，四海之内皆兄弟”这个至高神圣的主题。那时，就不是光唱“双城记”，而是高奏“世界同一村”了！

（**曹鹏：**著名指挥家。陈钢称其为“最‘牛’的朋友”。

夏小曹：曹鹏之女，中国著名小提琴家，曾在美国演奏陈钢的小提琴协奏曲《王昭君》。）

长臂挥处乐声动

陈　钢

我在认识他之前，早就听说了他的老子；可我在未曾见到那位心仪已久的老词人陈蝶衣前，却是先结识了他的儿子陈燮阳。

1950年代初，我在南京军区前线歌舞团担任钢琴伴奏。一天，一位合唱队的女队员陈力行来找我，说她有个弟弟要试试考上海音乐学院，想让我给听一听；之后，她就带来了那个从常州乡下赶来的、又黑又瘦的弟弟陈燮阳。

当年的陈燮阳可不像现在这样的神气和潇洒，他很质朴，还有点儿腼腆。当时站在我面前的他，手中提的只是把二胡，至于拉了什么曲子，我就全然记不得了；所

音乐指挥家陈燮阳

记得的只是他的演奏颇富乐感，手一上弦，音波就会随着心潮的起伏而上下颤动，令人听时不免侧耳动心。后来几天，我就对他进行了一连几天的“强化训练”，他也真是争气，一跳就是几个台阶。第一跳，是从常州乡下跳到了大上海；再一跳，就破格地越过年龄与地域的门槛，跳进了这所中国最早的音乐学府——上海音乐学院。后来，我们竟然成了校友——我在大学，他在附中，学的也都是作曲。当年，他所写的小提琴齐奏曲《山区的公路通车了》还真是红过一段时候呢！至于他后来升大学后为什么会改学指挥，那就不得而知了。但至少有一点是事实——因为，他有一双长臂，一双过人的长手臂！

指挥棒可谓是指挥的手臂的延伸，陈燮阳就有那么一双“延长的手臂”，此乃天助他也！由于手臂特长，所以他指挥时的拍点和板眼就分外清楚；而那由长臂所勾画出来的、左右摆动的弧旋形长线条，又使他所指挥的音乐多了几分韵律，多了几分脉动！当然，比起手臂来，更为重要的则是他的脑袋。陈燮阳有一个高高的额头，他不苟言笑，所言所笑大概全沉浮于他的脑海之中吧！其实，他的脑袋也可谓他的“标志”，除了标志着他的智慧、风度和深藏不露的内心世界外，也标志着他的夫妻情爱！记得他首次登台指挥时，脑后那块人们见之习以为常的一小方“光明顶”，突然不翼而飞！原来，是夫人王健英特意赶来涂之以墨，使其完全变成一片“黑森林”，其用心之良苦，实在是令人感动！当然，后来在经过反复观察后，看看还是“光明顶”有特色，有味道，有亮点；所以，以后她也就不再胡涂乱抹了！不过，最近看到的陈燮阳似乎突然“老成”了好多，原来，他又遵夫人之最新指示，恢复原貌，不再染发，可这一下子却让一些老观众看不懂了！他们所看惯了的“黑森林”，顿时雪霜压顶，怎么也找不到那个红红火火的陈燮阳了！虽然，此乃爱夫心切，可以理解；不过，大众的审美定势是颇难改变的，人们想看到的还是那片中间镶着“光明顶”的“黑森林”呀！

关于陈燮阳的“额骨头”，我还想多说几句。儿子的头，颇像老子。陈蝶衣老伯长着一颗智慧的大头，所以才能写出三千多首歌词和音乐剧《梁祝》的脚本；陈燮阳的脑袋里则提兜着数不清的乐谱和那些聪明的念头！陈燮阳“额骨头”可谓高也！自从出道之后，一路顺风，节节高升，从《白毛女》剧组“跳”到上海交响乐团，从上海指挥到柏林、东京、巴黎——但我在这里想提的倒是另一件事，一件与“额骨头”无关的好事。那就是在商品大潮汹涌澎湃地扫荡着艺术市场，利益驱动无孔不入地侵蚀着美好心灵的今天，他并不去一味精心经营自己的小金窝，而是不动声响地将百万广告所得，全部捐赠他所在的“革命根据地”——上海交响乐团！

2002年底，台北举行了一场别开生面的音乐会，名为《凤凰于飞——上海台北老歌双城记》。这个名称，说起来还有点儿来头呢！《凤凰于飞》是1940年代上海流行的一首老歌，是我的父亲陈歌辛和陈燮阳的父亲陈蝶衣第一次合作的结晶。现在，由两个儿子出面主持这场音乐会（我作指导，他任指挥），实在是很有意义的。我本人曾与陈燮阳多年合作，他除了因指挥上海交响乐团演奏小提琴协奏曲《梁祝》而荣获中国首届金唱片奖外，还指挥演奏过我的小提琴协奏曲《王昭君》和交响序曲《奉献》，以及潘寅林独奏的“红色小提琴”（其中包括《金色的炉台》、《苗岭的早晨》和《阳光照耀着塔什库尔干》等一组我在“文革”期间创作的小提琴独奏曲）。他的指挥热情洒脱，自由浪漫。而在台北这场两代人合作的音乐会上，他更是以一种独特的历史感与父子情，来演绎六十年前两位父亲所留下的艺术瑰宝。当音乐会最后结束，全场放声高唱《玫瑰玫瑰我爱你》时，那一幕幕交融着亲情、友情和爱情的动人情景，至今还历历在目。而那一曲曲奏响的歌声、乐声，则是一次永远难忘的、跨越时空的世纪回响。

（此文系为“音乐家画卷”之《挥出一片艳阳天——陈燮阳卷》所作序言。）

（**陈燮阳：**陈钢父亲陈歌辛的挚友陈蝶衣之子，中国著名指挥家。）

听，那倾盆大雨

陈　钢

她，将双臂向前倾情伸展……

看！那倾盆大雨顿时自天而降。奔泻直下的是歌雨，也是声雨。歌声中夹着钢琴、风铃、钢片琴和雷板声；人声的“音块”加上肢体的律动，表现了雨滴自小而大的神秘膨胀与变幻莫测的奇异景象。这是一首荣获美国合唱指挥协会第一个“未来作曲家奖”的合唱作品：《倾盆大雨》。作者惠特克在创作此曲时，还不过是个廿三岁的小伙子，可是他的这首合唱，就像是“国王合唱团”的拿手曲目《我是一列火车》一样，音响缤纷、色彩斑斓，充分地表现出现代世界的百变姿态和时速急转。特别值得一提的是，“国王合唱团”当年曾将中国第一首走向世界的流行歌曲、我父亲陈歌辛所创作的《玫瑰玫瑰我爱你》，改编成了一首抒情、和谐的无伴奏合唱；而在《我是一列火车》中，竟然也是用无伴奏合唱的手法，将火车车轮的转动模仿得惟妙惟肖。

她，将手指朝下轻轻一点……

听！“Lacrimosa dies illa”……

刹那间，泪泉般的雨滴，悄然滞留在枯黄的落叶上，谢了春的花朵，也垂下她美丽的头……

这不就是莫扎特的《安魂曲》吗？这不就是当年我在音乐学院参加学生合唱队时唱过的莫扎特的《安魂曲》中的《眼泪》吗？这，不也就是才在去年第九届北京音乐节上，为纪念莫扎特诞生二百五十周年而隆重上演的压轴之作吗？余隆在指挥意大利凤凰歌剧院合唱团演出这首经典巨作时，别具匠心地挑选了王府井教堂作为音乐会现场，是为了能更好地再现作品特定的历史情境与圣洁的宗教情怀。

什么是“宗教情怀”？我想，这应该就是一种人类的崇高理想与终极关怀吧！最近，网上在讨论电视剧《红楼梦》中林黛玉的扮演者陈晓旭出家进入佛门一事时，有三分之二的人对之贬责，说她是生了病、家里出了事，或者是哗众取宠的炒作。对此，余秋雨先生认为是“在一个缺少信仰的时代，一群不知信仰为何物的人在评论一个开始选择信仰的人。”而且认为他们“其实倒是真正的可怜人。”就如英国哲学家罗素所言，这些人是“站在气泡上的高瞻远瞩、俯视万物。”

听吧，还是让我们听听来自上天的声音，听听莫扎特在《安魂曲》中的《眼泪》……

莫扎特流泪了！这不就是他在经历了人世间的“倾盆大雨”后，从心中流出的甘泉与泪水吗？就在这段音乐中，莫扎特永远停下了他的笔，同时也为他自己谱写的这首不朽的安魂曲划下了未尽的句号……

莫扎特流泪了！他从未在作品中为自己在人世间遭受的不平与磨难流过泪，而只是将希望与欢乐带给人间。

音乐作品《倾盆大雨》海报

但是，在他离开人间前，他用《眼泪》倾诉了他的苦痛，更表现了他对人类命运的关切与忧虑……

莫扎特流泪了！勃拉姆斯流泪了！拉赫马尼诺夫流泪了！甚至文艺复兴时期的帕里斯特利纳也都流泪了！

帕里斯特利纳在《如鹿切慕溪水》中唱道："我尽夜以眼泪当饮食"，勃拉姆斯在他的《命运之歌》中表现了悲剧式的壮美，而拉赫马尼诺夫在《晚祷》中，唱出了守夜时人们的萦萦心绪、纯真情怀和那颗孤寂之心……

他们都在歌声中唱出了生命的欢乐和苦难，但最为重要的是，他们都在用"眼泪"来告诫世人：生命中最大的灾祸，黑夜里最难熬的孤寂就是丧失信仰，而信仰才是至关重要的！信仰可以擦干眼泪，治愈创伤，信仰可以使人找到生活的核心价值。只要有了信仰，生命之树就会长青！我们应该歌颂生命，歌颂信仰，就像余秋雨先生所希望的那样："我坚信，中国现在这种以金钱为信仰、以物欲为信仰、以成功为信仰、以地位为信仰、以技术为信仰的时代终究会过去。高尚的宗教精神（不管什么宗教），终究会取得应有的地位。"

她，将沉醉的头慢慢地垂下……

音乐会的帷幕轻轻地拉上了，可那些从一个姑娘的指尖流出的水声、雨声，都将化为乐声，成为注入人们心田的倾盆大雨！

本场音乐会的主角是青年女指挥家王瑾。王瑾姓王，但也可算是姓马，因为她是"马家军"的关门女弟子。至于"马家军"的领军人马革顺，当然是姓马，但也似可姓"牛"。因为，在那个特殊的年代里，我们曾在同一个"牛棚"里"同窗共读"，天天攻读"毛选"，疲于劳动、没完没了地写检查和挨"批斗"，有时还窃窃私语，互通情报，真可谓是"牛棚"中的一对好"棚友"也！马先生心灵手巧，除了半世纪前就荣获合唱指挥博士、院士的桂冠之外，还身怀绝技——修理马桶！要知道，当时在"牛棚"劳改时，他竟然和谭抒真副院长两人一搭一档，保修了全院二百多只马桶！现在，当我在重提这段颇有"黑色幽默"色彩的往事时，虽然仍然不免感到心酸和心悸，但同时更引发了对马先生的肃然之敬！马先生能够逃过历次劫难，我想一定是与他的信仰分不开的。一个真正有信仰的人，即使身处任何困境、逆境和险境，他们高贵的心是永远摧不垮、打不倒的！马老虽已年逾九旬，但仍一马当先，万马奔腾，老马识途，马到成功！不过，我还是想朝着他的背影，对他轻轻地唱道："马儿啊！你慢些走噢慢些走……"

王瑾虽然只是一匹小马，可是，小马照样指挥百来人的大合唱，照样在国内外多项合唱比赛中夺冠。她不仅能指，而且指得刚柔相济，张弛有度，呼风唤雨，气度不凡，也真可算得上是位马家军中的"马上巾帼"了！

王瑾即将从音乐学院的小舞台进入另一个更高、更大的艺术舞台和人生舞台。她，作为一匹从"老马"手中孵育出来的小骏马，一定会快马加鞭，一往无前，挥出一片音乐人生的新天地！

（**王瑾：**青年女指挥家。）

河东河西三十年

陈　钢

三十年河东，三十年河西。

三十年前，我和潘寅林在“非常时期”中所催生的“非常作品”，那些当时如同“于无声处听惊雷”的小提琴乐曲，就像是照耀在塔吉克草原上的“阳光”，弥漫在苗岭上空的“早晨”和炼钢炉前火花闪烁的“金色”。它们穿越了神州大地，响遍了东西南北，用其抒情放歌的旋律和铿锵有力的节奏，抚慰着成千上万琴童们企盼音乐的渴望之心，在荒芜沉寂的乐坛上添植了一片新绿。这，就是现在冠名为“红色小提琴”的小提琴系列。

红，是我们时代的主色，也是中国一道最亮的亮色！它，远不止是“文革”的代名词，更是我们这一代理想的象征。三十年前，人们通过音乐在黑暗中所寻找的就是那种晨曦的曙光；而三十年后，人们在新的“时代郁闷症”盛行的当下，所需要的更是这样一道鲜艳的异彩。

潘寅林

三十年前，上海交响乐团的首席潘寅林，在“文革”中第一个跳上舞台，用他的“红色小提琴”声划破了沉寂的音乐夜空；三十年后，这位曾经远去日本、澳大利

亚，先后担任过日本读卖交响乐团、东京都交响乐团和澳大利亚歌舞剧院首席的小提琴家，又在应邀回到故土后，再一次将“红色小提琴”乐声传遍了神州大地。几年来，我们带着“红色小提琴”，走南闯北，四处巡演。演奏厅是从现代化的大剧院到1950年代建成的旧礼堂，听众群则是从与这些乐曲同时代、共命运的老教授到不大不小的琴童。不同的地方，不同的听众，可相同的都是同样的热烈回应和情感互动。在四川演出时，一位三十年前听过潘寅林独奏音乐会的老听众，特地开了几小时车赶到现场，拿出了一张当年音乐会的票根来请他签名；当我们在安徽淮南市一个破旧的老礼堂演出时，中途突然停电。可是，潘寅林照样镇定自若地继续演奏，而台下琴童们也都鸦雀无声地静心聆听。此时，只见一人奔上台去，用手机微弱的光，照射着钢琴家的伴奏谱，这个人就是潘寅林的妻子——钢琴家雷敬容。后来，灯亮了，台下爆发出一片雷鸣般的掌声！大家都为潘寅林的美妙琴声和人格力量鼓掌，同时也为那在黑暗中闪出的虽然微弱、但却显得格外明亮的灯光鼓掌！

我在灯光中看到了“红色”的力量，那是一种精神，一种力与美交响后迸发出的力量。我也从掌声中听到了传承，感到了希望。希望就在于，我们的年轻人同样需要我们年轻时所需要的美的追求和理想的力量！

2009年正值《梁祝》诞生五十周年之际，潘寅林特地录制了钢琴伴奏版《梁祝》作为纪念。《梁祝》与“红色小提琴”系列一样，唱着爱，奏着情，讴歌了人性在人间的凯旋。

三十年河东，三十年河西，不论时代变迁，不论南北东西，我们有的是一颗不变的心，一颗为国家振兴鸣锣开道、为中华音乐走向世界贡献全部心力的赤子之心。

让我们一起向前进！

（**潘寅林：**著名小提琴家，“红色小提琴”系列的首演者，陈钢称其为“最‘红’的朋友”。）

石头记

陈　钢

石生石生，系石所生，石头生石，石生石头。本文描述之对象为郑君石生，故谓之为《石头记》。

他是一块铺路的小石。

郑石生

每见石生，我就会想起那首过去常被人唱的歌："没有花香，没有树高，我是一棵无人知道的小草……"现在，很多圈外人可能对时下一些当红的小提琴家如数家珍，却不一定知道这些人的"祖师爷"——郑石生的名字。而他，郑石生，似乎也真像是一块"无人知道的小石"，为人铺路，被人踩行；那一代又一代的小提琴家们，也就是从他的琴背上穿越而过，跨进了中国和世界乐坛的。

1947年，还是个兵荒马乱的年头，这个才十一岁的"小石头"，就从泉州来到了常州。带着父母挥泪送别时套在孩子手上的“保命戒”，“坐着悠悠的小船，从永春出来”（石生回忆），来到了常州椿桂坊的一所破庙——当年的国立音乐院幼年班的所在地，和像他一般大的五十颗“小石头”挤在一间车厢式的房间里，日夜操琴。1950年，十四岁的郑石生，就以同等学力破格考取了上海音乐学院，顿时，“小石头”一下子成了学院史无前例的“小大学生”！以后，“小石”变成了“大石”，“大石”变成了“巨石”；可是，就在他演奏生涯最为辉煌的时候，他依然默默地甘为人梯，甘为新的“小石子”铺路。因为，他并不以精心哺育几颗“宝石”级的提琴明星为其宗旨，而是以大力培养中国的提琴团队为其终极目标！他教过薛伟、教过钱舟这样的演奏大家，也培养出了许许多多的“郑门”首席，而他们今天也都已经成为一颗颗构筑中国小提琴殿堂的坚实的基石。不仅如此，他还用了十年工夫，将十二部世界经典小提琴协奏曲和范本练习曲制成光碟，示范教学；同时还为很多乐谱编订弓、指法。因为，当年的“小石头”，一直心系着今日和明天的“小石头”！石头记着石头，石头爱着石头，这就叫作《石头记》！

他是一块滚动的飞石。

我对石生的印象就是一个字：“拉！”

有的“教师爷”说的比拉的还好，说时头头是道，但要他拉琴示范就没辙了！可是，寡于言语的郑石生，除了那偶尔闪现的“嫣然一笑”外，他就是不断地拉！拉啊拉，拉啊拉，从早拉到晚，从晚拉到早，上台演奏是“拉”，下台上课也是“拉”。“拉”就是教科书，“拉”就是硬道理，而他所有的技术和理念，首先就是通过书写在这块“石头”上的不断滚动翻腾的音符凸显出来的！这位抱琴终身的提琴家和“教师爷”，在他的母语中最重要的一个字就是“拉”，而当年的“小石头”，也就是这样拉出来的！十五岁时，他在青岛首次登台表演，十八岁就演出了门德尔松的小提琴协奏曲，使当时在场的捷克和波兰的艺术家惊叹道：“没想到中国会有这么好的小提琴家。”1960年代初，郑石生是当时中国乐坛上演出最多的小提琴家，他不仅和上海交响乐团合作演出了柴可夫斯基、门德尔松和哈恰图良的小提琴协奏曲，而且还以一曲巴赫的《g小调奏鸣曲》，在1961年的乔治·埃奈斯库国际小提琴比赛中深获好评，被认为是“巴哈作品最好的演绎者”；继而，他又在1963年“上海之春”小提琴比赛中一举夺冠，成为全国之首。最为难能可贵的是，在十年“文化灾荒”一结束后，他又高高地昂起了头，竖起了琴，第一个举行了个人专场音乐会。在成都演出时，连演四场，场场爆满，“满”得主办方还想加演四场；在天津演出时，听众为买不到票而砸破了票房的玻璃，而原定只有两场的演出，就不得不又加演了三场。啊，这真可谓是久旱逢甘露呀！因为，艺术家和听众都是那么地需要音乐，需要复苏的音乐来抚慰他们受伤的心灵；而当这位个儿不高的郑石生，一旦站到舞台上时，你就会被他高昂的头和放歌的琴声所征服；你就会觉得，屹立在你面前的不是一块沉默的小石，而是一块岿然不动的巨石，一块闪光的宝石！

一天晚上，当我拖着疲惫的身躯，从学校工作室推着自行车出门回家时，突然在专家楼前闪出一个同样推着自行车的身影，冷不防地对我说：“你怎么这么晚还在这里呀？”侧头一看，原来是石生！我愣了一下后笑着对他说：“咦？你不也是一样吗？！”

不是吗？！不都是一样地从早干到晚，一样地推着自行车，一样地……

我突然想，我们这一辈子也不都是“石头”吗？！有郑石生，也有张石生、王石生、李石生、陈石生……

我们，均系“石头”所生，又接着生出了无数“石头”。

我们，虽然都是些沉默的铺路小石，但也永远是翻腾滚动的巨石。

我们，曾经唱出了一曲曲音乐的“石头记”，也构筑了一道道音乐的“石头城”。

所以，我们都是一块块敲不碎、砸不烂、挤不动、压不垮的，永远活蹦乱跳的“疯狂的石头”！

（此文系为“音乐家画卷”之《我的小提琴——郑石生卷》所作序言。）

（**郑石生：**著名的小提琴演奏家与教育家。）

沉思着的小提琴

陈　钢

他悄悄地走了。在他最钟爱的马斯奈的小提琴曲《沉思》的绵绵柔情和深深哀婉的乐声中，悄悄地走了……

可他似乎还在沉思。他思念着“大自然、生活和同行”，思念着朝夕相处的妻子和远在冰岛的女儿和那对双胞胎外孙，更思念着众多的孩子——他的学生们，他那最最珍贵的财富……

他是一把舞动的小提琴，就像那穿着红菱鞋的芭蕾女，不断地旋转、旋转又旋转，没有休止，没有停顿；而他的学子们，也是一代复一代地跟着他旋转，从小转到大，从中国转到世界……

林耀基

薛伟、胡坤、谢楠、李传韵、陈曦……这一连串响亮的名字，都挂在“林家军”的光荣榜上。他们个个技术过硬，音乐出彩。三十年来，被称之为“采矿大师”的他，不断开采发掘小提琴新苗，培植它们开花结果，在国际乐坛上放射光芒。他爱学生视为己出。当在国际小提琴赛事中实现“零的突破”的胡坤参加比赛时，林老师为了保护学生的手，就亲自帮他拎小提琴；陈曦，有一次发烧不能出门，林老师就骑着自行车来登门上课。从香港赶来与老师告别的天才小提琴家李传韵说：“我从五六岁起就跟老师学习，不管是音乐上的高度、宽度、深度以及人生，他都是对我一生影响最大的人。”他还是一个“快乐教育”的奉行者。在给学生上课时，常用美食中的调料的搭配、火候的把握来比喻演奏时的运弓用指和风格韵味。同时，他也是位哲人。他常用最简单的话道出了艺术的真谛。他认为“音乐是反映一个世界，一个感情，一个人类共同的爱。”“练琴是练不出音乐来的，音乐是感受来的，大师的音乐就是感情和理智高度的结合。”著名的小提琴教育大师迪蕾曾高度评价林耀基的教学是“艺术的哲学，哲学的艺术”。二十年前的学生高艾还回忆道，当有人问先生：“八分音符的长颤音怎么拉”时，先生往湖中扔石，然后吟曰：“如一石激起千层浪。”再问：“八分音符怎么拉？”先生则拉着大家听雨声，然后又吟：“如雨花飞落屋檐下。”……

现在，他不能旋转了，可是，他似乎还在《沉思》的乐声中沉思……

他沉思着，思念着几十年来每天一起“喝早茶”的同事们。民乐系主任李光华先生可好？文学教授方承国又带来什么文坛佳话……大弟子薛伟同时也在沉思着。他思念着当年与恩师每天早晨共进早餐的“第一情景”：“每天一大早，他就骑着一辆自行车到我宿舍敲门，然后骑车带着我去买早点。我们边吃油条、糖耳朵，边喝豆浆，还边聊天。”“当时我搂着林老师粗壮的腰身，感觉特别亲切，觉得在北京有了依靠。我和林老师的关系就像父子，他对我就像对自己的儿子。”

他沉思着，思量着中国小提琴的未来。现在，他最放心不下的是那一群孩子。你知道吗？您的小学生，七岁半的粤粤还清楚地记得老师去世的当天给他上的最后一课和鼓励他好好练琴的情景；而九岁的刘阔，在他姑姑刘红的陪同下，特地前来与你作最后的告别。放心吧，林先生，他们会是“林家军”的接班人，会是未来的薛伟、谢楠和李传韵。放心吧，林先生，你听：他们不是正在背诵您所教给他们的口诀：“内心唱歌率两手，两手顺从跟着走，基本要求匀准美，胆大心细精益求”吗？你再看看那绵延千人为你送行的长队吧！你的事业就在他们身上，他们心中。

他沉思着，思索着一个心中永远放不下的牵挂——如何能更好地发展中国的小提琴事业与建立中国的小提琴学派。记得2006年在青岛举行的中国小提琴比赛时，有记者问了我们一个同样的问题：什么时候可以建立中国小提琴学派？对这个题我们的答复是一致的。首先，必须有大量的中国作品与热心演奏这些作品的演奏家。因为，无论是“俄罗斯学派”还是“法比学派”，都是自然地、历史地形成，而不是某个人的创造和建树，其后都有一个强大的文化屏障，那就是必须要有大量作品的支撑。如科雷利是意大利小提琴学派的奠基人，由于他认为小提琴本质上是一种歌唱性乐器，所以在他创作的奏鸣曲快板乐章中，摒弃了那些非音乐性的效果，而着力于辉煌、有活力的旋律塑造。他的富于歌唱性的演奏特点，为意大利学派奠定了基础。而维瓦尔迪则首创了小提琴协奏曲，使协奏曲更具交响性与戏剧性。塔蒂尼还奠定了由三个乐章组成的早期小提琴奏鸣曲的曲式，他根据科雷利作品的主题写了五十首变奏曲，使小提琴弓法艺术得到了巨大的发展。而他的代表作《魔鬼的颤音》，则是18世纪小提琴演奏艺术的高峰。到了19世纪中叶以后，法国小提琴学派则强调音乐的浪漫色彩和声音的华丽，而在俄罗斯小提琴学派的身后，更站着一大批巨人巨作——柴可夫斯基、肖斯塔维奇、普罗科菲耶夫和哈恰图良等……

发展了五十多年的中国小提琴事业才处于雏形时期，形成“学派”，为时尚早；但是中国有着悠久的历史和灿烂的文化，有着一大批有志气的作曲家和小提琴家，他们有志气、有能力、也有责任汲取中国几千年传统文化的精华，将之融入国际通用的交响乐平台，创作出一大批为世界共同认可的小提琴乐曲，为逐步建立中国小提琴学派创造条件。在这一方面，“林家军”也颇为可圈可点。五十年前，我和何占豪怀着一颗赤子之心，为了填补中国交响音乐园地的空白，创作了纯情美丽的《梁祝》；三十年前，为了在那个没有音乐的年代里抚慰千万个琴童的心灵，我又在乌云密布的时代写下了《阳光照耀着塔什库尔干》，在阴霾笼罩的黑夜里写下了《苗岭的早晨》等“红色小提琴”系列。以后，为了颂扬人性的美与爱，还先后创作了小提琴协奏曲《王昭君》和《红楼梦》。我这个不会拉小提琴的作曲家之所以写了那么些小提琴曲，倒并非因为我对小提琴情有独钟，而是因为时代的呼唤和中国小提琴事业的需要。“林家军”中的好几位佼佼者，都是我“同一战壕里的战友”，因为我们同样都在为建立中国小提琴学派而努力着。薛伟很早前就与汤沐海合作录制了《梁祝》，与许忠合作录制了《红色经典》，之后还诚邀我写了《红楼梦》。而薛伟的师妹谢楠，则更是融其心与情于曲中，成功地塑造了一个悲情的林黛玉形象。我们在商讨华彩乐段时，还有意运用了二胡中的双音滑奏与塔蒂尼《魔鬼的颤音》中的颤音相结合，使乐曲达到了一个戏剧性的高潮——黛玉埋葬了朵朵心的落花，却掀起了阵阵倾盆泪雨！我想，作曲家与演奏家的精诚合作，实乃作品存活与成功的必要之举也！

沉思、沉思，我们也都浸润于沉思之中，思念着这个高调做事低调做人的“冠军教授”，思念着这个穿着“大红袍”、骑着自行车、跳着圆舞曲的快乐的“外国老头”，思念着这个为中国小提琴走向世界铺砖添瓦的伟大的开拓者和奠基人。

安息吧，耀基。我们都在和你一样沉思，我们也都在沉思中顿悟和奋起，迎接中国小提琴事业的又一个春天！

（原刊于2009年4月7日《文汇报》。）

（**林耀基**：著名的小提琴演奏家和音乐教育家，是当代小提琴教育界的杰出代表人物。其著名的学生有薛伟、柴亮、李传韵、谢楠、陈曦、杨晓宇等。）

第二章

朋友笔下的陈钢

无题

——读《陈钢协奏曲集》

白　桦

纷飞的雪花
簇拥着一朵怒放的玫瑰飞舞

亿万颗珍珠
追随着一尾闪光的金鱼跳跃

满天的繁星
围绕着一轮圣洁的皓月旋转

疾雨中看闪电
闪电里听惊雷

瀑布在顷刻间凝固为冰川
所有的鸟雀都屏住了呼吸

……

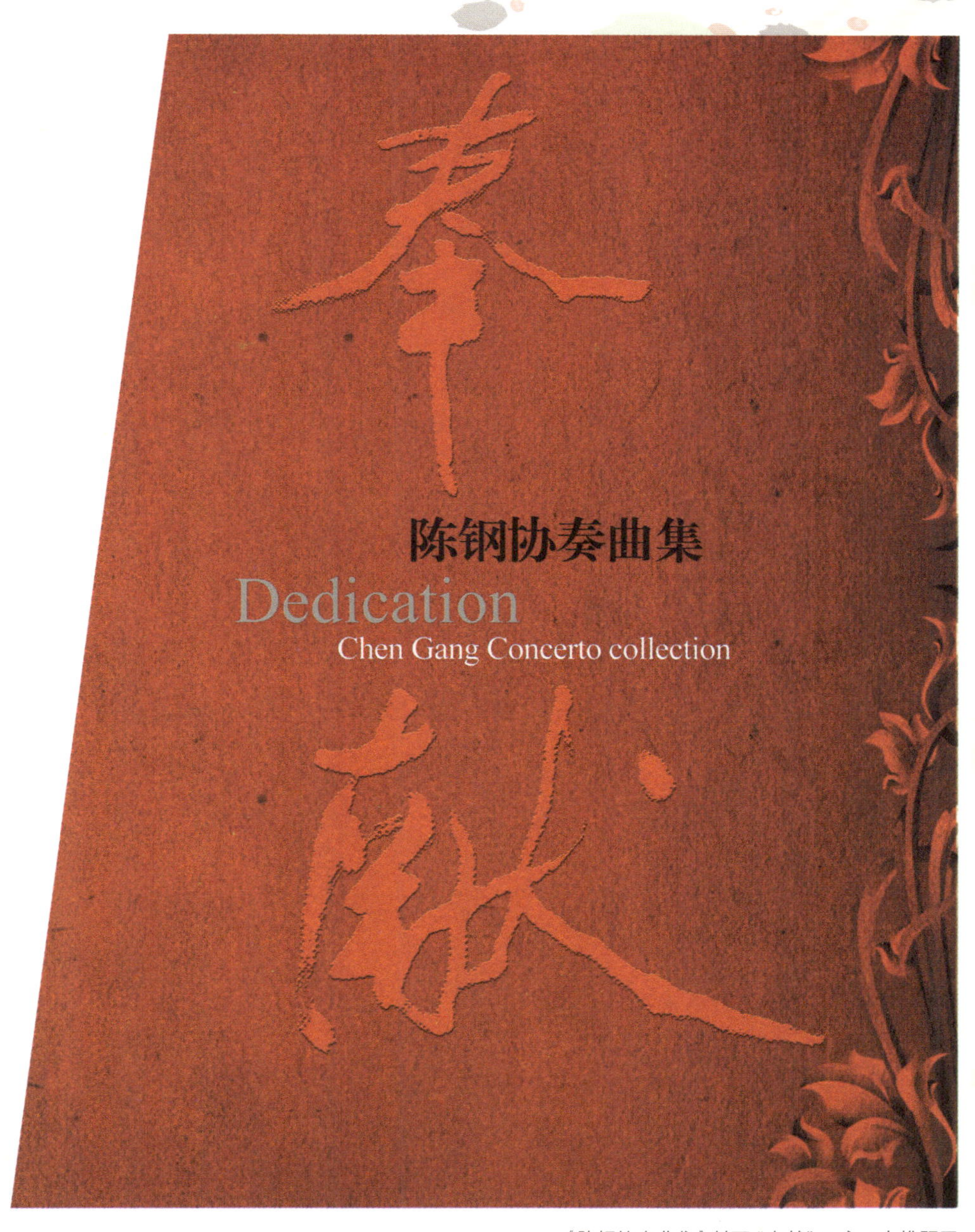

《陈钢协奏曲集》封面“奉献”二字乃白桦题写

在琴弦上飞舞的蝴蝶

白 桦

陈钢协奏曲集

遥远的年代是一支悠长的悲歌，
杏花、春雨，青山如黛；
在朝露浸润着的芳草地上，
一对青年肩并肩向我们走来；
一个是梁山伯，
一个是祝英台。

一厢是无嫌无猜的相伴，
一厢是有情有义的相爱；
相送在画卷里，
随着千回百转的流水徘徊。
一串美丽的谜语，
一个神圣的期待。

瞬息间都化为沉重的回忆，
之后就是沉重的悲哀；

沉重的、咫尺天涯的相会，
一座千古凄凉的楼台。
何只是错过了一个难逢的机遇！
何只是铸造了一个冰冷的无奈。
何只是一个呼天抢地的懊悔！
不仅覆水难收，而且此情难再。
是漫长的、沉重的相向无语，
泪泉引出的是一片沉重的血海！
沉重的生离之后就是沉重的死别，
但，沉重的死亡并不等于爱的失败。

绝对的沉重化为绝对的轻盈，
一对蝴蝶从深渊里飞了起来，
人们的美好意愿在它们的翅膀上
描绘了最美丽的图案和色彩；
像闪电一样迅速，
像风一样自由自在。

极度的缠绵悱恻！
极度的温柔和谐！
没有秋日的忧伤和冬日的寂寞，
只有无限的春光和恩爱。
如今它们缺少的却是失去了的那份沉重，
那份求生不得，求死不能的情怀。
苍天无语、芳草无言……
琴声将再现往日那刻骨铭心的热恋，
那山穷水复的牵挂，

那柔肠寸断的思念，
那欲语无声的痛楚，
那山崩地裂的呐喊。

那悲歌化为欢歌的一刻，
那黑暗化为光明的瞬间；
甚至寂静之后的余音，仍然会
托着我们的心儿和蝴蝶在空中飞旋。
祝愿世界永远像此刻这样美好，
乐声缭绕，蝴蝶……翩翩……

（此诗为白桦于1999年为《梁祝》诞生四十周年而作。）

爱与被爱的历程

白　桦

优美的旋律与和声从哪儿来？即使是音乐大师也不可能用很简单的答案来作答。我以为：抽象的、有节奏的音响所组合的乐曲，却来自命运在具象而纷繁的艰难世事中的冲撞，以及心灵被疼痛或愉悦所灼伤而积累的烙印。

陈钢既是一位善于用抽象的音符创造优美乐曲的大家，又是一位善于用具象文字和理念写作的能手。当今众多报刊上不乏华丽的文字或矫揉造作的知识卖弄，往往只能使我厌倦；只有真挚、诚恳、平实而亲切的叙述才能让我像孩子似的进入作者的心灵世界。陈钢的散文集《黑色浪漫曲》出版了！我为读者感到高兴。在你当做一本散文买来的时候，他却意外地多送给你和文字同步鸣响的一部乐曲。因为根据我的经验，每当读陈钢的文章，总像同时还有一支优美的乐曲或强或弱地笼罩着我，使我情不自禁地流下泪来。我猜想，他一定是用他在作曲时的激情写下了这些文字。从他所有的抒情散文中，我们可以看到音乐和他、和他的亡父、和他的母亲、和他的弟弟妹妹，以及和所有人的关系。的确，谁能离开音乐而生存呢？谁的灵魂没得到过音乐的灌溉呢？即使是一个终生不出山坳的农民，甚至一个双目失明、两耳失聪者，无一例外。音乐对于人的灵魂，一如水之对于人的肉体，如孔子那样理性的圣人都会被音乐所俘虏，何况庶人！生命有悲痛，有欢乐，有激越，有静止。所以音乐有悲歌，有欢歌，有急板，有行板，有慢板，也有使人震撼的休止和停顿。在音乐宝库里所有的传世之作，无一不是作曲家发自内心的呐喊或呻吟；文学作品当然也是如此。最高的技巧是什么？是无技巧。屠格涅夫在谈到自己的中篇小说《初恋》时说过："《初恋》也许是我最爱的作品，其他作品或多或少有编造的部分，《初恋》却根据事实写成，不加一点修饰……"在陈钢的这本散文集里的文章，几乎全都是"根据事实写成，不加一点修饰"。其中也包括他自己的初恋，和整个前半生对人、对音乐的爱和被爱的心路历程。

陈钢的初恋发生在他创作小提琴协奏曲《梁祝》的那个春天，是一个新的（实为陈旧之极的）由于"门第"（阶级）的森严界限所产生的悲剧。陈钢在最后写道："在西方，人们称《梁祝》为《蝴蝶情侣》。蝴蝶，是《梁祝》的标志，也是爱情的象征。但是，据说在梁山伯坟上盘旋飞舞的并不是彩蝶，而是黑蝴蝶。我的初恋就像一对掠过夜空的黑蝴蝶，是一支黑色的浪漫曲。"在他今天的眼睛里：人——蝴蝶——音乐已是浑然一体了。我想，当敏感的艺术家回顾往事的时候，都会如屠格涅夫所说："在这个时候，我还有什么比一瞬间的春潮雷雨的回忆更鲜明，更可宝贵的呢？"

当然，这本集子里还有许多篇什，是对眼前的人事和艺事的感想，或尖锐，或幽默，或温情。但全都晶莹、透明，体现出作者的一片冰心……

（此文系白桦为陈钢散文集《黑色浪漫曲》所作序言。）

上海的一日

龙应台

……

生命里隐藏着脉络，
脉络浮现了，
你才知道，许多以为是偶然的东西，
背后竟深埋着千丝万缕的因缘。

龙应台（左二）与陈钢（右二）等人合影

我不断撞见那深埋的因缘脉络，
譬如认识了音乐学院的陈钢。
傍着一架钢琴，
我问他是否知道二十世纪三十年代的一首老歌——《永远的微笑》：
我不能给谁夺走仅有的春光，
我不能够让谁吹熄心中的太阳，
心中的人儿你不要悲伤，
愿你的笑容永远那样。
那是我母亲爱唱的歌。
当我只有两个酱油瓶那么高，
拉着她裙脚跟她上菜场时，她唱这支歌；
到现在她白发苍苍我得牵着她的手带她过马路了，她仍旧唱着这支歌。
唱的时候眼睛闪着我所熟悉的年轻的光芒。
这样的一支歌，随时随地可以勾出我的眼泪来。
它使我想起母亲的垂垂老矣，更想起那留不住的栀子花香少年时。
陈钢两手搭上琴键，音乐像雨点打进池塘一样淌开。
他说："当然知道，这是当年我父亲写给我母亲的曲子。"
他低头弹琴，我难以知道他心情的流动。
但是钢琴声使我晕眩，
如立深渊边缘：
一支歌，像一条河，也有它的流域。
乘着歌声的翅膀，我竟然来到这支歌涌动的源头，
在上海一架钢琴边……

（**龙应台**：著名作家与公共知识分子，曾任台北市文化局局长。）

程乃珊

作曲家陈钢多才多艺，从作曲、写作、装修居室到针灸等，跨行跨域，都有一手，人尽皆知。殊不知，陈钢还是一位探戈舞高手呢。“舞林大会”不邀他露一手，走眼了。

探戈一词源自拉丁文Tangene，于19世纪后期在南美，特别是阿根廷和乌拉圭劳工阶层中大为流行，是深具本土色彩的舞蹈与音乐的总汇。由于阿根廷与乌拉圭两地聚居着欧洲各国移民、非洲奴隶后裔和本土白人原居民。这种多元素的信仰宗教和风俗，融合转型成一种十分独特的文化——粗犷、豪迈、性感、热烈又细腻的，尽显拉丁民族特性的探戈文化。从某种角度上讲，探戈文化与海派文化颇有异曲同工之神。

探戈舞难度极高，需要平衡、力度及媚态，心有领悟，舞随乐动。探戈舞不需要太大空间，方寸之间，见缝插步，就在不断的进退中，生与死，爱与恨，奔放与细腻，多情与冷漠，反叛与保守……互相碰撞，从而迸发出令人眼花纷乱的舞姿。说到探戈，总也忘不了电影《女人香》中的阿尔伯罕奴演的那位双目失明的退伍军人。当充满张力多变的探戈音乐响起时，他打听好了小小舞池的长度和宽度，即向一位美貌女士邀舞，自信地在一串看似毫无规律的进退中，舞出精彩。几次见到他的脚几乎要踏空失足，却又优雅适时地缩了回来……当然，这只是电影。然而我相信，在人生这个大舞池中，有相当阅历及颖悟的舞者，确实能做到这点。因为真正的舞者根本不用看着地上的舞步，而是用心感受着音乐！比如，陈钢。

说起来，笔者还从没在舞池上见过陈钢翩然起舞，但“听”过。那应当是在1970年代生活色彩极其单调的时期，连电视都只有黑白两色。

一次偶然听到一缕十分抒情的小提琴旋律从电视机中飞出，在那个年代绝对属稀罕。再一看字幕，着实一个吓煞老百姓的，与那旋律所表达的柔美境界浑身不搭界的曲目《红太阳的光辉把炉台照亮》。又是红太阳又是炼钢炉火，那种炽热烤炙让人怎么受得了，与清新沁人的旋律根本风马牛不相干。好在音乐可以闭起眼睛听的，毕竟有好久没听到这样让耳膜舒服放松的音乐。这里不得不提到著名小提琴演奏家潘寅林，我就是在红太阳照亮的炉子边上第一次认识这个名字。他演奏时的洒脱和陶醉，令我们恍然忆起，原来这个世界上还有“音乐”。又想起那个曲名，不禁好笑。这个作曲者倒蛮会“硬装榫头”的——当时样样荣誉归功于党，因此作曲家名字不出来，我也不知道这是陈钢的大作——“硬装榫头”是一句上海话，在当时常被理解为“无限上纲上线”，即扣大帽子。但这位作曲家这记榫头硬装得十分可爱聪明，我们才得以欣赏久违的音乐！接下来不时还听到《苗岭的早晨》、《阳光照耀着塔什库尔干》，好像都是潘寅林演奏的。后来才知道，这都

是陈钢在那特定时代作的曲子。这些浅白如春雨的旋律，恬淡如菊，如同过滤器，焦虑、不安、怨怼和质疑……被滤去，留下的是希望！

众多创作于那个荒唐年代的文艺作品，在历史的长廊上，只是过客不是归人，唯当时硬装“榫头”得以面世的《红太阳的光辉把炉台照亮》、《苗岭的早晨》和《阳光照耀着塔什库尔干》却一直走进新世纪。今天听来，这些旋律一点也没有沾上当年的硝烟味，或许它们不如《梁祝》那样轰动，但至少它们闯进过我们的生命中，令我们快乐和激动过。对一位艺术家，这已是很值得自豪的。

中国古语：识时务者为俊杰。这是老祖宗的智慧，人，总要与时俱进的，但做人总得有一道底线。或者说，我们自己的人生乐章，一定要有一个自己的主旋律。但如若为“俊杰”而丧失自己的主旋律，这样的俊杰只是一个躯壳、一个任人摆弄的木偶。人生是现实的，有许多拐角需要我们作出选择。说起来，人生就是个大舞池：华丽、亢奋、仄逼，由于舞池的物理空间所限，很容易被飞出局。因此人生的舞场，不适合太华丽舒缓的华尔兹也不适合自恋缱绻的狐步，更不适合碰壁头不肯转弯的March步。唯有探戈，才适合人生舞池。陈钢是个好舞手，他如《女人香》中那位双目失明的退伍军人，在拮据有限的空间里，在一连串看似毫无规律可言的进退中，自信地舞出独特的舞姿！

不知为什么，写到陈钢，我总会联想到潘寅林。

在探戈的世界中，钢琴是不可缺少的灵魂乐器。如果把陈钢比作探戈舞者，潘寅林就是那架魔幻般的钢琴：在浑厚铿锵的低音铺陈下，表达出轻潺抒情的旋律。它们配合默契犹如一对探戈舞者，在那假话空话满天飞的荒唐时日，给我们这些文化饥民以质朴沉实的享受。

陈钢确是个探戈好手，亲眼目睹他多次在聚光灯下舞出自己的造型：一次是在著名男低音歌唱家温可铮教授的追思会上，他慷慨直言，讲出了众多人想讲又不敢讲的话，抨击了大家有目共睹的不平现象后，为温教授的遗属争得了实实在在的生活改善；在大家都在热烈颂扬上海的高度和速度，赞美上海一年一个样三年大变样时，陈钢婉和地提醒众人，要尊重上海的宽度、厚度和精度；多年前在讨论淮海路改建计划时，一片赞美声中陈钢冷冷地提出：“我在淮海路看到的除了胸罩店还是胸罩店……”

陈钢的探戈舞步就是这样，在东方和西方、反叛与传统、奔放与细腻等的猛烈碰撞中，最终都能融合转化成和谐的舞步。陈钢，就是一曲上海的激情探戈。

（原刊于2010年5月22日《新民晚报》。）

（**程乃珊：**著名女作家。陈钢虽在口头上戏称她为“酒肉朋友”，因为他们经常在饭桌相遇；实为赞其海派味道香浓，颇似一支柔情万种的海上萨克斯风。）

他像爱情一样年轻

王乙宴

X（记者）：你当年和陈老师合作时年龄比较小，他和其他老师有什么不一样？

W（王乙宴）：他不像老师，他是名人。

我刚进大学那会儿，有人介绍我去参加陈钢老师的新作《王昭君》的面试，我当时想，这么多高手，我不会被选上的。我去他小屋的时候，他正在改总谱，他是我第一个见到的活着的伟大的作曲家，按道理说，我应该是紧张的，原因是，第一，我很崇拜他。第二，虽然我认为被选上的机会很小，可心里还是很想得到当时的这个演出机会的。然而，当我进屋后看到他忙来忙去的样子，和他那一身“花哨”的打扮时，我一下子就放松了。他说，你坐，我就坐在那把唯一的椅子上。他又说，你把琵琶放下来，我站起来把琵琶放到一处。他又说，你会看五线谱吗？我说会。他说，那你会弹钢琴吗？我说学过。他说，你弹一首。我弹了一个奏鸣曲。边弹心里边在想，也好，可以让我活活手，等下弹琵琶的时候手的状态会好些。弹完了，他却说，你的钢琴弹得蛮好嘛！没有任何停顿，顺手就把《王昭君》的分谱交到我的手里，说，排练的时候我让别人通知你！

从进门到得到他的这个决定，前后应该不到一刻钟……

谢谢老师！我拿了分谱和琵琶头也不回地快步走出小屋，不想让他有时间反悔。

X：我第一次听《王昭君》是你们去北京音乐厅开音乐会时的录像，在CCTV播的。

王乙宴

我的感觉是《王昭君》要比《梁祝》更有张力，给人的感觉更猛。

W：我想称陈钢老师为中国的“女性”作曲家。

他是唯一的在五十年前就大张旗鼓地写爱情（《梁祝》）的作曲家，也是唯一的给予女性处境深刻的理解和温煦的体贴（《王昭君》）的作曲家。

X：他的作品确实有唯一性。他敢于浪漫，敢爱敢恨，而听他的《王昭君》，感觉他像是没有经历过“文革”一样。

“文革”后期的作品通常是晦涩的，他没有，通常是“愤青”的，他没有，通常是“现代”的，他没有，通常是标新立异的，他没有。

W：他的作品有三大特点，第一，是美的；第二，是美的；第三，还是美的。是中国音乐作品的“童话”。要保持这样的状态，我想需要的是内心的很强，很大。

X：但他毕竟是生活在当下的现实中，怎么可能做得到绝对的超脱呢？

W：我想这可能是个人的特质和作为优秀作曲家的专业的想象力。不管处在哪个历史时期和环境中，他对生活，对爱情，对女性的想象力都是不变的。而对美的感受和追求也是没有时间和空间可以稀释的。在他的音乐当中，“美”像一个魔鬼一样紧紧地附在他的旋律和他的爱情主题上，女性的缤纷，女性的血液，女性的敏感，女性的宿命，可以让每个女人通过他的音乐认出自己来。

X：最不可思议的是，只要你细细地去倾听他的音乐，你会发现他的貌似“大众情人”似的旋律，其实并不煽情，反而有种含蓄的力量。

W：我十几年前弹《王昭君》的时候，现在听录音，显得挺冷的；再听最近的录音，发现，其实变化不大，依然还是冷的。但是，我每次演奏的时候，心脏却总是跳动得非常剧烈。这中间的距离，我解释为张力，内心的火！他不允许你爆发，但是他要求你

"静静地燃烧"……

他的音乐不是"强奸"式的，侵略式的；他的音乐不是来吞噬你的，而是来唤醒你的，唤醒每一个人心中持久不变的最动人的部分。再冷漠的人，只要听了他的音乐，都会被粉碎的。

X：真是"杀手"啊……

W：而且是男女通杀，无一漏网。

X：我知道你和陈老师一样都是双鱼座的，你们双鱼之间是怎样相处的？

W：人和人之间的距离是在见面的第一秒完成的，之后的近和远其实都是假象。从多年前见到陈老师到现在，我从来没有一刻感觉到跟他有陌生感，我们的沟通自始至终都是自如的。双鱼和双鱼在一起就像是"同门师兄妹"，我们之间打电话通常不超过一分钟，不会有一个多余的废字，更别提废话了。我们在MSN上聊天，常常是出现同一句话，最多的一次我数了数，一共有十五处相同。

X：你们双鱼有时候最气人的就是在外人眼里，总是看不到你们的破绽，好像你们从来不会有郁闷的时候，不会有很多困难，不会有过不去的坎。

W：这是因为在别人吃喝玩乐，高谈革命理想的时候，我们在用功啊！我们没有一天会对自己的功课有放松的时候。信不信就由你了！

X：总还是有点不信。

你们在人前显露出来的都是聪明和灵活……

W：错了！双鱼唯一坚持的是用功，从来不敢懈怠。这是你们难以想象的。

有一次陈钢老师自己无意中说起他的一个习惯，他每天会在一个固定的时间收听电台的一档古典音乐节目，每天做存档，这些资料多到来不及整理甚至来不及听，但是他每天都做，从不间断。谁会信呢？我想现在作曲系的学生恐怕都不会这么去做了。

X：倒也是，我也想起来了，有一阵子，我问你最近在看什么书，你说没看就在网上瞎逛，在我的追问下，你说在看一套系列书；在我的再三追问下，你说出了书名。当时，真把我吓了一跳！如果不是我在你们家亲眼看见了这套书，我会跟那些自以为了解你的人一样，很难相信，你这条鱼会有耐心读完它。

W：毛主席说，三天不学习，赶不上刘少奇。刘少奇说，一天不用功，赶不上毛泽东。

谁会相信呢，这几天我还在读“毛选”呢！我想就连刘湲（注：王乙宴的夫君）也不会相信的。在他眼里，我也就是看看日剧、韩剧罢了！哈哈，对男人的审美，差不多也就停留在竹野内丰档次上了……

X：说到审美，我倒想了解什么样的女人能打动陈钢老师？

W：这也太八卦了！你也太“娱记”了！

X：陈老师可不是那些“严肃”的艺术家，他不会介意这些吧！

W：以我对陈老师的观察和了解，而且只代表我个人的观点，我想这样的女性是要具备以下三点：第一，要长得漂亮；第二，还是要长得漂亮；第三，最重要的一点，是品德要美。

X：这可太难了！

W：这个高度确实有点珠穆朗玛峰了，可要是能在这山头上插上小红旗，那也是很有成就感的。关于这些小红旗，我建议你去做另外的一些专题深度采访。

X：唉，他会同意吗？

W：你这么想的时候他常常不那么想。

他不狭隘。他有幽默感。他很真实。谁跟他在一起都会感到轻松。像他这个年龄，他的调皮，不是装出来的调皮，不是为了证明自己年轻故意“装嫩”，在他那里没有装这回事，虚伪的事情他懒得干。

我们有个小圈子，叫“三十三”，也没有什么特别的含义，年龄都在三四十岁左右，可他在其中还是独领风骚，他最年轻，他最时尚，他最豁达，他脑筋最好用。谁能比得过他呢？！

刘湲有一次说，现在的女孩子越来越优秀了，在同龄中找到合适的男孩子比较困难，所以会有陈钢和杨振宁这样的现象，这是一种趋势。当时我听了吓一跳，可后来仔细想想，“年龄不是问题”。

我这里要说的年龄，不是说这些女孩子有恋父情结才有了这种选择，而是，和他们在一起的时候，你会感觉自己更年轻，更女人，更快乐了。在剩女如此泛滥的当下，很多女孩子要寻找的那种经典的爱情模式和白马王子,已经很难了。

X:我想这没有理论化的解释,一个男人的魅力出于他的世界里出产爱。

W:在他爱的世界里,他又把最高权利赋予女性。如果这样的男人多了,这样的爱情多了,这样的家庭多了,世界就进步了。

X:在陈钢老师的作品里面,虽然描写的都是悲剧性,但是你总能感受到他乐观的性情。"化蝶"最能说明问题,悲剧,最后也要超脱的。

W:不是超脱,是逾越,是升华。在他所有的作品当中他捍卫的是人类的原始力量——爱情。所以,他不会老的,他和爱情一样年轻!

(**王乙宴:**青年诗人、剧作家和"琵琶西施"。她曾在陈钢的小提琴协奏曲《王昭君》中担任琵琶领奏,而陈钢也曾为其诗集《一千年　一万年》作序。)

蝶中蝶

陈祖芬

弓和弦的爱情故事

有一个爱情故事，一个叫弓，一个叫弦。弓在弦的身上缱绻，弦在弓的律动中交欢。弓和弦都穿身紧身衣，那是把爱情演绎得淋漓尽致的现代舞。一曲拉完，弓还是离不开弦，欲离又止，欲说还休。

我很不恰当地想起拔丝山药，山药拔起了，一道道丝还连着，连着，连着。

弓，终于一狠心离开了弦，离开了，离开了，走进了哗哗的雨声里。是弓或弦的倾盆的泪雨？

不，是哗哗如雨的掌声。

陈祖芬

那是2006年11月3日的北京音乐厅。陈钢作品音乐会上，一把小提琴，用弓和弦的肢体语言，诉说着不尽的眷恋。

时间倒回去五十来年。

1959年5月27日下午三点。上海音乐学院在兰心大戏院有个新作品演奏会。十八岁的学生俞丽拿用小提琴拉起了《梁祝》。最后一个音符淡出了，远去了。

整个剧场的人，也都好像随风而去了。二十出头的学生陈钢在台上侧幕条后直着急，怎么没有掌声？这是他的第一个作品，和管弦系的同学何占豪合作的。陈钢完全不知道这个作品好不好。剧场出现了一个休止号，又一个休止号，又一个休止号。

掌声响起来了，俞丽拿谢幕。掌声响个不停，陈钢和何占豪走到台前谢幕。掌声不肯罢休，俞丽拿又谢幕。鼓掌的人们泪光闪闪，或许那如雨的掌声是泪水的倾注？掌声看来是停不下来了，怎么办？指挥说，再演奏一遍！

陈钢写《梁祝》的时候，正在经历一场梁祝似的注定是悲剧的爱情。陈钢在上海音乐学院的同学那里看到了一张北京姑娘的照片，一派纯净；然后便如《聊斋》故事里爱上画中人那样爱上了照片人，一片痴情。与“照片”的通信便贯穿在《梁祝》总谱的创作里。不知道是陈钢把初恋的纯美注入了五线谱，还是那一个个音符已经暗示着陈钢爱情的全部。陈钢是右派的儿子，“照片”的家庭是革命干部。陈钢奔赴北京走进北海公园与她相会，远处的白塔上，传来凄婉的小提琴——正是《梁祝》中梁山伯与祝英台的别离……

20世纪五六十年代的故事，现在讲来，恍若隔世。没有隔世的，是这首情动于中故形于声的《梁祝》。1997年7月2日，香港回归的第二天，在好莱坞的碗形剧场，吕思清的小提琴刚刚拉响了《梁祝》的第一个乐句，碗形剧场周围的山壁便噼噼啪啪爆出掌声。拉响一个乐句，便点燃了一个中国的情感符号。好莱坞的山坡又好像为《梁祝》筑起了层层回音壁。掌声从回音壁上一浪一浪地震响起来，又一下一下重重地撞击着陈钢那音乐家的敏感的神经。

这场庆祝香港回归的演出，叫Bravo China，为中国喝彩。一位马来西亚华人说：有太阳的地方就有华人，有华人的地方就有《梁祝》！

2006年，英国闻名于世的伊顿公学，举行一年一度的毕业音乐会。第一次邀请一位中国的音乐家去。伊顿公学的学生里有两位英国王子，更有别国的王子。《梁祝》的提琴声落下，伊顿的师生们站起。陈钢看到那么多金发碧眼哭得泪水涟涟。是音乐把他们击倒了。他们知道罗密欧与朱丽叶，不知道梁山伯与祝英台。但是纯美的爱情永远是震撼人心的，陈钢第一次看到音乐是如何把人击倒的！

2006年10月下旬，陈钢来京后知道正巧法国小提琴大师奥古斯丁·杜梅在北京的中山公园音乐堂演奏《梁祝》。陈钢与身高两米的杜梅,双手握在了一起。陈钢笑:这是我见过的最高的梁山伯。《梁祝》借鉴了二胡中一些特殊的滑音演奏法,外国演奏者很难把握神韵。那晚热爱《梁祝》的粉丝,有人带了总谱来听杜梅,好比担心外国人讲中国话难免走调。

西方人称《梁祝》为《蝴蝶情侣》。但是据说在梁山伯坟上盘旋的不是彩蝶,而是黑蝴蝶。陈钢觉得,他的初恋就像一对掠过夜空的黑蝴蝶,是一支黑色浪漫曲。1976年,“四人帮”粉碎后,陈钢终于又有机会去北京了。一种无法自制的激情又汹涌而来,他拨通了她的电话:你,你知道我是谁吗?

一别十五年呵!然而电话线那头传来一个声音:知道。好像一直都知道的知道。我很想见你!不要见了吧。我一定要见你!

陈钢在北京的大街上走着,远远就看见了她的身影。他赶紧追上前去,哦,不是。

待到果然与她面对面的时候,也觉得那不是她,不是。那个年代过去了,她也随之过去了。

她讲及她女儿也在拉《梁祝》,讲及过去的事,在陈钢听来,好像她在叙述别人的事。

黑色浪漫曲过去了。

奥古斯丁·杜梅演奏的法式《梁祝》,由中国爱乐乐团和比利时瓦隆皇家室内乐团协奏。报载这是一次中外乐团的化蝶。而那个最高的梁山伯,他的身心也已化蝶,化成旖旎缤纷的彩蝶。Bravo China,为中国喝彩!

玫瑰玫瑰我爱你

三四十年代的上海,外滩的英式建筑,霞飞路的法式建筑,好莱坞的广告,法兰西的梧桐,讲英语的印度人,讲法语的俄国人,从阮玲玉到周璇,从鲁迅到张爱玲,更有茅盾、巴金、聂耳、冼星海。茅盾在《子夜》里用三个字感叹上海:光、热、能。这种大都会的气势里,涌动着向前的、律动的、带有爵士的节奏。“玫瑰玫瑰我爱你!”陈歌辛的旋律那是大都会的音乐的回声。

当我想起“陈歌辛”这个名字的时候，真觉得一个人就是一个年代。

陈歌辛就是三四十年代。《玫瑰玫瑰我爱你》、《夜上海》、《永远的微笑》、《恭喜恭喜》、《苏州河边》、《渔家女》、《凤凰于飞》……王家卫拍的梁朝伟和张曼玉主演的《花样年华》，主题歌就是陈歌辛的《花样的年华》，周璇唱的。一位叫富兰克林的爵士歌手在美国唱红了英文版的《玫瑰玫瑰我爱你》，在1951年全美流行乐坛排行第一名，只是注上：“曲作者不明，可能在红色中国。”排行榜首的酬金是一百万美金。陈歌辛说，如果他能拿到这笔钱，捐给国家买一架飞机。

当然，没有这个如果，“红色中国”的人怎么能去西方世界领奖？

2002年，《上海·台北老歌双城记》音乐会在台北举行。指挥是上海交响乐团的指挥陈燮阳，音乐顾问是陈钢。陈燮阳的父亲是陈蝶衣，写过五千来首歌词，和陈钢的父亲陈歌辛是词曲搭档。

台湾人几乎同样地熟知上海的老歌。龙应台说她只有两只酱油瓶那么高的时候，拉着妈妈的裙角过马路，妈妈哼着陈歌辛的歌《永远的微笑》。后来，妈妈老了，龙应台陪伴着妈妈过马路，妈妈还唱《永远的微笑》。妈妈唱着永远的歌曲，眼中闪着微笑的泪花。

2006年2月，台北举行盛大的海峡两岸的一次同台演出，吴小莉主持。大陆去一个团，一百多人。台湾歌手有罗大佑、张惠妹、齐豫、李宗盛等等，大陆有孙楠、超女、杨臣刚的《老鼠爱大米》等等，是流行歌的天下。只给陈钢弹一段《梁祝》。但是罗大佑把陈歌辛的歌一曲一曲唱下来，唱几句就问一下：大家知道这首歌吗？知道这是谁写的吗？大家喊：陈歌辛！正是春节时分，罗大佑唱起陈歌辛的《恭喜恭喜》。在全场“恭喜恭喜，恭喜你呀”的互动中，罗大佑说：今天我们把流行歌曲大师陈歌辛的公子请来了！

事后总导演对陈钢说：我们需要的是历史和文化。但是20世纪50年代，陈歌辛历史地成了“右派”，在安徽白茅岭劳改。

陈歌辛听到《梁祝》，是从白茅岭劳改农场的广播里。

《梁祝》凄婉的提琴声在白茅岭响起不久，1961年，玫瑰玫瑰飘逝，零落成泥化作尘。享年四十六。陈钢非常痛悔地想起自己十四岁参军时，还觉得父亲没他革命，还对父亲说：你也要学习劳动。

父亲说：你会挑担子，我会挑音符。我挑音符并不比你挑担子轻松、低下。

一个音乐家的尊严。

后来，1960年代中期，陈钢也步他父亲后尘，进了“牛棚”。如果玫瑰玫瑰不可以爱，怎么可以爱梁山伯与祝英台？

又到春节时分，2007年正月十五的晚上，我找到陈钢下榻的1601房间。陈钢是全国政协委员，年年来京参加“两会”。从16层看出去，北京城浸在一片焰火中。今年百姓爱鞭炮更爱焰火，从大年夜到元宵，百姓要放掉多少焰火烧掉多少钱？第二天，3月5日，温家宝总理在十届全国人大五次会议上作政府工作报告，讲到2006年城镇居民人均可支配收入11 579元。有钱啦，高兴啦，焰火是最好的表达。

恭喜恭喜，恭喜你呀！

我们的谈话，常常被窗外的焰火声打断。焰火的万紫千红，那是百花齐放。

玫瑰玫瑰我爱你。

春江花月不夜天

北京大学和上海音乐学院有一个共同的校长：蔡元培。蔡元培在1917年提出美育救国。较之科技，较之经济，美育或许是更高层次的要求。1992年俄罗斯经济危机，卢布成千倍地暴跌，千万富翁一夜之间跌成万元户。但是第二天，经历了贬值千倍的前富豪，照样去排长队听音乐会，而且是马勒的长长的交响乐。最后一个音符落下，全场起立鼓掌四十分钟，包括前富豪。卢布敌不过音符。

钱学森获国家科技大奖后，在讲话中感谢他的夫人蒋英。钱学森说他常常听他太太唱德国古典歌曲，活跃了思维。

爱因斯坦更是在弹奏钢琴时忽来灵感，停下琴声登上楼梯，一周后从楼上书房下来时，拿着一张纸，上面写着他的相对论的公式。

艺术激发想象。想象大于知识。

爱因斯坦对死亡的解释是：意味着再也听不到莫扎特了。

2006年北京和上海的名牌大学到底有多少个大学生跳楼？他们一定并没担心从此听不到莫扎特，否则就不会这样轻生。他们不缺少知识，缺少的是文化力量的支撑。达·芬奇是世上智商最高的艺术家、科学家，这家那家，几乎集各种家于一身。他细细地解剖了三十具尸体，弄清了人体的各种细节后，突然停了下来，问：人的灵魂在哪里？美在哪里？

这些都是我从陈钢的演讲里搬来的。2006年10月2日他去北大的百年讲堂。他不知道这代二十来岁的人能坐得住听他的演讲吗？台上只一架钢琴和一把提琴，没有乐队，没有伴舞，没有灯光闪烁。只有一个年方七十的陈钢。二千一百人的讲堂，坐满了花样年华，但是静得连翻开节目单的声音都能听到。他感叹北大有这样一个文化大气场！陈钢不可能把他的乐曲一一弹奏，譬如就没有《王昭君》。演讲完毕，全场齐刷刷地喊：《王昭君》！《王昭君》！陈钢的心颤栗了。他没有想到花样年华们和他这么相通，当然，他的音乐还活在年轻人的心里。所以他年轻，所以他花样。

后来朱军在《艺术人生》节目里，说陈钢是五十岁的容貌，二十岁的心灵。陈钢说：音乐不老，我就不老。

我和陈钢是信友——经常用短信交谈。有好玩的短信，他就发过来。有一次午睡前收到他的好玩短信，我想起来就大笑，又想起来又大笑，脑袋在枕头上笑得好像发地震警报。然后再也睡不着了。

如果没见过陈钢其人，只见过他的短信，一定认为这是个青年。如果见到陈钢其人，而不知道他的岁数，一定认为这人真年轻。如果知道了陈钢的岁数，再看陈钢，一定更会惊叹，原来人可以这样年轻！

陈钢年轻的时候，十四岁那年一心想当解放军。

当然，十八岁才能当兵。陈钢把他那张初三肄业证书上的十四岁改成了十八岁。改得不好，他又抹上酱油，使整张证书都脏兮兮的，那“十八”自然也脏兮兮的了。十八！他听到考官问排在他前边的孩子几岁？那人大声说十八。考官问：你属什么？那孩子答不上了。显然也是一个陈钢式的“十八”。陈钢十四岁属猪，那么，十八岁应该属什么？陈钢赶紧问排在他后边的男孩。

人生好比一只贴满标笺的行李箱，每到一处贴一个标笺。陈钢的作品也贴着时代的标笺。一曲《苗岭的早晨》，一如欢快的鸟鸣，把那个时代的人，带到充满天真充满希冀的早晨。舞剧《小刀会》，又用《刀舞》，演绎着革命。2006年11月3日陈钢作品的音乐会上，小提琴演奏者身后，左右各有一块牌子，写着："安全出口"。我想，如果在过去的几十年里，多一些安全出口，陈钢本来可以拥有更多更多的早晨和更多更多的玫瑰。

陈钢作品音乐会是去年11月3日举行的。他说真亏得是3日，因为5日在京举行非洲八国论坛，没法举行演出了。这些年，高峰论坛、高端访问、经济峰会、经济博览，社会越是多元，就越是有更多的安全出口。

我知道陈钢又完成一部小提琴协奏曲。那是柴科夫斯基国际小提琴比赛二等奖获得者薛伟，要他谱写《红楼梦》。陈钢取了林黛玉这条线。

陈钢说，艺术家，艺术就是家。

2006年12月1日，央视音乐台转播陈钢作品音乐会。午夜我看完电视，打开手机给陈钢发短信。我说我是因为你才打开电视的。后来就忘了你了。那些遥远又熟悉的曲子，一曲一曲向我走来，舞动起来，弓和弦的舞动，琵琶和人的互动。

《春江花月夜》的琵琶声起。这是陈钢根据古曲改编的。乐器里，唯琵琶最像女人体。演奏者更是一位很女性的女性，与琵琶融为一体。她那双纤手好像是从琵琶上伸出来长出来的。那一袭黑发也是琵琶飘落的，随着音符飘落。这曲独奏，便好像是琵琶的自弹自奏。演奏女穿一袭白裙，随着琵琶的自弹，我的视象里，看到春江花月夜里，白衣长袖女舞动江水，舞动月夜。

春江花月不夜天。

琵琶激越处，如见琵琶率领小提琴、中提琴、大提琴和低音提琴的一个个方阵行进。然后又归于淡静，好像激起的水波一圈一圈淡出，好像溅起的水花一滴一滴落下。

又有两滴落下。还有一滴落下。于是月夜静谧春江入梦。世界进入云深不知处。时间停格。

一场淅淅沥沥的掌声，如淅淅沥沥的雨声，把我从春江花月夜带入雨西湖。

围着西湖转的旅游观光车，永远播放着小提琴协奏曲《梁祝》。浓浓的爱意在西湖上一曲一曲地绕着，好像往茶杯里浇上一圈一圈温甜的奶油。

杭州的西湖，常常叫人不能从爱情中自拔。西湖边的蝴蝶，很多纯白。一如梁祝双飞蝶的纯净的爱。那位蝶中蝶，陈钢，终于有了一个心爱的妻子。从此，他们幸福地生活在一起。

（原刊于2007年4月9日《光明日报》。）

（**陈祖芬**：著名女作家。她曾自称："上海人把我当北京人，北京人把我当上海人。我早上醒来常常发现自己既不在上海，也不在北京。人家叫我作家，我作文常常不在家。歪打正着，我被选为中国作家协会主席团委员、北京作家协会副主席。喜欢写一座座城市，也喜欢关在家里做洋娃娃。我在上海读大学时想当剧作家。我高中毕业时想当翻译。我上小学时想读遍天下的童话。我两岁时是上海电影院的老影迷。我生出来的时候没哭，光笑了。"）

蝴蝶恋人

李　黎

几年前的一天上午，独自驾车在旧金山湾区的公路上，发现设定的古典音乐电台里，正播放着《梁山伯与祝英台》小提琴协奏曲。我有些惊喜，因为这家电台的音乐都很古典，从未听过他们播放当代的乐曲；而且这也是第一次在美国的古典音乐电台上听《梁祝》。每当听到这首熟悉的乐曲，我总会感到愉悦，一个人在车里听着更是享受。到了目的地，《梁山伯与祝英台》进入了最后急管繁弦的乐章，我有些恋恋不舍地熄了引擎下车……

那天下午再开车时，听见电台节目主持人说："今天上午我们播放完一首小提琴协奏曲之后，接到好几位听众的电话，询问这首从未听过的美丽的乐曲叫什么？我很高兴再重复一次：这是来自中国的《蝴蝶恋人》(The Butterfly Lovers)……"这才知道《梁祝》的洋名是《蝴蝶恋人》。

在台湾长大，大学毕业后不久就出国，对于中国大陆当代音乐的知识，我有许多补课的工作要做。出国好些年之后才第一次听到《梁山伯与祝英台》小提琴协奏曲，当时的第一个反应是"惊艳"：形式是西洋的，用的全是西洋乐器，而曲调旋律无疑是中国的；中与西、现代与古典，融合得如此和谐而协调，更难得的是柔美可亲，让人一听就会想一直听下去。

在中国文学戏曲和民间传说里流传的爱情故事，我最喜欢的一是白蛇传，另一就是梁祝。才子佳人的故事，无论喜剧悲剧，多半是一见钟情——除了《红楼梦》自小在乐园里一同成长的宝玉黛玉，其他的恋人无论爱得多么美丽浪漫，两人在爱上之前其实根本没有相处了解的时间，令人怀疑除了外貌的吸引，彼此能有多少心灵的沟通？《梁祝》则不然，两人有三年同窗的亲近相处时光，由同学好友进而成为恋人，这份感情基础该是深厚的。我本来就喜欢的故事，以这样优美的乐曲来述说，就分外动听了。

李　黎

后来才陆续读到一些关于这首乐曲的背景和事迹：那是一个并不富裕但充满美好理想的年代，两个非常年轻的音乐学院的学生，陈钢和何占豪，共同创作出一部协奏曲，作为建国十周年的献礼；第一次发表的时候，全场观众聆听之后久久静默，然后爆发的掌声久久不歇，当时还是个十八岁少女的俞丽拿，只好拾起小提琴，把整首曲子从头到尾再演奏一遍……

第一次见到陈钢先生是2005年夏天，在上海作家协会的一个文艺晚会上。那晚人很多，大家围着许多张圆桌吃茶点，谈天，欣赏与会者的即兴表演。我正好跟陈钢一桌，而且就在他旁边。别人给我介绍他的时候，我的第一个反应是飞快地作了个心算：半个世纪前的大学生，现在少说也近七十了，怎么面前这位温文清秀的男士，看起来才五十左右？（我后来才发现，时间对于他似乎有不同的步调，不过这是后话了。）与他交谈，发现他很亲切随和，说话轻轻慢慢的；我和他的话都不多，没有特别谈什么，但觉得坐在他旁边很自在。

那晚的压轴表演节目（当然也是即兴的）是陈钢在厅里的钢琴上弹奏《梁祝》。我听熟了小提琴的原曲，也听过古筝的变奏，但钢琴演奏还是第一次听到，而且竟然是作曲家自己表演！我忍不住离开座位，站到离钢琴不远的地方就近聆听。弹琴的人微微俯身前倾，专注却又轻松自然，音符魔术般地从他的手指尖流淌而出。窗外下着大雷雨，厅里却很安静，只有琤琮的琴声，温柔而华美……好难忘的一个夏夜。

一年多之后的岁暮，一个晴朗的上午，我去上海音乐学院拜访陈钢先生。那是个特别暖和的冬日，太阳好得简直像春天。街两旁的法国梧桐叶子都掉光了，但在灿烂的阳光下一点没有萧瑟之气。我比约定的时间到得早,便在校园里闲逛,浏览布告栏上各种节目的海报,看学生提着拎着背着乐器,独自默默或三五成群说笑走过。想象半个世纪前,陈钢和何占豪两个年轻人,也是这样一起走过校园吗?

陈钢的工作室在学院后头的一栋陈旧小楼上,从一座两截的室外木楼梯通上去。陈钢先生来应门,穿着红灰相间的高领毛衣,气色跟夏天见到时一样的好。

进了门便是一条狭长的走廊,右侧是工作室,左侧是墙壁,墙上挂满照片,细看全是他与各地各国的表演者和友人的合照,艺坛名家美女尤其多,真成了名副其实的画廊。工作室前后两进,用一道别致的砖砌拱门象征性地隔开,很有创意。外进算是会客室吧,有沙发、小茶几、书架和一扇一般屋子不多见的彩绘玻璃窗。内进才是他的工作空间,放了书桌、书柜,以及当然,一架钢琴。

房里很暖和,主人很随和,还是那样轻轻慢慢地说话——带着上海口音的普通话。为我引见、且陪我同去的女作家淳子跟他显然很熟,他俩也随意地闲谈着,有时还很自然地转换成了上海话。我很喜欢这样自在的气氛,本来就是来认识一个人,而不是访问一位音乐家的。

我从美国带来一条领带送他,他笑称按照洋规矩当场拆开;我随即看出来他并不很喜欢这条领带的花色。其实进门时看到墙上那些照片,就知道自己错了:我挑的花色是保守雅致的,但发现他的穿着品位非常年轻活泼,照片里的领带更是鲜艳大胆,我还从来没敢买过那样的领带送人呢。也难怪,他看起来实在年轻,跟上次初见的印象一样,比实际年龄起码小二十岁;时间在他身上似乎不留痕迹——眼前这位中年模样的人,顾盼之间似乎还可以瞥见写《梁祝》时那个清纯少年的影子。

其实我想瞥见的不仅是那个少年的影子,还另有一个明知不可能的妄想念头:我还想从他身上窥见他所来自的上一代——他的父亲陈歌辛。

也许并不是太多人知道陈歌辛这个名字,我也是近年对上海的昔日时光"补课"之后才知道的。但是听过、甚至熟悉陈歌辛的歌曲的人,可就不计其数了。半个多世纪或者更久以来,只要是有华人的地方,都会听到他——不一定是他的名字,而是他的作品。许多脍炙人口的流行歌曲都出自陈歌辛的手中,或作曲或填词,甚至词曲兼顾。当我第一次知道这些从小就耳熟能详的歌曲全出自陈歌辛一人,真是倒抽了一口气！看看这些歌名，耳边就会响起它们的旋律吧：《玫瑰玫瑰我爱你》、《蔷薇处处开》、《花样的年华》、《秋的怀念》、《夜上海》、《梦中人》、《海燕》、《永远的微笑》、《初恋女》、《苏州河边》、《阿兰娜》、《凤凰于飞》、《渔家女》……还有很多，很多。

其后又才知道：这样一个才华洋溢的父亲，儿子就是写出《梁祝》的陈钢。怎样的一对父子啊！我更好奇了，开始找些关于他们生平的资料来读……这一读，才发现自己原先知道得太少了：

《梁山伯与祝英台》小提琴协奏曲写成于1959年。我一厢情愿地以为那是个无忧无虑、充满纯情和理想的纯真年代，共和国还年轻，修习音乐的年轻人，谱出那般清新优美、悦耳动听的音乐，是再理所当然不过的事了。岂知陈钢那时已经遭逢家变，父亲陈歌辛两年之前被打成“右派”，之后被送到荒瘠贫困的安徽一处叫“白茅岭”的农场去“劳改”。接着来的打击是失恋——他深爱的女孩，家里因为他是右派的儿子而反对两人交往。陈钢竟是在那样凄苦的环境和心情下，写出了美丽的《梁山伯与祝英台》的！再过一年多之后，父亲就死在那个光听名字就令人背脊发寒的劳改农场里。那时正是大饥荒的年代，显然陈歌辛是在疲饿摧残下死去的。

我静静听陈钢讲述他父亲年轻时的一些轶事，以及他母亲的近况：《玫瑰玫瑰我爱你》歌词里那朵“最娇美、最艳丽”的玫瑰女子就是他母亲，名字就叫“娇丽”，在近照中依然优雅美丽。出于礼貌，更是出于不忍，我不敢提及陈歌辛其后悲惨的人生。然而无可避免的，一种压抑的伤感令我说出长久以来的感触：这是多么奇怪、甚至荒谬的时间的错位啊，一个该是千年前的中世纪黑暗时代才会存在的迫害方式，竟然发生在还不是太久以前，还没有儿子作的小提琴协奏曲那么久，更没有父亲作的那些流行歌曲那么久——可是竟然发生过，在不是很久之前。

“时间的错位。”陈钢似乎被触动了什么，但还是柔和的，淡淡的，反复说了几回：时间的错位。

时间之于他，似乎确实是非常奇特的。时间对他的容貌并没有留下严酷的凿痕，看来对他的心也一样的宽容。他喜爱的那个美丽的民间故事也是年轻的：《梁祝》这对蝴蝶恋人，活在一个流传了上千年的爱情传说里，永不老去，永远感动着年轻的心灵。音乐更是不受时空限制了，六十年前的流行歌曲，几代人唱下来，隔着山隔着海，隔着远比海山深得多高得多的人为的阻隔，依然流行不衰，从来没有褪色过时。时间没有在那些悦耳的歌曲里劈出残酷的断层。将近半个世纪前的两个年轻学生谱写的乐曲也是，跟台上一代又一代的小提琴手一样，永远是青春的，相信再过半个世纪还是同样年轻，同样动人。

来见陈钢先生，原先为的是想表达自己一份无言的感激：许多年来，他和他的父亲创作出来的艺术作品，给予了我无比美好的聆听的经验和回忆。然而面对着他的时刻，我却说不出这些话来了。奇异的时空错置之感令我惘然：依然年轻的陈钢，照片里更年轻的陈歌辛，那些伴随我成长的音乐，一切仿佛仍在眼前耳畔，其实已经有漫长的岁月流逝了；而错乱的年代、蹉跎的岁月，该是发生在多么遥远的过去，其实是并不太久以前……

但一切到了最后，还是那些美好的事物青春永驻：古老的传说，感人的故事，坚贞的爱情，艺术，音乐，歌谣，亲切的记忆……时间对他们绝不残酷，反而是给予了温柔的呵护。

这个冬日的上午，时间似乎凝滞了，在这间有着钢琴和蝴蝶精灵的小室里。

（**李黎**：旅美女作家，陈钢的“钢丝”。）

蝴蝶才子

淳　子

音乐前辈陈歌辛留给儿子陈钢两样东西：

一是音乐基因，二是对美的领悟力。

作曲家陈钢先生，四十岁之前是漂亮的才子，四十岁以后是经典的才子，六十岁以后是一票难求的“骨灰级”才子。

一位前辈说，她顶喜欢看李玉茹的《拾玉镯》。

……只有微微的风，阳光艳丽，柴门前垂柳的枝条轻轻地飘啊飘。女孩子孙玉娇搬出一张椅子，坐下来，倚在门口绣花。

书生傅朋途经问路，他开始只是在街头露了一下脸，觉得不对，要折回去的，可是被低头做针线的孙玉娇吸引，改变了主意，慢慢地向她这边踱过来。

二人言语投契，彼此倾心，玉娇含羞避入室内，傅朋脱下玉镯置于孙家门前，以示钟爱，玉娇复出见状，遂拾玉镯。

这样的桥段，在陈钢先生年轻的时候也是有的。

张爱玲有一篇短文《爱》。讲的是小康之家的女孩子，生得美，许多人来做媒，都没有说成。那年她不过十五六岁，手扶着桃树，穿着一件月白衫子。对门住的年轻人走了过来，离得不远，站定了，轻轻地说了一声：“噢，你也在这里吗？”她没有说什么，他也没有再说什么，站了一会，各自走开了。

这样的人生况味，在陈钢先生的生活史中也是闪现过的。他爱，她也爱的，但是右派的儿子没有选择。没有早一步，也没有晚一步，刚巧赶上了，也唯有轻轻地道一声："噢，你也在这里啊！"

有人评说："陈钢先生身边的豆蔻女子个个都是动人的。"

陈钢道："翩翩蝴蝶翻飞无语，我只管拿来为其吟唱。"

《梁祝》化蝶了，《王昭君》的琵琶上也落着一只美丽的蝴蝶。

蝴蝶与女性成了他创作的一个主题动机，后来，索性的，他把蝴蝶印在了名片上，蝴蝶成了他生活中的一个标志了。

陈钢先生有他父亲陈歌辛的底子在那里，过目过手的东西不少，天生又是《红楼梦》或者《游园惊梦》里的俊朗书生，全凭直觉判断雅俗，绝不谈什么理论，也没有宏大叙事，却开口便满是文化气息，是清玩的意趣与品格。

一年春天，我和陈钢先生去安徽电视台录节目。顺风顺水，十集节目很快录制完毕。关机，吃饭，合肥丸子，摊鸡蛋，都是李鸿章家族的食谱，从张爱玲的书里看来的。

台长过来敬酒道："能不能多留半天一天的，再给我们录几集节目？"

我们道："都录完了呀！"

台长道："再想想，还有什么选题？"

后来知道，台长看了样片以后，惊异于陈钢先生身上的那股子气质，那种英伦学子的雅致、中国传统才子的倜傥不是一天两天可以修得的。

陈钢先生的工作室辟在音乐学院内，犹太人俱乐部的遗址。冬天，钢琴边喝茶看书聊天。夕阳斜斜照亮了半壁书架，客人渐次多了起来。门铃一响，站在外面的，不是来还书的，就是捧着曲谱来求教的，或者是采访的记者，或者是出版社催稿的编辑，或者是希望得到提携的后辈。他是，来的都是客，没有亲疏贵贱，不问出处，一个个帮过去，很有李叔同为人师表的遗风。

那间小小的屋子里，孕育了许多新秀、许多作品。

孤岛时期，陈歌辛、夏衍、潘汉年等一群书生，曾经在香港浅水湾，戏水煮茶论天下。那里也是张爱玲小说《倾城之恋》的发生地。"又还秋色，又还寂寞"，陈钢先生的心愿是，挑一个好日子，在浅水湾坐一个下午，坐到太阳下去，月亮升起，然后焚一炷心香，祭奠父亲与先辈。

2007年5月，我们约好一起去香港拜见前辈文人陈蝶衣、银嗓子歌星姚莉，再去浅水湾收拾老情怀。临了，陈钢先生痛风病发作，只能作罢。那次以后，每遇同他吃饭，绝对护士一般，严格限定他的进食种类和总量。那天在南京，他刚把一块奶酪龙虾夹起来，我在对面道："慢，您不可以吃的。"他也听话，真的又放了回去。也不抱怨，一脸小桥流水的样子道："可是没有吃饱哎，总要给我吃饱吧。"

主人忙不迭地奉上菜单。陈钢先生道："我很随意的，在生活上向来不讲究的。"

最后，一碗酒酿圆子做了了结。

遇到中意的衣服，打折的时候多买几件，放在衣橱里慢慢穿。也怪，旧衣服在他身上，一些也不过时的。

一次在台湾，陈钢先生由罗大佑引出场，白色钢琴上，先是父亲的《玫瑰玫瑰我爱你》、《永远的微笑》，然后是《梁祝》。

一位台湾女作家，被陈钢先生的清雅、浪漫、风流慑服，只道是有老田黄的蜜色，老沉香的轻盈，形容文人雅士高洁的竹、梅、兰，在他那里诸般的，都是有了的。

“中国蝴蝶”的“命运交响曲”

潘 真

两只蝴蝶，在他的名片上翩然起舞。他与何占豪用音符创造的“蝴蝶”《梁祝》，是我们国家用了半个世纪的一张通行全世界的“文化名片”。

“中国蝴蝶”陈钢，有着怎样的命运呢？

5月27日，星期六，我走进上海音乐学院贺绿汀音乐厅，分享陈钢演讲《从“梁祝”到“红色小提琴”》；6月9日，又一个星期六，我去采访陈钢。

他的工作室，在音乐学院一片陋巷的深处，一路走进去，闻到浓重的人间烟火气。登上狭窄的木扶梯，推开门，却是一个全然不同的世界：到处都是唱片和书，暖色调的灯光把木屋与外面的庸常彻底间离，红色演出海报是这小天地的点睛之笔。主人旁白：“我的很多作品，都是在这里写的。”

第一乐章　狂热年代里的纯情迸发

1959年，新中国需要一种伟大的声音与她终于站起来的形象相匹配。可当年除了几个管弦乐小品外，交响乐坛几乎是一片荒芜。为了填补中国交响乐的空白、向国庆十周年献礼，上海音乐学院管弦系的“小提琴民族化实验小组”酝酿着：用什么来承载可以走向世界的民族情感？俞丽拿提出写“大炼钢铁”，沈西蒂建议写“女民兵”，越剧院出身的何占豪却要写“梁祝”。决定命运的那一刻，党委书记孟波在选择之三“梁祝”上打了钩。是啊，哪怕在非正常时代，人性、爱情仍然是艺术永恒的命题！

作曲的重任，竟落到管弦系进修生何占豪和作曲系四年级学生陈钢的肩上。初稿很快完成了。在办公楼下的半圆厅里，何占豪拉小提琴、陈钢弹钢琴，征求意见。当琴声终止在英台投坟殉情时，举座无语，气氛沉闷。忽然，孟波说：“要写化蝶！”大家的心，一下子被点亮了。化蝶，那是大悲之后浪漫的情感升华，也是更为壮烈的中国式抗争！而且，续上这一阕，在音乐结构上就首尾呼应、一气呵成了。正是这“化蝶”，使《梁祝》后来在国外有了“The Butterfly Lovers”（蝴蝶恋人）的别称。

1959年5月27日，上海兰心大戏院，十八岁的俞丽拿站在台上，拉出了《梁祝》的第一个音符。人们听得如痴如醉，躲在幕侧的陈钢发现听众席里泪光闪烁。一曲终了，台下寂静了片刻，随即掌声爆发。一遍遍的谢幕，还是不能平息雷鸣般的掌声，俞丽拿又从头至尾把整个曲子拉了一遍。

“《梁祝》是天时、地利、人和的结晶。”陈钢说，“那次合作不是旋律加配器的‘凑合’，而是深层次的从乐曲的情韵、色彩到结构、语言的浑然一体的‘融合’。这一首创，使得《梁祝》突破了越调连缀，而演化成交响协奏，以既合交响乐之‘格’又创民族之‘新’的面貌，在同一个平台上与世界乐坛对话。”后来，文怀沙先生曾作精辟比喻：“越剧原是绍兴的地方小戏，好比‘乡镇企业’；进上海经袁雪芬的改革，算入了上海户口，流传到全中国；小提琴协奏曲《梁祝》问世，从此就领取了一张‘国际护照’，走向世界！”

“蝴蝶”起飞了。1960年，正在苏联留学的曹鹏获悉，兴奋地让国内寄去《梁祝》总谱，然后在全莫斯科寻觅演出要用的板鼓，最终从博物馆借出一个陈列的板鼓，指挥莫斯科交响乐团成功完成国外首演。1972年，中美建交、尼克松访华次日，美国波士顿电台介绍了“中国的罗密欧与朱丽叶”——《梁祝》。从此，这只“蝴蝶”就越飞越高、越飞越远，飞遍世界，成为中国人的情感符号，成为中国的骄傲。

在那个狂热年代，中国音乐学子纯情迸发，始有《梁祝》。

陈钢特别感激老领导孟波的“顶风”，“如果他当时考虑‘乌纱帽’，而不顾艺术规律，那么选‘大炼钢铁’和‘女民兵’最保险，也最易出政绩。可他却逆‘主旋律’

潮流而上……”

另一个至关重要的细节，是俞丽拿最近在接受《音乐人生》采访时刚披露的：当年周恩来总理陪外宾听完《梁祝》，嫌二十五分钟太长，让她跟作曲家说改短点。可她想，单乐章的《梁祝》是完整的艺术作品，改短就残缺了。后来，周总理又听，发觉没改，但他尊重艺术家，说他们有他们的想法，不改就不改吧。“我当时要说了，他们能不改吗？”俞丽拿的“瞒旨”，陈钢认为是《梁祝》完整成活的另一大关键。

第二乐章　蹉跎岁月中的血色浪漫

成也《梁祝》，败也《梁祝》。孟波不久沦为“罪人”——大跃进时代，怎么让写才子佳人？！报上的批判文章说，工人听了《梁祝》开不动机器，农民听了拿不起锄头，解放军听了枪打歪了……

陈钢后来也倒霉，进了“牛棚”。我是谁？我怎么会在这里？敏感的作曲家不断地扪心自问。我出身于音乐世家，我解放前就偷听共产党电台短波盼着解放军打过来，我一解放就在国民党的坦克前冒险散发传单，我把初中肄业证书上的十四岁改成十八岁“混”入革命队伍，我参军后唱的第一首歌是“解放区的天”、吃的第一顿是粗糙的小米饭、穿的第一双厚布鞋是老区人民纳的……一个心中只有“革命”二字的“红小鬼”，怎么一下子变成“牛鬼蛇神”了呢？特别难熬的日子，他几乎每天都要偷偷听一遍马勒《第四交响曲》中的慢乐章，从中获得慰藉。这一切都是暂时的，不是我一个人在受苦，整个国家都在劫难中……他的心，重新飞翔起来。

此时，年轻的潘寅林出现了。这只“林中之虎”，从音乐学院附中出来就当上了上海交响乐团的首席小提琴。是他把陈钢从被遗忘的角落里拉了出来，“你写吧，我来拉！”

相差十二岁的两个热血青年，开始了他们一辈子的合作。陈钢很快写出了《金色的炉台》，潘寅林拉了，电台播了，结果是万人空巷。小提琴家每天都会收到好多崇拜者的信。他骑自行车遇红灯，交警说：“潘寅林来了，绿灯！”于是一路畅通无阻。陈钢又一口气写了《苗岭的早晨》、《阳光照耀着塔什库尔干》等九首“红色小提琴”。

潘寅林一拉，电台一播，又是万人空巷。“我在没有金色的时候写《金色的炉台》，在没有早晨的时候写《苗岭的早晨》，在没有阳光的时候写《阳光照耀着塔什库尔干》，为人们带去心灵的激励和抚慰，带去力与美，这是我最大的宽慰和骄傲！”

当时，上海提琴厂一年要生产十万把小提琴，上海人家的孩子如饥似渴地学琴，首先是因为心灵的饥渴，同时拉好了也许可去考文工团，免得上山下乡。可是《梁祝》成了“大毒草”，“洋、名、古”又不能拉，能拉什么呢？陈钢太自豪了，“文革”中人们拉的小提琴曲都是他写的，他和潘寅林救活了小提琴，就像殷承宗的《黄河》、《红灯记》救活了钢琴。

在电影《阳光灿烂的日子》里，导演姜文用《金色的炉台》作为背景音乐，还有一句台词“有时候，一种声音或一种味道，能把人带回到真实的过去”，听得陈钢百感交集。

而今，身兼日本和澳大利亚两个著名乐团首席的潘寅林，被上海交响乐团请了回来，这对“亲密战友”继续合奏起“红色小提琴”的瑰丽乐章。陈钢感觉回到了真实的过去，“红色是我们花样年华时的一抹朝霞，红色是我们蹉跎岁月中的血色浪漫，红色更是我们心中永远开不败的玫瑰。”去年在北大演出，他想“验证”一下：三十多年过去了，这些作品有没有褪色？是不是成了历史档案中的陈列品，而不再有现实的审美价值和时代意义？当潘寅林的琴声在礼堂里回旋时，他满意了。因为，台下二千一百张青春的脸上，洋溢着与他们父辈一样的感动和震撼……

第三乐章　玫瑰与蝴蝶

“玫瑰与蝴蝶”，是陈氏父子作品音乐会的主题。玫瑰，是父亲陈歌辛的代表作《玫瑰玫瑰我爱你》；蝴蝶，自然就是儿子陈钢的代表作《梁祝》了。

父子俩的作品，代表了各自生活的时代。而他们各自坎坷的命运，正是两代中国知识分子的缩影。

当人们回望20世纪三四十年代大都会上海的歌坛，陈歌辛是一个无可置疑的标志。《玫瑰玫瑰我爱你》、《夜上海》、《永远的微笑》、《凤凰于飞》……这些老歌，温暖过多少普通上海人的日子！英文版《玫瑰玫瑰我爱你》被美国爵士歌手富兰克林唱红，名列1951年全美流行乐之首，奖金为百万美元。但美国人找不到领奖人，“曲作者不明，可能在红色中国。”陈歌辛听说后表示，如果能拿到这笔钱，就捐给国家买飞机。可是，红色中国的人，怎么可能去西方世界领奖呢？抱着满腔爱国热情回归祖国的陈歌辛，后来竟莫名其妙被打成右派。

父亲是在白茅岭劳改农场的广播里听到《梁祝》的。他要家里送去一本有儿子签名的《梁祝》总谱，他记下了对《梁祝》的意见准备交给儿子。可是，一切都来不及了，“一代歌仙”的生命终止在四十六岁的困顿中。陈钢追悔莫及啊，想自己十四岁参军时，曾嫌父亲不够革命，还要他学习劳动。父亲只是淡淡地回道：“你会挑担子，我会挑音符。我挑音符并不比你挑担子轻松、低下。”

凭着对父亲、对海派文化的深深眷恋，陈钢主编出版了《上海老歌名典》、《玫瑰玫瑰我爱你》等书，记录上海1930年代具有丰厚文化基础的流行音乐。在一场又一场的经典老歌音乐会上，父亲与他，天上人间，交汇在不朽的音乐中。

1981年，陈钢作为第一批应邀出访的作曲家，前往美国、加拿大和香港的二十余所大学讲学，举行作品音乐会。香港《南华早报》的一位英国记者这样写道：“他像是一个从废墟里飞起来的火凤凰，在他的身上，竟然看不到一点伤痕。”因为，这个人没有时间、也觉得无须展示过往的伤痕！因为，一些情景鼓舞、激励着他——

最为难忘的是，1997年7月2日，美国好莱坞碗形剧场举行庆祝香港回归祖国大型晚会。那个舞台，已有七十年不见华人艺术家的身影。当吕思清在好莱坞交响乐团的伴奏下拉出《梁祝》的第一个乐句，全场掌声雷动，和着“Bravo China”（为中国喝彩）的喊声，在剧场背后的山谷中形成一波波的声浪，久久回荡。陈钢坐在观众席上，激动得眼眶发热……

这位不会拉小提琴的作曲家，写出了中国影响力最大、数量众多的小提琴乐曲。虽然，他的很多作品被《梁祝》的光芒所遮掩——

没有人知道，他还是新中国最早的“先锋派”。1963年，他为喜剧电影《球迷》作曲时，尝试将中国的戏曲过门、民歌与西方的现代作曲技巧“交响爵士”相结合，结果被“四人帮”打成“离经叛道现代派的邪作”，发配到大别山劳动三个月。

1985年，他应邀为美国双簧管演奏家彼得·库柏尔创作中国第一首无标题双簧管协奏曲，用和音、微分音赋予双簧管全新的演奏模式。彼得在香港艺术节上成功首演。但直到今天，国内还没有一位双簧管演奏家尝试过这首高难度的曲子。

日本小提琴家西崎崇子拉《梁祝》得了金唱片奖，从此迷上博大精深的中国文化，委托陈钢作一支新的协奏曲。这便是1986年一鸣惊人的《王昭君》。

第四乐章　仰望星空的人

陈钢喜欢仰望星空。从小，他就爱背诵海涅的诗："星星们动也不动，高高地仰望天空，千百年彼此相望，怀着爱情的苦痛。"

前些年，他去莫斯科录音，听到一则震撼心灵的故事：1992年，解体后的苏联，卢布成千倍地贬值，人们一面为面包、黄油担忧，一面照样默默地排队买票，去听马勒的交响作品音乐会，四十分钟的演出结束后，照样全体起立鼓掌达四十分钟之久！在经济危机中还如此执拗于精神享受，这样的民族是不可摧毁的！

"为什么当今社会崇尚金钱而缺失信仰，迷醉娱乐而鄙弃文化？难道一个放弃了文化、放弃了人文精神的民族，可以真正屹立于世界民族之林吗？"陈钢问。他说，一个民族需要宏大的精神来支撑，这精神往往浸润在那些经典作品中。有没有普世价值的经典呢？英国《泰晤士报》前几年作过一个调查，让人们列出心目中最伟大的戏剧、最伟大的小说、最伟大的电影、最伟大的流行音乐、最伟大的古典音乐和最伟大的绘画。回收的答案几乎是一致的：《哈姆雷特》、《战争与和平》、《公民凯恩》、猫王、《贝多芬第九交响曲》和米开朗琪罗的西斯廷教堂顶画。

陈钢呼吁国人构建核心价值，培植有灵魂的生命，过美的人生。他说，艺术家首先应该是仰望星空的人，才能创造出精神财富，满足人民心灵的需求。

在"世纪大讲堂"演讲时，陈钢点名批评张艺谋的《摇啊摇，摇到外婆桥》，把上海歪曲成"流氓加舞女"，张的不少电影则是萨义德所谓"东方主义"（即西方人眼中被歪曲的东方）的不折不扣的中国标本。在美国大都会博物馆，他深刻体会过什么叫"东方主义"：展厅里的中国形象，就是昏黄的满清服装，加上阴暗的灯光和音乐。

他忍不住告诉人家，中国不是这样的！上海早在1927年就有音乐学院和交响乐团了，就与国际接轨了。

最近，陈钢和几位著名音乐家还猛烈抨击"上海之春"是"满城尽奏紫竹调"——请了八个法国作曲家来游上海、写上海，人人有奖，一等奖是两万五千美元，比国际大奖还高。可写出来的，尽是紫竹调加民乐，"充其量表现的是中国农村，根本不能代表现代化的大上海！"他不理解，为什么不让热爱上海、理解上海的中国作曲家来写上海城市的声音，歌颂现代上海的城市精神呢？

不平则鸣，是年轻自由的心的特征，是所有真正知识分子的秉性。

2007年下半年，陈钢新作的小提琴协奏曲《红楼梦》面世，《梁祝》将登上"嫦娥号"火箭飞向月球。作曲家说："我的音乐还没有老，我怎么能老？"

（**潘真：**资深记者。）

力与美的交响

水　晶

力与美，是一切音乐佳作的基石。只有美的音乐，才能揪心动情，而唯独那由“力”所支撑的“美”，才能超越时空，飞得更加高远……

陈钢的作品是美丽的，一如他在当年与何占豪合作的《梁祝》和后来谱写的《王昭君》中所溢露出的纯美、柔美、凄美和壮美。陈钢的作品更是有力的，除了在上述两首协奏曲中的《英台抗婚》和《昭君出塞》中所凸显的坚韧无畏、以死抗争的人物品格外，他更是通过“文革”时期——那生在非常的年代，用非常的心境、非常的笔触所谱写的具有非常的力与美的“红色经典”，来呼唤人性，弘扬生命！

那年代——一片阴霾笼罩着中国大地，没有琴声，没有欢语，全中国只剩下了一个声音。可是，人们需要音乐，人们需要通过琴声来唱出心声……

那年代——《梁祝》被宣判为“大毒草”，外国作品则视作“洋—名—古”。成千上万个琴童无曲可拉，嗷嗷待哺。此时，才从“牛棚”出来的陈钢，还来不及擦干浇在他身上的凌辱和伤痕，揭笔而起，谱写了一首又一首小提琴珍品，填补了这段历史的空白，使小提琴重新发出美妙的声音！他的音乐插翼而飞，传遍大江南北。他用他的音乐向全世界宣告：生命是美丽的、尊严的，是不可征服的！生命之光也是永远不会熄灭的！

"你听，你听——有时候，一种声音或者一种味道，可以把人带回真实的过去。"

这是影片《阳光灿烂的日子》里的一句台词。影片就在《金色的炉台》的乐声中，米兰、马晓军、于北蓓一行人穿越在1970年代的欢乐长廊里，在耀眼的阳光与遍地的红旗中间，他们挥霍着自己的别样青春……

小提琴独奏曲《金色的炉台》是陈钢《红色小提琴》作品集中的第一个亮点——从潘寅林在上海首次献演就传遍了全国。到以后，盛中国在"首钢"演出的巨大成功都证明了这一点。它像一只伸屈的钢铁长臂，一面遥指游去的过往，引领我们去寻访那些曾经丢失的东西，让它再度闪现在你面前；一面又直逼当今，通过音乐的回忆，唤醒生命，找回豪情！

《打虎上山》是陈钢和谭抒真共同根据革命样板戏《智取威虎山》的音乐，改编而成的小提琴独奏曲。曲中有人有景，情景交融。在钢琴《无穷动》伴奏的背景下，小提琴用戏曲所特有的"紧打慢唱"手法，奏出了主人公那一派英雄气概和澎湃的豪情。一把小提琴在钢琴的对应下，此时赛过千军万马，它以巨大的震撼力，迫使你全神贯注倾听，感受其所包含的力的凝聚和迸发。

《刀舞》是一首取材于舞剧《小刀会》的小提琴独奏曲。它具有哈恰图良《马刀舞》同样的一以贯之的热烈和紧张，同时更流露出一种中国勇士的刚柔相济的侠骨柔肠。

《我爱我的台湾》是一首交响性的独奏曲，它通过长线条旋律的开合起落，层递展开，表现出一种磅礴的大气势和深沉的大爱。而在另一首完全不同风格的"民俗化"的《鼓与歌》中，粗犷有力和轻巧灵动的花鼓节奏则引领我们耳闻那山村朴实的民风。它们，都表现了陈钢作品中坚挺蓬勃的生命力！

力蕴于内，美溢于外。美，是陈钢作品中一道亮丽的风景线，特别是那两首著名的经典美曲:《苗岭的早晨》和《阳光照耀着塔什库尔干》，在那里，陈钢或用浓墨重彩，或用淡描轻勾，为我们绘出两幅绝妙的音乐风景画。用这些"音画"表现出少数民族特有的抒情美、异域美和色彩美，以及人与大自然的和谐美。

《苗岭的早晨》一开始就将人牵入诗意画境，而其中的"鸟鸣"更是出于作者的匠心——陈钢在创作前，先研究了笛曲中的各种鸟鸣（如《百鸟吟》、《百鸟朝凤》等），然后，提炼和演化出自己的“鸟鸣”。不料，唐韵在苗岭演奏该曲时，竟然逗引出了一群小鸟与她对语；真是人鸟共鸣，美不胜言啊！

《恋歌》原名《清水江恋歌》，可谓《苗岭》的副歌，是朝夕相映的两幅音画——如果说在《苗岭》中，我们可以从一开始的“飞歌”感受到晨曦中袅袅雾气的弥漫之美和苗族姑娘背着背篓上山的欢乐之情的话；那么，我们更能在《恋歌》中窥见夕阳西下后，对对情侣在清水江畔通过对歌娓娓道情的动人情景。《苗岭》先入景，《恋歌》再抒情。从景到人，从人到情，层层剥离，令人闻其声而醉于其情，久久不忍离去。

《阳光照耀着塔什库尔干》是一首流行最广、演奏最多的小提琴独奏曲。一开始，远远传来的鹰笛声，就将人们带进美丽的草原，接着，自由、舒展的歌唱和热情欢悦的舞蹈相间出现，颇像那“长焦拉近”的镜头，将一幅画面放送进你的眼帘。《阳光》是生命中的一道光，它揭示了生命的“无穷动”和它的制高点——人性、亲情，而这一点正好在陈凯歌近年来拍摄的影片《和你在一起》中得到了现实的印证。陈凯歌当时以“非它莫属”的诚意，将这首唯一的中国乐曲用进了影片，是有其暗示指向的——小春在考试时演奏了《阳光》，而在他之后经历并战胜了物欲横流、自私贪婪和现实社会的引诱后，选择了一条“阳光大道”——和他的养父在一起！这是一种抉择，一种对人性的抉择！

人性，是音乐的最高命题！托尔斯泰在论及肖斯塔科维奇的交响乐时，用了个醒目而贴切的题目:《人性在人间的凯旋》！

陈钢也是一样，在他的音乐身份证上，只有一个大写的“人”字！自幼追逐真理的他，虽然在知识分子的苦难历程中披荆斩棘，历尽磨难，可他对磨难他的人生仍然一往情深。一位英国记者惊叹地写道:“他是一个从废墟中飞出来的火凤凰！在他的身上，没有留下任何伤痕……”他将磨难化作力量，将忧愤变成希望，这些被历史小心翼翼留下来的所谓“红色经典”，实际上是他在黑色年代发出的金色回响！他的音乐一直那么潇洒、鲜活，挥之不去地活在音乐舞台和人们心中，在多年之后，依然会在人们心上荡起心灵的双桨，那是因为他将“原生态”的歌曲、戏曲作为“基因”和“载体”后，将其提炼升华，注入了自己的灵魂，生发出一个个崭新的生命活体，而这些崭新的生命活体正是他用力与美架构成的晴朗的“早晨”和灿烂的“阳光”！

“感谢那些回忆和音乐是如此无邪地激动着人们……”

——陈钢：《年华依然花样》

陈钢说过：生命是过程，磨练是过程，创造也是过程，过程即动，即现在进行时，所以这些作品至今仍绽放着迷人的微笑。

（此文系为陈钢《红色小提琴》作品集所作序言。）

（**水晶：**陈钢的小“朋友”，《我和蝴蝶有个约会——陈钢画传》的作者之一。）

难忘的红色记忆

黄　甦

我们这一代，都有过一段难忘的红色记忆。

1966—1976年，音乐创作戛然停止。贝多芬的交响乐唱片只能用手摇的留声机藏在壁橱里听，而外国乐谱则要向老师悄悄地借来手抄。西方的听众常觉得中国几千年的文明历史在此刻出现了断层，然而，我们的作曲家中的佼佼者却并没有完全"睡着"，没有"封笔"。他们在没有"阳光"的时候写"阳光"；在没有"早晨"的时候写"早晨"；在没有"金色"的时候写"金色"……这个典型的作曲家代表人物，就是我们的陈钢老师！

由陈钢所改编创作的小提琴独奏曲《金色的炉台》，实可谓"红色小提琴"中经典之经典。小提琴先以热情奔放、雄浑深厚引子华彩开始，接着充满感情地呈示主题，抒发着一种钢铁工人的博大、豪迈之情；中段快板欢腾有力，表现了大炼钢铁的热烈场面；尾声则在心潮澎湃的颂歌中达到了全曲高潮。该曲因气势宏大，技巧高难，常被演奏者视为帕格尼尼提琴作品的中国版暖身曲。

"红色"，原指流贯在作品血脉中的革命英雄主义和革命浪漫主义精神。"经典"则为贯注于艺术创作中的对现实生活的真实写照、对宏伟理想的执著追求和经过历史筛选后经久不衰的作品。它蕴藏了一种纯朴的伦理标准，还包含了一个时期中人民大众纯正的记忆、朴素的向往和怀旧的情绪。这些在不同时期、不同领域的不同作品，能被冠以相同的“红色经典”的称呼，说明在其对基本的社会理想、道德理念或价值观、创作方式及美学风格上，都存在着某种内在的一致性取向。在“红色经典”的创作中，作曲家特别注重对人民记忆的尊重和守护。他们常以熟悉的民歌、歌曲、富于韵味的现代京剧唱腔和丰富多彩的少数民族音乐为素材，以歌颂祖国和领袖的题材为载体，将声乐语言器乐化，民族语言国际化，特别是作曲家能妙笔生花，将在特定时期内被政治化、标题化、符号化的音乐素材，演化为艺术化、抽象化的，既有历史烙印，又有可歌旋律和多彩风格的优秀器乐作品，并使这些作品充满了超越时代的艺术感染力！

《遗风》第一手稿（第一版未发表）首页

1980年代我去美国留学时，我的大提琴老师曾希望我能介绍一些海外音乐家所特别关注的中国“文革”时期的音乐。可是，当年的中国，虽曾诞生了一批“红色小提琴”经典，但几乎找不到相应的大提琴作品。于是，我只能抱憾地对她说，我只能、但一定给你一个承诺，将来有一天开一场“红色大提琴”专场音乐会……

终于，在2010年3月20日周六上午，一场《红色经典大提琴》的音乐会在贺绿汀音乐厅隆重举办了。在音乐会上，我特别推出了根据《金色的炉台》改编的大提琴独奏曲。当我在这个当年的音乐学院大礼堂里演奏这首作品时，泪水无法控制地溢出了眼眶。那是因为勾起了那十年难忘的红色记忆呢、还是出于被陈钢作品的强烈的艺术感染力所震撼？我不清楚，可能两者皆备。但无论如何，在观众热烈的掌声里，我感到了历史的传承和“红色经典”的力量，我会为创造与演奏缤纷多彩的中国大提琴新作而竭尽心力！

我们这一代，也都有过一段难忘的现代音乐之旅。

1980年代初，当我在上海音乐学院学习时，陈钢先生的学生，作曲系的青年教师葛甘孺曾与我合作创作了一首现代风格的无伴奏大提琴曲《遗风》。

当时，创作与演奏这种非传统的乐曲曾被视为一种叛逆行为。我们曾“秘密”地在老同学孙德祥的安排下，利用午休之时，到衡山路上海唱片厂“偷偷地”在大录音棚迅速、完整地录了音。没有想到这次即兴的、毫无剪辑的演奏宽录音带，一直被葛甘孺所珍藏、并日后带至美国，而在过了二十五年后才正式出版。

在“偷录”之后，我又义无反顾地于1983年秋在音乐学院的大礼堂首演了《遗风》。演出后，立刻遭受到了一些保守派音乐家的批评，而陈钢却毫无顾忌和畏缩地对我们的创新精神表达了支持。

历史证明了他的远见灼知。《遗风》以后被权威的《格罗夫音乐大辞典》称为“中国第一首先锋派作品”，美国纽约的New Albion唱片公司，还在2007年出版了《遗风》的专辑；同时，它更被《纽约时报（音乐版）》和英国音乐权威唱片杂志“留声机”誉之为“是作曲与演奏家在探索未知世界时所表达的大无畏精神的范本”。

《遗风》所遗所传的乃一股时代之风、探索之风，一股万人皆醉我独醒的革新之风！

（**黄甦**：旅美大提琴家与摄影家。曾出版唱片《遗风》与摄影画册《美国西部印象》等专辑。）

两根弦上的交响

陈洁冰

想起了二十年前……

1989年6月的一天，我和很多年轻人一样，带着出国的梦想，独自来到了美国。当我飞行了长达二十四小时后，终于到达了目的地——美国纽约州水牛城。可此时，才发现我的所有随机托运的行李全都不见了！后来才知道，当我进入美国的第一站西雅图海关时，就应该先领取所有的托运行李，然后再进入海关检查。但苦于当时的语言障碍，我完全没有搞清楚，只带着随身行李——一个不大的小箱子，来到了水牛城纽约州立大学。小箱子内没有任何可供换洗的内衣及鞋袜，但却一路上随身携带着陈钢老师为我作的所有二胡作品的总谱、分谱的手稿本，以及磁带和唱片。当时，我并没有太沮丧；因为最大的安慰是，这些对我来说是最重要的乐谱都没有丢失，只要它们在，我就什么都不用担心了。事实也是如此。以后，我就是凭着这些乐谱，开始了我在美国的第一天生活，重启了我的二胡生涯新的里程。就我在水牛城读书的两年半内，我就与水牛城交响乐乐团三次合作《梁祝》。这以后，美国大大小小的城市都响起了“梁祝”……

又想起了1985年的那个春天……

那时，我刚刚成为年轻的上海歌舞剧院的独奏家。因为中国唱片公司要录制陈钢新改编的二胡与高胡协奏曲《梁祝》，我有幸被选中，并认识了陈钢。

陈钢给了我一段特地为这首协奏曲新写的“华彩”段。从谱上看，它非常简单，并不需要有多高的技巧来演奏，但是，当听了他在钢琴上的试奏后，我竟然感动得流下眼泪。这是一段戏剧性很强的段落，感情大起大伏，紧扣人心，把二胡的特色表现得那么完美。就像有位美国音乐评论家听完我演奏《梁祝》后写道：“一种称为二胡的乐器，它的音乐具有的表现性和连贯易懂性，竟使演奏起来最甜美的西方小提琴与二胡比也略有逊色了”。“它的表达似腾云驾雾”、“给人的感觉是充满活力，明快，又几乎表现出一种高贵奢华的温柔以及用一个也许不适合中国习惯的形容词——怀旧之情。”

二胡演奏家陈洁冰

啊，这不就是陈钢吗？！他在生活中就是那么充满活力，乐观，敏捷，超前，天马行空，独来独往。他从不被别人说三道四而倒，勇往直前，他是为自己而生不是为别人而活。

唱片出版后，陈钢如此评价我的演奏：“她的演奏凄楚动人，感人肺腑，我常常会含着泪倾听她拉《二泉映月》和《江河水》；而她演奏《梁祝》的华彩乐段时，时而吟咏，时而翻腾，时而泣诉，时而怒吼……连弓、顿弓、跳弓、飞弓各种弓法在她手下化成了洒脱自如的语言，一阵阵地打动者人的心扉。她的演奏不是拉琴，而是从心底流溢出的心曲。我想这是演奏的最高境界！”

就这样，《梁祝》二胡—高胡版本与我有了不解之缘。从上海、美国、台湾到欧洲，《梁祝》陪伴了我二十五年从未间断。

1986年，中国改革开放才开始，陈钢就与著名指挥家曹鹏成立了第一个由企业家资助的上海室内乐团。乐团经理是位企业家和发烧友。这是个新型又年轻的室内乐队。乐团共有22人，以弦乐为基础，配合以二胡、琵琶等独奏乐器合作，他们都是从上海文艺团体挑选出来的首席演奏家。这样的乐团组合，在当时不仅是第一，而且是数一的。它的建立不仅是为了发扬和促进具有我国民族特色的优秀室内乐的创作和演出以繁荣和发展音乐事业，也尝试了一个新颖的文化与经济相结合的新路程。当时，我们走遍了上海各个校园，以及在各种艺术节上演出。

就在那一年内，陈钢创作及改编了一整套胡琴曲，除了二胡外还有中胡、高胡、京胡、板胡等。在京胡与室内乐《夜深沉》中，他不仅保持了原汁原味的京胡曲牌，还创新了用弦乐拨弦的方式来模仿京戏中的打击乐声和特有的节奏。他改编的板胡曲《月牙五更》又是那么新颖。由于板胡是用椰子壳制成，它的发音清脆而响亮甚至高昂，或是激昂。它通常用于北方的戏曲如河北梆子、评剧、豫剧等的主要伴奏乐器。但是加上了弦乐协奏更能显示出它的优美和细腻的特点。至于家喻户晓的二胡独奏曲《江河水》，似乎很难再让作曲家有改编的空间；可是，经由陈钢改编的二胡与室内乐《江河水》，却不仅保持了此曲本来就有的哀怨内涵和奔放激情，而且在感情表现上有着更深刻的刻画和浓烈的抒情。

我不知拉过多少回《二泉映月》。每当我演奏这首不朽名作时，我都会那么不由自主地动情。应该说是伤感多于抒情。但陈钢版的《二泉》，却好像是一首散文诗，它更有一种奇妙独特的处理。当一开始二胡起伏顿挫的下行句从弓下奏出时，不仅好似听到了阿炳在颠沛流离中的感叹，而且真是感到那淙淙的《二泉》流水，流过山涧，流过大海，流向全世界，流过每个人的心头！

此外，陈钢还采用广东音乐的主旋律改编了十几首二胡与室内乐独奏曲《流水行云》、《禅院钟声》、《章台秋思》、《汉宫秋月》等等。他富有创造性的整理、改编，使原曲得以提升，使得不仅是广东人来欣赏这类乐曲，而且西方观众能够很快接受中国民间古曲。

说真的，在我刚到美国的时候，很少有美国人了解中国音乐，更不知道什么是二胡。但是二十多年后的今天，美国人对二胡的认识简直令人吃惊！就我而言，已记不清在美国演奏了多少场陈钢的二胡作品音乐会了。而在好莱坞的录音室里，还经常需要录制二胡音乐。因为使用二胡音乐需求太多，以至于竟然有家电脑软件公司邀我录制了二胡音色软件，以便更多方便的使用。我可以很骄傲地说，这个宝贵的结果，是和我二十多年在美国发扬二胡音乐的执著是分不开的；但更重要的是，因为有了陈钢的这些中西结合的作品，二胡才更快地进入美国主流音乐舞台。

还有一场特别难忘的音乐会，直到今天我还是记忆犹新。

2002年的新年，当我第三次与旧金山交响乐团合作二胡—高胡协奏曲《梁祝》时，有幸从上海邀请到了陈钢老师来旧金山参加这场特别音乐会。他的到来吸引了更多的五颜六色的观众。那天，陈冲还挺着大肚子来听音乐会。为了使两千多名观众能亲眼目睹陈钢的风采，乐团还特意安排了陈钢在演出前与观众见面。虽然只有五分钟时间说话，陈钢却还是同时用了中英文，精简扼要地说明了他新改编的二胡—高胡协奏曲《梁祝》。当他最后用英语幽默而自豪地说道："凡是有太阳的地方就有中国人，凡是有中国人的地方就有《梁祝》"时，观众席响起了一阵长久的掌声。

（**陈洁冰：**旅美二胡演奏家，二胡—高胡版《梁祝》首演者。）

伊顿之遇

文/〔英〕汪显扬　译/陈天恩

这一切都来自一个看似不切实际的想法。

2005年夏天，当时还是伊顿公学院高中生的我被邀请作为2006年度学校音乐会小提琴独奏者。或许是作为炎黄子孙的基因影响着我，当我被问及将演奏什么曲目时，我毫不犹豫选择了小提琴协奏曲《梁祝》。然而，当时的我无论如何也无法想到，就是这个看似本能的回答，将使我得到一份会令我终身铭记的友谊。

常言道：缘分天注定，无巧不成书——我的小提琴启蒙老师吴圣武（Augustine Ng）也是毕业于上海音乐学院，但他却由于较陈钢教授年长若干岁而与其并不熟识。但当Ng得知我选择的演奏曲目是《梁祝》时，我们不约而同都有了个疯狂想法——邀请陈钢教授来伊顿参加音乐会，但随即我们又清醒地意识到将远在千里之外中国最有名的作曲家请来英国参加一个中学的音乐会是多么的不切实际。无论如何，我们决定还是写一封邀请函尝试一下以期待奇迹的发生。

几天后，就在我们已经即将放弃的时候，远在中国的陈钢教授给我们回复了一份热情洋溢的回信。在信中，他告诉我们他被我们的真诚深深地打动，所以他很乐意来英国参加我的音乐会。此外，陈教授还真诚希望我能在演出之前抽空去一次上海，他可以先听一下琴，并给予一些指导。看到这里，妈妈和我不禁都陷入了深深的狂喜中。

2006年1月，妈妈和我应陈钢教授的邀请来到上海。当陈钢教授在音乐学院内那别具一格的工作室的门打开时，一只可爱的吉娃娃首先从房间里蹦跶了出来，后面站着微笑和蔼的陈教授。温暖的工作室与室外上海的严冬形成了强烈的反差，而陈钢教授的热情让妈妈和我一路上的忐忑心情一扫而尽。在他带我们参观了他这间充满艺术气息的精致小屋后，我们就进入了此行的正题——让陈钢教授听琴。这是我生平第一次当着作曲家本人的面演奏他的作品，而这位作曲家竟然还是当代中国最著名的作曲家。想到这里，我不禁又多了一丝犹豫——如果我在演奏中拉错音或曲解了作曲家的本意怎么办。正当我犹豫的时候，陈钢教授注意到了我的心理变化，立刻示意我放松心情。

我发挥得比我预想中的好，整个曲目演奏中并没犯太多的错误。但陈教授在听我拉完琴后的第一个问题就让我大吃一惊："Max，你有没有谈过恋爱？"我的回答是否定的——因为我从10岁起就在男子学院读书。陈教授微笑着说："是的，你的琴声已经告诉了我这一点。从演奏角度来说，你拉得非常好。但从艺术的角度，你的演奏里缺乏音乐的灵魂——感情。如果你能通过你的琴声表达出梁山伯与祝英台两小无猜的感情以及结局的悲伤，任何技巧上的小失误或音准的不到位都是次要的。"然后，陈钢教授拿起了乐谱，与我逐节分析乐曲各个部分所要表达的主题。正是他的这一席话，彻底改变我对音乐的理解。

"拉琴的人如果过分注重技巧，往往会习惯性地忘记音乐的本质——音乐不是单纯的炫技，来源于琴声中的情感才是真正能打动听众的灵魂所在，这就是音乐能使人哭，使人笑，使人愉悦或使人悲怆的来源。"

而我，作为演奏者，不仅只是依照乐谱上的音符拉完全曲，更重要的是通过琴声

将《梁祝》浪漫而又凄美的爱情故事娓娓告诉听众，让他们能感受到梁山伯与祝英台的爱之悦、离之痛的感情。

在上海几天的短暂逗留，我们还认识了陈钢教授美丽的太太——陆凌。那段时间，几乎每天的正餐我和妈妈都与陈钢教授夫妇在一起，而且都是陈钢教授结的账——每一次餐后买单时的斗争，我和妈妈都无一例外地失利！

在我们来上海之前，我们从未预期到大师如此的平易近人，更未奢望能与陈钢教授建立如此紧密的友谊。但一切就是如此不可思议地发生了。

我和妈妈怀着无比感激回到英国，热切地期盼着几个月后陈钢夫妇的英国之行。

2006年6月，陈教授和陆凌伉俪抵达英国。他们仍旧是那么一如既往的平和，乐观，幽默，善良。这，就是他们的天性，不带有任何的矫揉造作。很快，陈钢教授来英国的消息在华人圈里引起了巨大的反响，华人媒体蜂拥而至，华人社团来邀请他做演讲，凤凰电视台还专门为他做了一期采访节目。

而陈钢教授真正带来的是对音乐的爱，他参加伊顿的每一场乐队排练，向乐团的同学们传授《梁祝》的意义以及指导他们如何去演绎。

而我，则遵循着陈教授的指导，努力准备着我的演出。6月27日，演出日到来，我并没之前预料中的紧张感，相反感觉到非常的平静。那平静并不是因为我在这段时间的练习中获得了多少技巧上的提高，而是源于那年1月份上海之行陈钢教授的一句话："音乐真正的意义来源于你的生活，而你只是需要学会用音乐如同故事般去表达和讲述。"

这句话，就是那晚我昂首走上台时的信念。当前奏的竖琴声响起，我的脑海里情不自禁展现出了一幅画面，画面描述在美丽的古代中国——远离现代文明的尘嚣和工业发展带来污染的年代——鸟语花香，青山如黛，梁山伯和祝英台并肩向我们走来，从无牵无绊的两小无猜到令人悲愤的生离死别，乃至最后浪漫的化蝶缠绵，一幕幕如同电影般掠过我的眼前。而我，就是将我在脑海中看到的景象，通过我的琴声传达给了台下的观众。

当我将"故事"说完，台下忽然迸发出春雷般的掌声。半个小时追随着乐曲感情变化的我，终于情不自禁流下了眼泪。在人们的大声喝彩声中，陈钢教授见到我流泪，就迅速走上了舞台，给了我一个有力的拥抱。我们互相望着，谁都没有说话，因为我知道，他已经被我的音乐感情所感染。这，就足够了。那一刻，我将永远铭记在心。

直到现在，每当我有机会去到上海，陈钢教授仍一如既往地邀请我吃饭，而我仍旧无法从他手中抢到买单的权利。而他，始终将最美好的祝愿寄予远在哈佛大学的我。几周以前，我又一次荣幸地获得了陈钢教授的邀请，将在2010年上海世博会期间在上海音乐厅再次演奏《梁祝》。我很感激陈钢教授在那么多演奏者中选择了我，这一定不是因为我的演奏技巧有多么高超，毕竟我都算不上职业小提琴手。但我坚

信我一直在学习陈钢教授的音乐的同时，我自己的不断成长也将能成为他音乐理念的一种诠释。

陈钢教授：我们的友谊是上天赐予我最好的礼物！ 2010年7月，我们上海见！

（**汪显扬：**原伊顿公学院学生乐团小提琴首席，毕业于哈佛大学哲学专业。）

王作欣

令人惊艳

认识陈钢老师快二十年了，至今还记得那第一次见面的惊喜……

那是在南阳路“三十年代”饭店的饭桌上。他那一袭色彩鲜艳的毛衣、锃亮的头发、白里透红的和他年龄不大相称的细嫩皮肤，加上一口久违了的老上海口音，俨然是一位上海滩的老克勒！他与我想象中的大多数放浪不羁、不修边幅的“大作曲家”们相比，真是大相径庭呀！

更让人惊艳的，是他身边的那位可人儿——现在的陈太太陆凌，她面容姣好，举止得体，文雅贤淑。加上那年轻人中难得一见的优雅从容，让我一见面就被他们两人所吸引。

那荡漾在空气中的海派味道令人回味无穷。从那时起，我就成了他的“钢丝”。

接触久了，陈老师的乐观豁达、机智幽默，常令我感叹不已！一个经历了如此多苦难和挫折的人，还能有这样一颗爱美、爱生活、真诚、充满激情的心，真够让我们这些“后来者”们自叹不如，汗颜不已。

陈钢老师总是说他自己“浑身是病雄赳赳”。他身体并不好，但你永远都看到他精神抖擞的样子。他满脑子充满着各种想法和计划，每天忙忙碌碌，孩子般地对生活

王作欣在演唱中

充满着各种憧憬和期盼……

他的书房是曲折灵动的，他的衣装是时尚风流的，他的家是色彩斑斓的，他的心也是光鲜亮丽的。和他谈话总会带给我们那么多的情趣和快乐、惊喜和智慧。他那生动鲜活、一言中的的语言能力和机智活泼、嬉笑怒骂的处事风格独树一帜。他，实在是一位讨人喜欢的不老的顽童！

陈钢为朋友们起的各种绰号真让人忍俊不禁。“慢来芳”（“梅兰芳”的上海话谐音）是他为我起的“雅号”，朋友们都说这称谓真是入木三分；“酒肉朋友”则是他送给他常在饭桌上相遇的女作家程乃珊的冠名。对同为属猪的章含之，他自称自己为“猪兄”，而呼对方为“猪妹”或“东方名猪”。他叫好友白桦的粉丝为“白痴”，自己的粉丝为“钢丝”。另外，他还戏称自己是业余郎中、玩票作家……

陈钢才情横溢，风流倜傥，妙语连珠，机智过人，谁都无法相信，就是这样一位快乐的“不老顽童”，在“文革”中受尽折磨和羞辱，还曾被红卫兵打得脑震荡，连同时关在“牛棚”里的男低音歌唱家温可铮的夫人——王逑老师为他送饭时，都因为他的脸被殴打得肿胀不堪而无法辨认……

陈钢在牛棚中度过了最黑暗、最野蛮的时光；可是那些苦难在他脸上、心头完全不见痕迹。他，就像那扬起了笑脸的向日葵一样，选择了将一切的黑暗抛在了脑后，永远朝着光明，永远披满阳光，永远乐观向上！他对生活的热情和挚爱，时时感染着身边的朋友们，哪里有陈钢，哪里就有妙语连珠，才情勃发！

两肋插刀

陈钢对朋友有情有义，关心之至，两肋插刀，在所不惜。著名男低音歌唱家温可铮教授过世后，他马上出面张罗为他出版了纪念书籍，因为他记得“文革”时牛棚中共度的时光，他们曾是难兄难弟。书中最感人的一段关于王逑老师劝温先生不要走绝路时说的一段话，“你唱够了吗？你还想唱吗？”已经成为激励我们每一位歌者的人生警句。

在朋友需要的时候，陈钢总是毫不犹豫地挺身而出，路见不平一定会拔刀相助。他爱打抱不平是出了名的。有朋友被坏人欺骗，他不顾血压升高，坚定地站在法庭上为她伸张正义；有同事被人欺侮，他会义愤填膺，出面为他仗义执言。而这一切，他都笑言源自自己的回民血统……

听说他小时候有一次为了打抱不平，在街角和另一个孩子打架，引来了过路的行人纷至围观。哪知当两人打到最激烈、太专注时，他的裤子忽然掉了下来。可是，小陈钢却不顾一切，照打不误。他既不停止“战斗”，又不整理行装，而是任凭裤子掉在脚下……

这一幕可谓他的性格速写，一辈子也改不了！

梦中歌唱

我一直是陈钢的“钢丝”。

五年前的一天，我竟有幸成了陈钢父子作品的首唱者，这让我着实自豪兴奋了很久。

在一次《父亲与我》的纪念音乐会前，陈老师专门为我写了一首歌，那是在他父亲陈歌辛的名曲《梦中人》基础上改编生发而成的一首专为女高音写的歌曲，旋律优美，词意深邃，感情深沉而内敛，我深深地被歌曲中所蕴含的浓郁情感和独特意境所触动和震撼，它拨动了我的心弦。也许因为我生长在老上海知识分子的家庭，对他

王作欣与陈钢

们那一代的生活和情感有着很深的感受和体悟；特别是那种男女间剪不断，理还乱，说不明，道不清的思念和牵绊，让人欷歔，让人纠结，让人感叹，让人怀念。那种爱情表面上波澜不惊，内心却如火山爆发之前的岩浆，奔腾汹涌，因此更有着不一般的深度和层次。我用自己的生命体验，用自己的情感积累，用自己的心血演绎了这首歌曲，它凝聚着我对人类真情实感的呼喊，对人间伟大爱情的召唤，对现实社会物欲横流之风的控诉，对薄情无义的社会现象的鞭打……

演唱得到了陈老师和陈太太的共鸣和赞赏，也得到了观众们的热烈欢迎。每次演出完毕，陈太太都激动地上台来和我相拥而泣，因为我们都在这首歌中找到了共同的心曲。人生能有知音若此，夫复何求？

最近，我和陈钢老师又有了新的合作机会，共同制作一部关于他父亲的人生和音乐的音乐剧。我期待着和陈老师的再次合作，相信他的音乐我能“懂得”。因为，他的音乐是要用心去听的。

（**王作欣：**著名女高音歌唱家，中国第一位赴美留学的声乐艺术博士。与陈钢合作过多场音乐会，其中尤以演绎陈钢改编自他父亲创作的《梦中人》一曲让人过耳不忘。）

他打开了我的另一扇窗

王维倩

艺术家总是对生命中的每一个转折点记忆犹新；同时，对其被打开的每一扇艺术之窗，也充满着被激活的新鲜与兴奋。

2007年，由于要为新出版的《玻璃电台》（陈钢、淳子合编）录几首上海老歌，我结识了陈钢老师。

王维倩

陈钢，这位“酷”得不行的海派传人，思维敏捷，不拘一格，颇有“信手拈来，挥笔而就”之风采；而与其交往的人，合作时也会与他一样潇洒自如和充满乐趣，丝毫不会有“苦其心志，劳其筋骨”之感。最为可贵的是，这位伯乐先生，擅于慧眼识马，经常会在不经意间，打开艺术家的另一扇窗户。

在录制《玻璃电台》的选曲后，陈钢老师觉得我的嗓音兼具美声功底和白光、徐小凤的风韵；于是，他就决定由我和重新配制的现代乐队合作，录制他的父亲——“歌仙”陈歌辛的经典名曲的唱片专辑。我们先后录制与出版了《情歌天外来》、《凤凰于飞》和《摩登上海》。

我，作为一个毕业自音乐学院的、用正统的美声唱法演唱歌剧与艺术歌曲的女中音，要用通俗唱法跨界演绎上海老歌并非一件易事。因为，这既要突破观念上的成见，又要克服演唱上的难度。当我正在困顿、迷惑时，陈钢老师不断给了我很多鼓励与启示：

“你是新上海人，和我们这些‘老上海’一样，要寻找百年上海的音乐瑰宝，创造新的城市文化。”

“你虽是半‘申’半‘苏’的半上海人，可是你在上海学了那么多年，干了那么多年，又那么爱上海，爱张爱玲，完全应该可以唱好这些上海老歌！”

就这样，我在一次次聆听陈钢老师的娓娓长谈中，一步步走近了“歌仙”陈歌辛，走近了这些天籁之音，渐渐地抓住了这些美的脉搏与魂魄。这样，当我进入录音棚时，就丝毫不感觉有压力，就能大胆、真实地根据自己的审美情趣及声音特色，来重新演

王维倩演唱《永远的微笑》

绎这些上海老歌，最大限度地表现作者的奇思妙想——他们歌颂春天，歌颂爱情，歌颂美丽和圣洁！它们真实地描绘了上海的风土人情和人文情怀，是上海的一张名片。每次在演唱时，我都有一种深深的自豪感与幸福感，因为我可以从经典中汲取营养，从陈歌辛与陈钢两代音乐大师身上，真正看到海派艺术基因的传承与发扬。

陈钢老师还给过我一个意外的惊喜！

陈歌辛先生的《西湖春》是一首柔美曲折、江南丝竹风的歌曲，女中音很难表现，演唱时会差强人意。陈钢老师看出了我的为难，就鼓励我说："不要怕！正因为它曲风独特，唱好了就会有意外的惊喜！"接着，他突然灵机一动，得意非凡地对我说："你不是半个苏州人吗？就试着用苏州话唱唱看，这样也许可以唱出江南人特有的'糯'与'嗲'！"

对啊！"海派"的特点就是无派无系，海纳百川嘛！谁说这首歌只能用普通话唱呢？为了更深入地表现这首歌的风味，我们完全可以不求苟同，颠覆原来的观念，一试新路呀！

唱片录制完成后，这首用苏州话唱出的杭州，似乎更能表现西湖的春天，而这首本来并非主打曲的歌，竟然成了整张专辑中最为出人意外的亮点！

（**王维倩**：上海歌剧院首席女中音，曾与陈钢合作，录制了《情歌天外来》、《摩登上海》等唱片，并赴美出演《玫瑰与蝴蝶》音乐会。）

三耳才子陈钢

谢春彦　文/图

谢春彦

叫陈钢这个名字的男士太多了，我这里说的是小提琴协奏曲《梁祝》作者之一的陈钢先生，平常我只叫他陈钢大哥，年龄较我大，却青春勃勃，一头的浓发，从不见半点衰颜，所以我说他是一块陈年新钢，响当当的，总在钢琴上奏出明亮和美丽来。

陈钢是老音乐家陈歌辛的哲嗣，的确继承了老先生的天才音乐基因。他母亲也了得，一生将浪漫的歌拌了生活的艰辛，非常人可以想象，亦非常人行得享得。故在音乐圈里，陈钢倒真有一股子陈年遗贵的味道，他自称生有三耳，分听古典、流行和现代音乐，才华横溢，令粗俗如我者羡煞。

近时陈钢大哥有些忙，聚得少了，媒体上尤其电视上倒见得多，又是人民大会堂，又是国家大剧院什么的，正轰轰烈烈地在开大型音乐会，纪念他和何占豪合作的小提琴协奏曲《梁祝》创作五十周年庆。夜里，画室里的电视机上，传来那总能打动我已然日渐冷淡的心的《梁祝》琴声，五十年前首演的俞丽拿依旧激情如昔，连当时顶风浪倾力支持他们的老领导孟波先生，以九四之高龄，居然神采奕奕地同台回忆那段意外的岁月，我几乎不能自已，激动之余遂写下两段顺口溜，打电话告诉陈钢兄，虽然是粗陋的段子，也让他再一次验证他们的《梁祝》竟还是那样的令人动情：

五十年前一弦声，五十亿人合掌听。
五十年来多婉转，五十年来一样新。
大音化蝶非妄语，筑巢万世灵共心！

五十年前一梦思，梦到弦上化蝶诗。
梵莪铃真多梵语，笑对当年三杆旗。
三生路上人都泣，五百年后一样痴。

己丑年五月于沪上浅草斋画室

（**谢春彦：**著名画家与美术评论家。陈钢称之为“最‘疯’的朋友”。也就是被黄永玉形容为“水墨生涯，感情磁场”的“海上画坛老顽童”！）

帅哥真帅!

叶　丹

我和陈钢老师成为朋友，还真的说不清是从哪一天开始的……

因为喜欢音乐，因为在幼小的梦里就想成为一名舞台上的小天鹅，因为小提琴协奏曲《梁祝》、《王昭君》和《红楼梦》已成为我生命中不可缺少的部分；因为，巧之又巧的是，我和陈钢老师有着同样从十四岁就开始的军旅生活。更因为，我从小就有一个美丽的蝴蝶梦……

记得我所在的部队文工团曾排演过双人舞《梁祝》。每当排练时，我就在侧幕边偷偷学着跳。我多么想自己能扮演剧中的角色呀！可是，毕竟那时我的年纪太小，身段和体型都未能“达标”，只能失之交臂……

没有想到的是，三十多年以后，我竟与《梁祝》的作曲之一陈钢成为忘年交。而且，还和他的“红色小提琴”有过一段不可分割的情缘。

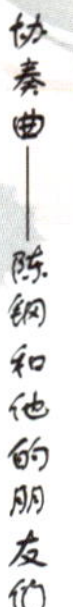

2006年，陈钢带着他的“红色小提琴”音乐会来京演出。这位“只识dol、re、mi，不懂1、2、3”的作曲家，只知搬弄音符，不会打理会务。最后，他只能电话求援，吩咐我这位北京老战友，责无旁贷地担当起音乐会的后勤保障任务。

瞬间，我立刻安排北京办事处的秘书苗璇作为陈钢老师的“临时一秘”，负责联系剧场排练时间，车位安排，分发所有重要嘉宾的门票，落实邀请函的印刷。护士长张慧为演出团队负责安排每天的用餐、食谱、冷暖，而司机小彭则准时守候在排练场、宾馆的门前，分毫不差地负责接送大师们的排练和演出。

一切准备就绪。

2006年11月2日下午，陈钢应北京大学文艺部之邀，在“百年世纪讲堂”为北大学生作“红色小提琴”的专题讲座。在这座有着得天独厚的人文环境、传承着百年的厚重历史底蕴的讲堂里，学生们认真地聆听，热烈地提问，大师对于《红色小提琴》音乐的经典诠释，使学生们兴奋不已。当晚七点三十分，北京大学“百年世纪讲堂”音乐厅里，座无虚席。舞台上方的横幅上打出了一行标语：“‘红色小提琴’——陈钢作品音乐会”。

音乐会演出了。场内除了舞台上悦耳、优美的旋律外，就连呼吸的声音都难以听到。老教授们在熟悉的旋律中，寻觅着当年的“红色记忆”；而青年学子则通过深情激昂的乐声，寄寓着自己青春的诉求。剧场外还有许多等待退票的听众，一直到上半场都快结束时，他们还是不肯离去，剧场管理人员无奈，只好请他们悄悄地站在过道两旁……

音乐会结束了，可是曲终人不散。当全部曲目演出结束时，雷鸣般的掌声响彻全场。观众们久久不忍离去，众多“钢丝”纷纷要求陈钢签名与合影留念，而“帅哥”则以一曲《化蝶》作了音乐的回应……

2006年11月3日晚。

北京街头到处张贴着“南非六国国际会议”的海报，街头交警不时地指挥着禁行的车道，以确保会议时车辆的畅通行进。在北京音乐厅里，中央芭蕾舞团交响乐团正在合乐，指挥张艺对今晚的音乐会充满信心与自豪，因为，作曲家以专场作品音乐会形式初登首都音乐厅的舞台，绝对是一次有意义的挑战。舞台上还是昨夜那醒目的横幅：“‘红色小提琴’——陈钢作品音乐会”。

一切都在井然有序地进行着，可令人担心的事情还是发生了。由于“南非六国国际会议”晚上在人民大会堂有活动，音乐厅又坐落在长安街上，是通往大会堂的必经之路，许多车辆就被拦在路边，等待着车队通过。作为负责后勤保障的我，眼看演出时间就要到了，第一遍预备铃响过观众只到了三分之一，我心里暗自焦急。可是，为了不影响演出效果，我一面强作镇静地全力安慰着后台的音乐家们，同时又迅速地调配着前来参加音乐会的“大腕”们的车辆的停放。当第二遍铃声就要响起时，奇迹真的发生了。领位员迅速地安排着进场的听众，剧场里响起了大家熟悉的乐曲《梁祝》……

“亲爱的朋友们，当您在枫叶正红的季节，当您漫步走进这音乐殿堂，当您听到这四十七年前破茧而出、而至今仍畅响全球的浪漫优美的旋律时，您一定知道：有太阳的地方就有华人，有华人的地方就有《梁祝》……”

陈钢在画外音与《梁祝》乐声中出场，音乐会也在他的讲话声后开始。上半场是“红色小提琴”，由“原版”潘寅林演奏了人们耳熟能详的《苗岭的早晨》、《金色的炉台》和《阳光照耀着塔什库尔干》等经典名曲；下半场演奏了气势磅礴的交响序曲《奉献》和委婉动听的琵琶与乐队合奏《春江花月夜》后，接着，陈钢又献上了他的另一部小提琴协奏曲，《梁祝》的姊妹篇——《王昭君》。

《王昭君》与《梁祝》有着独特而鲜明的对比。陈钢心目中的王昭君，既不是“千载琵琶作胡语，分明怨恨曲中论”的凄婉弱女，也不只是慷慨高歌、为国和亲的巾帼英雄。他所力图表现的，是一位有着丰富复杂情感和多重性格的古代女性，一位美丽高洁的王昭君。

多么完美的一场演出！掌声、欢呼声，作曲家、演奏家四次集体谢幕仍没能减弱观众呼唤《梁祝》的兴致。红色的呼唤，红色的回味，再次燃起观众不息的掌声。

啊！这里没有终曲，这里没有谢幕，这里只有艺术家对旋律的诠释，对美好的颂扬。这里，有永远绽放的玫瑰……

为了庆祝演出的成功，为了表达对后勤保障的感谢，陈钢老师在三天时间里，为我连升了三级——从“后勤总管”、“演出统筹”一直到“叶帅”。而我对他自始至终只有一个包容着对他青春常在的惊异的称号：“帅哥”，和对他艺术成就的赞叹：“帅哥真帅”！

（**叶丹：**陈钢称之为最“帅”的朋友。曾经的神枪手上校和今天的“CEO”。曾担任陈钢多场音乐会的幕后组织者。）

“粉色”陈钢

贺俊云

如果可以用颜色来形容一个人的话，那么，陈钢应该是粉色的。

这粉色的印象最早来自他在上海音乐学院小楼里的那个工作室。那是一个初春的下午，带着崇拜陈钢，对《梁祝》喜欢得如痴如醉的十四岁儿子，不请自到地闯入他那悄悄隐居在上海音乐学院一幽居角落的工作室。穿过那道经岁月侵蚀的深褐色老墙，走上咿咿呀呀作响的楼梯，推开微微干裂的木门，一下子，一股绚丽的粉色扑面而来，那似乎掺杂着粉粉香气的灿烂，明明晃晃地让人炫目。那股明亮和温暖，一下子冲淡了上海初春时节略带肃杀的阴冷。那天，沐浴在粉色光环中的笑容满面的陈钢，在我脑海中留下一种极其深刻极其难忘的印象。

陈钢从不讳言他工作室的“粉色”感。他觉得这种带有女性美的柔和与浪漫的色调，能为他的音乐创作带来更多的灵感。

感觉上是，陈钢不仅秉承了父亲陈歌辛的音乐创作天赋，而且更多的是母亲金娇丽善良温柔的个性，于是乎，其作品中“粉色”痕迹处处可见。

说到他的作品，就不能不说到他那脍炙人口、家喻户晓的小提琴协奏曲《梁山伯与祝英台》。一个学生时代的小伙子陈钢，愣是以精湛的作曲技巧，把一个中国本土文化的素材和一段乡土气息浓郁的越剧主旋律，创作成了一段雅俗共赏，中西文化结合得至善至美的小提琴协奏曲，使之成为在世界舞台上知名度最高的一个中国音乐

作品。那琴弓跳跃中展示给世人的舞蝶扑花，那没有任何语言障碍的可歌可泣的爱情篇章，跨越了时间和空间的限制，令各个肤色的听众都为之倾倒。试想，还有什么比这更“粉”的！

其实，又岂止是那“粉色”年代的爱情作品《梁祝》，即便是在红色浪潮席卷中国，铺天盖地的大红色块，不由分说地，令人躁动、令人窒息地包围着我们每一个人的时候，陈钢的小提琴作品，都可以用一抹令人不易察觉的“粉色”给人带来沁人心脾的清凉。比方《苗岭的早晨》那晨曦中的鸟语花香和穿越雾障的一丝阳光；比方《阳光照耀着塔什库尔干》中体现的对广袤沙漠中极强生命力的颂扬。

2009年2月，著名小提琴演奏家潘寅林在大剧院演出了一台陈钢的“红色小提琴”系列作品。总觉得，冠以红色，是因为作品均创作于红色的年代，具有红色的题材。但是，就是因为那红色外壳中蕴含了那份抒情婉转，那份执著地渲染歌颂人性美丽一面的“粉色”渗透，才使得他的作品那么具有生命力，可以那么令人喜爱，被人记忆传诵至今。

那场史无前例的灾难，陈钢当然也没能幸免。回首那不堪的往事，那被无端耽搁的青春岁月，那浪费了的音乐创作才华，陈钢居然就以自嘲的态度一笑置之，躲进他粉色的小屋去自成一统。设身处地地想想，不能不说这是一种坚强。以粉色的温暖去抵御疯狂时代的冷酷，就是坚韧无比，绝不言弃，谁也无法阻挡其热爱生活的陈钢！

和陈钢相识相识时间不算很长，可是，受到那浓郁“粉色”的吸引和影响，莫名有种似曾相识的亲切感。于是，愿把他称为粉可爱的老朋友陈钢。

“粉色”体现在陈钢待人处事的温柔相待和细腻呵护。记得一位闺中密友就是深受其惠。在遭遇人生坎坷，遇人不淑，手足无措的时候，当时年近七旬的陈钢会挺身而出，两肋插刀，义正词严。令人感叹陈钢“粉色”中涵盖着的那咄咄逼人的阳刚正气。

“粉色”也体现在陈钢对生活中人和事的宽容与大度。前些年被外界八卦得沸沸扬扬的《梁祝》纠葛，被陈钢一席大度的“拥抱”而轻松化解，如同梁祝化蝶一般地化纷争而成佳话。经历了这么些年人生种种的陈钢，早已经升华到视名利为粪土的境界。笔者眼中的陈钢，似乎更愿意沉浸在自己营造的“粉色”工作室里自娱自乐，自说自话……

说到陈钢的自说自话，朋友们都了解陈钢那童心未泯、老小孩的口若悬河地编造雅号和胡用成语的本领。比如，在给好朋友、著名剧作家沙叶新庆贺生日的午宴上，他会号称如今需要“推陈出新”，于是自己站到边上，把沙叶新推到午宴上座。2008年春节前后，他几番因身体小恙而住院治疗。那天，给他电话，请他保重，顺便调侃一句“您是国宝级的人物，一定要照顾好自己啊”，他当即呵呵地回复“国宝谈不上，做活宝倒是可以的”……

和陈钢的交往，令人愉快，令人温馨，令人受到其阳光心态的感染……

或许也是陈钢自己的阳光和灿烂，他的生活环境中，“粉色”元素似乎也就无处不在。喜欢他的人虽然男女老少都有，但就我远远不动声色的观察结果，似乎也是“粉”颜居多。他那年轻貌美、举止得体、言行大方的妻子，可以算是最亲密的“粉”颜吧，除此之外，好像还有不少来自各行各业，四面八方。这可能是因为他乐于助人，来者不拒；也可能是因为他才情丰富，个性开朗；很想编撰一本有关陈钢的轶事佳话，采用一些我可以见证的花絮，再添加一些我和女朋友们的想象……

陈钢为我们创作了“粉色”的音乐，精美绝伦，回肠荡气，又如涓涓溪流，渗透力极强。陈钢为自己建立了“粉色”的营帐，用来吐故纳新，荡涤心绪，为心灵输氧。

这篇小文是一个铁杆“钢丝”发自内心的感受。愿将它作为一枝粉色的玫瑰，献给我喜爱的“粉色”陈钢。

（**贺俊云：**跨国公司企业传媒专业人士，音乐发烧友，文学爱好者。）

黑色也浪漫

曹可凡

写下这几个字的时候，也想起了那部充满夸张和快乐的好莱坞影片《修女也疯狂》，两者的语法结构，能够表达出同一效果，不过，我认为“黑色也浪漫”恰是作曲家陈钢的性格。

我已经记不得，含着热泪沉迷于小提琴协奏曲《梁山伯与祝英台》的缠绵激宕，那究竟是多久之前的事了。只是，认识陈钢先生倒也有了不少时日。

我总是不愿意把斯斯文文的陈钢，归类于纯粹的音乐家。私下里，我坚持认定陈钢更像一个行吟诗人。《笔会文丛》中，有一本陈钢的大作，命名为《黑色浪漫曲》。三百多页纸，洋洋洒洒数十篇行云流水般的文章，机智生动的文字仿佛五线谱上欢腾的音符。

说来我和陈钢隶属于两个完全不同的行当，可我们又在很多不期然的领域不期然地相遇。一位作家在《黑色浪漫曲》的序文中这样写道：“我认为，抽象的、有节奏的音响所组合的乐曲，却来自命运在具象而纷繁的艰难世事中的冲撞，以及心灵被疼痛或愉悦所灼伤而积累的烙印。”我在读了这段文字之后，并不觉得这仅是就陈钢的音乐而言，身为一个需要“眼观六路，耳听八方”的电视主持人，我时常体会到瞬间闪烁的灵感，其实正是来自点点滴滴的生活积累。这大概也正是我和陈钢先生在很多层面的共鸣。

陈钢先生的音乐大多浪漫又深沉，他所倾注于其中的激情，感染得观众如痴如狂。而书中那些温情、诚挚的感怀故人、记叙友情的篇章，读来也如沉湎于优美的音乐，叫人心酸酸的、甜甜的，满盛着感动。

我一直将陈钢先生称作性情中人，这并不完全是因为他感性的热切。一个成熟的艺术家，还需要有理性的思考，只有懂得反思，才会懂得领悟。

《黑色浪漫曲》中不乏陈钢对艺坛人事的真知灼见。比如1994年时，陈钢就痛斥过“假唱”的恶劣行径。几年后，他又重将此文收录于本书，在今天大张旗鼓“打假”之时，再看这篇短文，仍令人激赏起幽默尖锐的文字。这倒好像陈钢一不小心赶了个时髦。

因此，有不少读者甚至觉得读陈钢的杂文，要比读他的抒情散文更过瘾。当然，也有不少人由此认定陈钢可能不太明白人情世故，要不，怎么在文章中毫不避讳那些火辣辣的字眼。作为陈钢先生的忘年交，我深知，他虽习惯用音乐来表达他的理想，可正是由于他平日里对理想的不断思索，才最后沉淀出他那纯净的音乐。所以看到陈钢写的书，千万别很功利地把他列为一个一般的“多面手”。他只是以另一种方式来展现快板、慢板或如歌的行板，来展现他生命中的欢乐、激越、悲伤和震撼。陈钢在他的书中，把他那“不合时宜”、“门不当户不对”的初恋，比喻为一对掠过夜空的黑蝴蝶，一支黑色浪漫曲。这样的感叹，有一点儿自嘲，有一点儿理想主义者的达观。

前不久，我在一个陶艺馆中遇见陈钢先生。和别的初学者一样，他还没有完全领会泥土的品性，但这丝毫不影响他创作热情，在稚拙的作品上，他刻上了五线谱，刻上了欢跳的音符，他为泥土塑造了音乐的灵魂。

我和别人边赞叹着音乐家的奇巧构思，一边竟羡慕起这位老朋友来：是啊，一个认为“黑色也浪漫”的人，他所热爱的生活，一定是永远充满了真，充满了浪漫的。

（**曹可凡：**电视节目主持人。）

我的“棚友”陈钢

王 述

在“文革”中，我竟然也被打入“牛鬼”队。其罪行只有一条，那就是“包庇温可铮”。（编者注：温可铮是著名男低音歌唱家，王述的丈夫。）

那时，可铮和他的好友陈钢也都关在“牛棚”里，可铮还不准回家，是“隔离待遇”。

“五一六通知”公布后不久，全国掀起了红卫兵的“扫四旧”运动，史无前例的“无产阶级文化大革命”开始了。顿时，全社会陷入了一片混乱与恐怖。学校里的红卫兵和革命造反派，用大字报、抄家、批斗等手法，劈头盖脸地冲向可铮，及从国外回来为国家服务的专家学者。大家都不明白这是怎么回事，怎么一下子全变成了“牛鬼蛇神”了呢？！

他们被关进了“牛棚”。每天都得写检查、挨体罚、打扫厕所和清洁校园。“牛鬼”集合时，可铮和陈钢常会被叫出来挨骂挨打。因为他们是“牛鬼队”中的“青壮年”。

一天，红卫兵叫住我，跟我说：“从今天起给你一个任务，每天给一个人送三顿饭，不许和他说话，也不能告诉给任何人知道。”

我揣着忐忑不安的心情，端着早饭，走进了唱片室（当时的临时隔离室）的最后一间房间。红卫兵把门打开，我看见一个人坐在地上的草席上，他的头肿得像个大西瓜，脸上是青一块紫一块红一块，眼睛肿得睁不开，整个脸都变形了，我站着看得心发慌，我不知道他是谁。

温可铮在演唱中

红卫兵站在我后面，我们不能讲话。当我蹲下把早饭送到他手里时，我倒吸了一口冷气，啊！原来是陈钢。为什么要打他？为什么他会被打成那个样子？？后来才听说，是因为陈钢太聪明了，所以要打他的头。啊，天哪！难道聪明也犯罪吗？这个打人者简直连禽兽都不如！他这辈子如若想起打人这件事，一定会感到良心的不安，上帝也一定会惩罚他的！

就这样，我给陈钢一连送了将近三个月的饭。每次送饭时，由于红卫兵站在我后面，我不能讲话；但是，我可以在脸部做表情，笑一笑或嘴不出声地动一动，再或眨一眨眼睛来表示同情和慰抚……

陈钢放出来后，他曾对我说："你知不知道，每天送饭时，你的每一个笑容和每一个表情，对我都是一种安慰和期盼。你送了早饭，我就盼你送中饭；送了中饭，就盼你送晚饭。"

陈钢从唱片室回到"牛棚"后，常与可铮暗中串联。可铮只会唱不会写，许多都是陈钢帮着写的。所以陈钢一直说："我们既是好友，又是难友。"是啊！我们还都曾是"牛棚"的"棚友"呀！

在"牛棚"后期时，有一天红卫兵潘泉根对我说："你挑选几个抄谱抄得好的，组成一个小组，要抄样板戏的分谱和外国交响乐的总谱和分谱。"

于是，我就挑选了马革顺、丁善德、谭抒真、谢绍曾、陈钢和温可铮，后来还加上何大廷、施安同。我们在男女生宿舍后面一排小房子里的一间房，中间放了一张大桌子，大家围坐在四周抄谱，我则每天负责发新谱。我暗示他们说：“你们慢慢抄，要抄得整齐，不要急着抄完它。”这样，他们就可以不用去劳动了。

每天，我都把抄好的谱子整理好，交给红卫兵；而红卫兵也很满意我的工作。有一天他突然对我说：“你负责的抄谱抄得很好。今天，让他们继续抄，而放你一天假，你可以回家看看。”那天上午我走出校门，先去探望了我的父母亲。我妈说今天是中秋节，要我回自己家看一下。我想，今天是中秋节，还是早些回学校，买些月饼给“棚友”们共享。由于那时没有钱，我只能买五分钱一只的月饼。我回到抄谱间，看周围一片安静，可能是过节，红卫兵也回家了。走进抄谱间，我说：“今天是中秋节，我买了月饼每人发两个。请原谅，月饼是买的最便宜的。现在我在门口外站着，你们快吃！”

“文化大革命”结束多少年后，当我每次和可铮去看望谭抒真院长时，他总会说：“王逑，你知道世界上什么东西最好吃？就是你发给我们吃的那两只月饼！”要知道，因为那个时候可铮每月的生活费才十五元，而我每月的工资也只有六十元，而每个月我还要给父母生活费三十元。我知道，可铮吃得多，所以我再给他十元，我自己的生活费是二十元。这些月饼虽然是最便宜的，但他们都知道是从我二十元生活费中的钱买的。更何况，我还担着风险。万一让红卫兵知道，我就有被打的危险。他们都关在学校，每顿饭只有五分钱的青菜，今天刚好是中秋节，我一定要借这回家的机会给他们每人买两只月饼，让他们感到节日的温暖，感到人间还有温情在……

（**王逑：**著名男低音歌唱家温可铮之妻，陈钢文革期间的“棚友”。）

绿林中，那两只翩翩的蝴蝶

陈历谋

2003年10月10日至10月17日，两只美丽的蝴蝶从海上翩然而来，倏忽而去。海天之间，卿云烂漫，天空留下了有如羽化的音符，自由地飞翔。著名音乐大家陈钢先生应邀为享有“全国百姓放心示范医院”盛誉的成都恒博医院的院歌《天使》作曲，我因此有幸缘识了陈钢先生和他的夫人，优雅的陆凌小姐。

短短几天，我陪同先生和他的夫人“走马观花”似地在天府平原、九寨、松潘、羌寨、汶川、夹江、峨嵋、乐山、雨城、盐都等地浮光掠影。

陈钢与陈历谋在四川

古人曾用“高山仰止，景行行止。四牡騑騑，六辔如琴。觏尔新婚，以慰我心”形容品德崇高、令人景仰、又明察至理的人，让世人仿效。亦庄亦谐的先生，睿智的思维中时时闪耀着灵动的火花，虽名满天下，却始终以平常心处世，用平和态待人，如平凡人学问，足以令人“仰止”。

陆凌第一次到四川来，她久闻成都这座历史文化名城的鼎鼎大名。因此，在飞抵成都的当天黄昏，便迫不及待地奔游了“锦官城外柏森森”的武侯祠。是日，我临时担任司机兼客串“导游”，引领先生和陆凌去解读了祠中闻名遐迩的“攻心联”：能攻心则反侧自消，从古知兵非好战；不审势即宽严皆误，后来治蜀要深思。在富有哲理的楹联前，陆凌伫足良久，若神会古今，显得饶有兴致。

翌晨，我又陪同他们登上预订好的大巴，开始了四川秘地的神奇之旅。

广袤的川西平原，匆匆掠过，我正后悔没来得及准备一些充饥止渴的东西，忽然得知大巴将在江油小憩，我即用手机告知我在江油市的好友焦寿诚先生，请他代为购备。焦亦是小提琴协奏曲《梁祝》的崇拜者，拿时下的语言，属于“铁杆钢丝”。当年，在“万马齐喑”的“文革”岁月，焦不知从哪里弄来一台旧留声机，又搞来一张《梁祝》的乐碟。每当夜深人静的时候，我们几个知交便不约而同，如电影中的“地下党人”，溜进一条陋巷中的焦舍，轻手轻脚，掩门屏息，团坐在留声机旁，如期待那漫寞长夜中的音乐盛宴。破旧的屋里没有点灯，大家都不说话，也没有话可说，只是静静地任由那如泣如诉的午夜旋律浇注在自己几近枯涸的心田……

《梁祝》，你是那样的陌生，又是那样的熟悉。也是在那时，才初知大名鼎鼎的陈钢、何占豪，两位是那样地近在咫尺，却又是那样地远在天边。绕梁的余音裂若丝帛，飘向寥落的星辰，恍若夜谭中的天方，遥不可及。

可以想象，在多年以后的今天，当焦君将饮料和水果交给我的时候，望着陈钢，有如望着穿越亘古放情凌霄的蝴蝶，其状如醒还梦。“蝴蝶”送了一张签名CD给焦，“惊呆了”的焦寿诚君终于在恍若隔世之后美梦成真了。

平武县的“报恩寺”是明朝土官王玺仿照北京故宫的建筑修造的，素有“深山里的紫禁城”称谓，这里是川西旅游环线到九寨沟的必经之地。陈钢先生顺道参观了“报恩寺”，他向陆凌和我笑言：“报恩寺的香火很旺，抽的签好像也蛮灵，签中谶语说我母亲原本是观世音菩萨。”观世音，就是观察和辨听世间的福音。看见陈钢先生“信则灵”虔诚的样子，我和陆凌都很开心。

车在去九寨的盘山道上蜿蜒，因长途跋涉，陈钢先生似有不适，陆凌一路上默默地给予先生不厌其烦的体贴入微，呵护有加。他们手牵着手，行走在山间溪畔，恰似两只翩翩的蝴蝶，踏着绝代风华的乐章，或徜徉或飞翔在神奇的童话世界，并肩振翅在九寨沟的高山流水之间，自由并快乐着。

离开九寨，我们转向海拔5 000余米的人间瑶池——黄龙寺。车行至黄龙山下的松潘县境内川主寺，陈钢、陆凌忽然先后出现“高原反应”症状，昏昏欲睡。我们只好向大巴车告别，留宿当地一家小旅店。第二天早晨，我即托松潘县的朋友帮忙在当地找了一辆半旧的出租车，启程赶回成都。

出了松潘县城，出租车沿着茂县往汶川的弯弯山路行驶，兴许是为避免旅途中的无聊，司机随手打开车内音控，音乐骤起，竟然是小提琴协奏曲《梁祝》；我们在意外的欣喜中，大家都默不作声，静静地听着《梁祝》伴随那浑似交响的过耳山风，伴随车外弥漫的阳光，沉浸在“剪不断，理还乱”那难以言喻的思绪里。

当司机得知他的乘客陈钢先生就是该曲作者之一的那一刹那，很是惊喜莫名，一路上“载欣载奔”。他真诚热情地向陈钢先生推荐，让先生去顺道不远的桃坪羌寨，说那里有古堡和美酒，有舞蹈和音乐。民族歌舞和音乐让陈钢心动了，他询问陆凌和我的意见，陆凌于先生如依人小鸟，乐于前往。我亦自不待言，趁人不注意，悄悄给我亲如弟兄的羌寨友人周礼智一家打了电话。

当出租车抵达羌寨硐门，陈钢与陆凌一下车就看到一条跨街的横幅“热烈欢迎音乐大师陈钢先生一行莅临羌寨”。桃坪羌寨的山民热情地给陈钢、陆凌披上红色彩绸，然后簇拥着他们进了山寨。

当晚，羌寨的山民在悠扬婉转的羌乐中，载歌载舞，铿锵有力的脚步踏着此起彼伏的歌声。熊熊的篝火、醇香的咂酒染红了陈钢与陆凌喜悦的面庞。苍穹之下，破茧化蝶，陈钢携陆凌融入炽热的山民，情不自禁地翩跹起舞……

那一夜，羌民用朴实而崇高的礼遇欢迎音乐家陈钢和陆凌，欢迎这两只光彩照人的翩翩蝴蝶。

陈钢先生，这位传说中能够用三只耳朵听音乐的传奇人物，有如当年上海的“老克勒”，穿着得体，举止文雅。而与其不同的是，陈钢的天赋、陈钢的幽默与庄重、陈钢的音乐以及陈钢的蝴蝶交织玫瑰的芳香梦境，让他永远洋溢着不老的青春。

陆凌，这位娴静的女孩，用白衣天使美丽的心灵和回春的妙手，细心修复了蝴蝶疲惫的翅膀。伴随《梁祝》天籁般的圣音，将自己也渐渐羽化成一只美丽的蝴蝶，注定与另一只蝴蝶邂逅，形影不离，清姿翩飞……

短短的几天过去了，仿佛跨越了若干年的时间与空间，我们成了若相知有素的好朋友。

记得有一天，陆凌带着柔柔的吴侬音韵告诉我，她与陈钢邂逅于上海的一家医院，陈钢是她看护的病人。那时，陈钢在她眼里，既是如同父辈般的音乐巨子，又像是返朴归真的顽童；既是她敬重的大师，更是需要她守护的患者。是神奇的爱神让他们在星移斗转中，“心有灵犀一点通”。终于，陈钢、陆凌，两情相悦，彼此心许。

天府之行，由于我和陆凌之间配合默契，陈钢显得非常高兴，他以其特有的机智与幽默，亲昵地称白衣天使陆凌为行侠仗义的“绿林”，以我之壮硕的身段，戏谑地呼我为“绿林”中的“好汉”。而陈钢本人则是需要“绿林好汉”“接济护卫”的对象。

陆凌——“绿林”。在音乐大师陈钢的慧眼里，陆凌俨然如生机勃发之绿林，绿林中烟霏云敛，绿静春深。芙蓉并蒂，风篁成韵。兰薰桂馥，舞燕啼莺。含英百卉，森罗万象。徜徉绿林，涉高山流水，揽花月春风。可以披榛采菊，荟萃菁华。也可以翰逸神飞，心随天籁。可以天地交泰，苦乐由心。也可以宏约深美，叶落归根……

作为一代“歌仙”陈歌辛先生的儿子，陈钢先生有着自己双鱼座的彩色人生，在他那无与伦比的音乐天赋之外，每每对其他的艺术门类亦是触类旁通。他的思想睿智，思维活跃，思路敏捷。我陪他去弥漫醋香的历史名城阆中，须臾之间，他挥毫写下“醋醉群芳”。在《发现四川》的旅游杂志上，他迅捷吟哦出“让发现的眼睛插上蝴蝶的翅膀”，赢得人们的满堂喝彩。

相聚的日子很快就要结束了，而机缘让我与陈钢和陆凌的心灵之旅才刚刚启程。我用自己的切身感受，填了一首藏头的《蝶恋花》，为先生和他的天使送行：

陈列珠玑映韶光，
钢琴柔韵，
陆海玫瑰香。
凌波仙子羽衣妆，

天使化蝶飞蜀乡。
府笼蔷薇处处芳，
之前之后，
行旅谁堪央决？
抒就博爱永恒章，
怀抱梁祝夜未央。

此时，我的耳畔萦绕的是那首百转千回名叫《化蝶》的歌，抑或是那篇叫《梁祝》的乐章。望着两只翩然而来，又倏忽而去的蝶，有如远望仙乐飘飘的天上人间。我心中有太多的荣幸，也有太多的感慨和太多的祝福。

法国喜剧大师莫里哀提示世人“爱情是一位伟大的导师，他教我们重新做人”。陈钢与陆凌，分明是绿林中两只振翅翩翩的蝴蝶，在自由的天空，如影随形，宁静快乐，无声而行，无语而歌……

黎梦·2010年4月于锦官城

（**陈历谋：**摄影家、编辑与社会活动家。）

蝴蝶栖息的地方

吴　萍

写的是个纯情的学生时代
经典不合理但合情
苦难教会了我们很多东西
用共同认可的语言同世界对话
现在的艺术家很单薄
蝴蝶是个美好的生命象征
凡是有太阳的地方就能见到华人
凡是有华人的地方就能听到《梁祝》

与车来人往的淮海中路毗邻的多是些两旁有着高大的法国梧桐倚立着一幢幢充满异国情调的老房子的街衢，好像复兴中路，永福路什么的，那一片曾是有名的法国城，上海音乐学院所在的汾阳路也是这么一条宁静的小马路，拐进汾阳路，微风吹过，仿佛树桠里都会抖落出音符来。

学院小操场后面有一幢用大块青石垒成的风格奇特的小楼。上海这个城市就是这样，好像到处都充满了过去的影子，有着说也说不完的故事。这座小楼曾是一个犹太人的俱乐部，小楼边有个“楼外楼”，沿着老式的木楼梯走上去，心里就充满了对故

事的期待。在二楼拐角的一扇门前停下脚步，首先跃入眼帘的是深深的走廊，已被主人巧妙地改造成了书廊。那特制的呈阶梯形的书架犹如七色音阶，承载着主人艺术的源泉。而吸引你的目光，使你久久不愿移动脚步的是走廊尽头，五彩玻璃门窗上那只深情的蝴蝶。原来你不小心撞进的就是蝴蝶栖息的地方，是作曲家陈钢的琴房，一个有故事的地方。

那天，坐在钢琴边那张旧式红木靠椅上听陈钢弹那支感动了一代人又一代人的《梁祝》，于是琴键上流动的音乐汹涌而来，一下子淹没了猝不及防的你。因缘巧合，有时就是如此地不可思议。梁山伯与祝英台囿于门第差异，楼台一会便成永诀的一幕在四十年前竟重演于陈钢与他初恋的女友身上——“一个共产党员的女儿怎么能和一个右派的儿子好呢？”1960年夏天的北海公园上空久久回旋的正是《梁祝》中那段凄婉的《楼台会》，正是陈钢和女友分手的时刻……

廿四岁的陈钢没有想到，与大学同学何占豪合作的一曲《梁祝》竟成了自己初恋的预言录和墓志铭。

后来也有人批评《梁祝》的故事不合理，梁山伯与祝英台同窗三载怎么会不知道英台是女儿身呢？但就是这么个不合理的故事，穿越了时间空间，在人们心中生根发芽。

音乐家往往是人群中情感最细腻最丰富的一群。当现代人愈来愈多地被现实中的种种烦恼所困，一步步地落入将情感、生活变成一个个程序与指令的陷阱时，只有他们还固执地相信，情感里面没那么多道理，没那么多“应该怎样”。因其如此，才有了《化蝶》，有了千古传唱的《梁祝》。这份不合理才恰恰是芸芸众生心底一个不灭的梦，也正应了这一份合情，梦便有了栖息的地方，这或许就是经典之所以成为经典的奥秘。

有一个三十年前的故事,令陈钢至今说来仍感动不已。

云南大学有个钟楼,有一阵一到晚上都可见烛光闪烁,“革命造反派”估计钟楼里一定有阶级斗争的新动向,于是有一天晚上他们包围了那个钟楼,冲进去用手电筒一照,里面全是孩子——他们自己的孩子,孩子们围着一个简陋的录音机,就着点点烛光,凝神聆听着音响并不完美的曲子,望着孩子们纯真无邪的眼睛:“我们天天都来听,就听《梁祝》”……“革命造反派”默然了。那个年代《梁山伯与祝英台》那忠贞不渝的感情便这样如同涓涓细流,浸润着人们干涸的心田,这或许就是音乐的魅力,它能抚慰人的心灵。

我已经听过很多遍《梁祝》的故事,但却是第一次听写《梁祝》的陈钢说自己。于是知道了他十四岁参军,二十四岁写《梁祝》。次年,被打成右派的父亲在白茅岭农场悲惨地死去,而年轻的陈钢被红卫兵押进被革命小将革命过的凌乱不堪门窗洞开的家被逼着高喊“打倒陈钢”……当听他坦然地叙述着的时候,你会发现他身上没有留下一丝阴影。《金色的炉台》、《阳光照耀着塔什库尔干》、《苗岭的早晨》——全部是早晨,全部是金色。

日本姑娘西崎崇子算得上是演奏《梁祝》最多的小提琴家。西崎的父亲是梅兰芳先生的好友。对中国文化充满敬仰的西崎深深迷恋上了这个动人的故事。1979年,她获得了香港古典音乐的第一张金唱片,也是在这张唱片中,《梁祝》被第一次命名为“The Butterfly Lovers”(蝴蝶恋人),1981年陈钢在香港见到了这位第一个将自己的音乐传到海外的小提琴家,并与她合奏了《梁祝》片断。来到西崎家,陈钢发现在居室中栖息着千姿百态的蝴蝶,从家具装饰到地毯花纹,甚至西崎穿的也是蝴蝶装,这是一个把对蝴蝶的爱融入了生命的女子。这蝴蝶就是祝英台,就像庄周在梦中化作“栩栩然”的蝴蝶,而在醒后又“蘧蘧然”回到了自己一样。不知周之梦为蝴蝶乎?蝴蝶之梦为周乎?这蝴蝶不仅仅是祝英台,它象征着一种发自人内心的最纯最美好的追求,对幸福自由的渴望,这种渴望与追求是如此圣洁辽远,坚贞的人们不惜付出生命的代价去实现它,叹服它或许正是这个意义。“梁祝”也是金色的,不朽的。

走进陈钢你慢慢发现,他真是一个幸福的人,除了音乐,还有更多。这间琴房便是他智慧的副产品,“发烧”的室内设计的成果之一,分割工作室与客厅的是一个烧得并不规则的砖砌成的门框；那个树皮书架是他特地请一个工人用一段原木做的；墙上的现代画是他从美国淘回来的；你将不再因为他对小节如此锱铢必较而奇怪。

陈钢的屋子没有日光灯，他说那是因为日光灯很苍白，会照得人的内心也好像很苍白的样子。陈钢的小屋是朝西北方向的，但你觉得那真是个温馨的地方。其实，你心中还有最后一个疑问不知怎么开口。这么一个温馨浪漫的地方怎么可能没有一个女主人？

陈钢笑笑给了你一句大师的格言："恋爱是追求，结婚是追打，离婚是追问"。如果你还不明白，那么就去读他的那本散文集《黑色浪漫曲》，答案就在里面，也许你已等不及去找这本书，那么他先给你一个小小的提示："家是什么？家是梦，艺术是梦，艺术家是'追梦族'。艺术是爱，艺术家是多情种子。他们有太多的爱的渴望，一个小小的两人世界能容得下这个爱的海洋吗？艺术家，你的家在何方？艺术家，你的家就是艺术，就是爱！"

你一定遗憾错过了"三十年代大饭店"第一次的沙龙活动，那天人们冒雨挤在店堂底楼听陈钢娓娓道来三十年代流行音乐，会场中心那架白色三角钢琴中流淌出的正是人们心中吟唱了几十年的岁月金曲，《玫瑰玫瑰我爱你》、《渔家女》、《永远的微笑》、《度过这冷的冬天》……这些出自陈钢父亲陈歌辛的名曲经过岁月的洗汰，如同一枝不败的金蔷薇，熠熠发光。陈钢的故事里总是有着这样那样的惊喜，好像《梁祝》里那支无处不在的戏曲音乐中特具的节奏。

黄昏时，你带着意犹未尽的不舍与陈钢一起走出这个故事的小屋，他告诉你每天回离学院不远的家陪八十多岁的妈妈吃饭是他生活中重要的一部分。这位上海吴宫饭店总经理的千金小姐，祖先来自阿拉伯的回族少女，当年不顾门第与宗教，将最纯真与炽热的爱情献给了虽属印度贵族后裔却送给佛门信徒作养子的青年作曲家陈歌辛……可惜，这个陈家姆妈的故事只能下回告诉你了，但这次你一定领悟到了：有蝴蝶的地方，就有爱！

这是一个充满了爱的世界。

（**吴萍：**记者。）

我的“三好”学生

陈天恩

都说“名师出高徒”，而我并非名师，却有一位很“大牌”的学生——作曲家陈钢。

说他大牌，一方面是因为他在音乐上的造诣——《梁祝》的曲作者之一。

另一方面，是因为若干年前他曾公然针对“电脑”要“大牌”：“电脑是一种由聪明人发明、同时也为聪明人服务的新玩意。可惜我生性木讷，与电无缘，即使受过两次‘电击’，却照样安然自若，电打不动”。这是陈钢在1995年5月30日的《新民晚报》上发表的短文《拒绝电脑》中的第一句话。

而十余年后的今天。陈钢却逢人便称自己“网恋”了。

“网恋？？？”

“对，我恋上了互联网！！！”

那是什么让一个曾经公然拒绝电脑的人对电脑迸发出如此的热情呢？

秘密就在于一块小小的写字板！

陈钢不会打字，没学过汉语拼音，在那冰冷键盘前的他，完全找不到平日里坐在钢琴前触摸那黑白琴键时的感觉——这就是当年他拒绝电脑的主要原因。

2003年春天，刚从北京参加完“两会”的陈钢透着一丝神秘请我参观他带回的“宝贝”——一块电脑写字板。有趣的是，他的“宝贝”当时压根儿没“用武之处”，因为——他还没有电脑！几天后，一台当时配置最为先进的电脑终于出现在他的工作室桌上。

更令人大跌眼镜的是他居然还严肃地拜我为“师”，学习电脑的使用。当时所有知情的朋友们除了笑话他“先买鞍后买马”颠倒次序外，确实没多少人看好他今后能驾驭“电脑”这匹曾经给他带来“恐惧”的“野马”。其中，也包括我。说实话，那时的我确实是抱着“死马当活马医”的心态教他电脑使用的，因为当时会使用电脑的人几乎都有一个思维定式——不会打字的学电脑就好比学音乐却不懂“Do Re Mi”，都是“瞎子点灯——白费蜡！”

而陈钢却乐呵呵地说，“毛主席说过：‘学习几何不用从欧几里得学起’，所以学电脑也不用从打字学起。我可以用写字板代替键盘。就好比乐曲中的主旋律，可以用各种乐器和曲调来演绎嘛！”

就这样，我教授了他第一课：如何开机和关机。而他真的如同一个很认真的学生，在一本崭新的笔记本上认真地一步一步记下在我们年轻人眼里最为简单不过的步骤。

一天，两天，三天……笔记本越来越厚了，陈钢学会使用的程序也越来越多了，但他仍然充满着对新程序、新功能、新事物的好奇心。渐渐的，他电脑周围的设备也越来越丰富，从摄像头、数码相机、摄像机，到照片打印机，甚至MIDI键盘，他都学会了如何使用，而且一有机会就照着笔记进行一一对应的练习。

而我，恍然间解开了悬在我心头长久的疑问——为什么陈钢能成为音乐大师，为什么能写出天籁般的《梁祝》？

天赋，没错！但不够。

勤奋，努力！那才是通向音乐圣殿的铺路石。

看着他那厚厚的，记得密密麻麻的笔记本，可以想象当年照片上那文质彬彬的少年是如何如饥似渴地学习各种乐理知识及作曲技巧，最终凭借过人的天赋，写出了一曲又一曲的动人旋律。

当然，“大师”也是人，人的成长总会遇到烦恼，用功的陈钢在学习电脑中也闹过不少笑话。其中，最令人捧腹的是曾经流行的“语音识别”软件。当年，陈钢在获得这个软件后，满心以为凭借语音输入，他的写作速度可以远远超过白桦、沙叶新两位比他“电龄”长久许多的作家朋友。但哪曾想到，不知是软件本身的不成熟，还是他

陈天恩和他的妈妈（“陈钢办公室主任”）

自称的一口“浦东话”而非标准的“普通话”，语音识别的结果往往令人啼笑皆非。一句简单的“我是陈钢”，被识别出的结果从“网上采购”到“卧室层高”等，几乎就没有正确过。但这一次小小的挫折没有让陈钢再次拒绝电脑，反而更加坚定了陈钢学下去的决心。

十年后的今天，陈钢仍然不会打字，但这已经不再重要。

陈钢在电脑应用上的“造诣”，足以让所有认识他的人瞠目；也着实让我们这些“80后”所谓的年轻人汗颜——浏览网页；收发E-mail；刻录网上下载的音乐素材；写博客；PS处理数码照片；自行打印照片；用专业的打谱软件Finale2004批改学生的作业。他甚至还通过Google的搜索结果作为依据，收回了不少“被遗忘”的版税。

当然，除了以上这些，还有那不得不说的MSN。

陈钢喜欢用MSN与年轻人聊天，有人说MSN是年轻人的专利。没错！因为在我们眼里陈钢本来就是个年轻人。他称自己是“八十岁的身体，六十岁的年龄，四十岁的容貌，二十岁的心灵。”当我们坐在电脑前看到从他的MSN窗口传来的是他信手拈来的一句句风趣睿智的话语时，我们感觉电脑彼端坐着的并不是一位伯父辈的老人，而是一位年龄与我们相仿的兄长。他那博古通今的知识，机敏的反应，前卫的思想，都让我们自愧弗如！他曾同时与五个人聊天，常用最时尚的话语回击我们对他的调侃，更能在针锋相对的对话中擦出灵感的火花！

通过MSN，日本的女大学生来了，德国学习小提琴的女孩来了，伊顿公学的乐团来了，美国的杜克大学学生乐团的指挥也来了；而其中，最为精彩的是他为女诗人王乙宴的诗集所作的序《一个绞弦的女人》就是在MSN上诞生的。

电脑被评为20世纪最伟大的发明，和音乐一样，它超越了年龄的制约，超越了国界的限制，超越了民族的隔阂，也超越了政治的分歧，如同窗户般，把身处世界各地的人联系在一起，让始终拥有儿童般旺盛好奇心的陈钢跨进了一个更为广阔和自由的天地；同时，也让世界看见了这位不算年轻的"年轻人"的彩色人生！

说了老半天，忽然发现理应自豪的"老师"我居然从心底崇拜着我的"大牌学生"！因为我本来就是陈钢的铁杆"钢丝"啊！

（**陈天恩：**陈钢现在的电脑老师，曾经的钢琴学生。）

第三章 陈钢与朋友们的对话

一个绞弦的女人

陈　钢vs王乙宴

还是同一张椅子，还是同一间屋子，还是同一个人——她，现在正坐在我对面。

十八年前，坐在我对面的，是一个才进音乐学院的“琵琶女”；十八年后，坐在我对面的，则是一颗诗坛新星。不过，她们是同一个人，只是换了个名字：前一个叫王智敏，后一个叫王乙宴。不知为什么，我老是记不住“王乙宴”这三个字。为了记住这个对我说来是不可理喻的三个字，我不得不动用了我的“特殊记忆法”：将“乙”联想成了谐音的“一”，而将“宴”字“译”成“饭局”；这样，我就干脆称她“一顿饭”了！

1986年，我才完成了小提琴协奏曲《王昭君》。曲中需要用一大段琵琶独奏，来刻画昭君出塞时遥望故土、梦萦家园、独操琵琶诉衷情的心境。

我，需要一把好琵琶。

千呼万唤始出来！我所期待的“好琵琶”终于来了——可被引荐来的竟是一个大学一年级的学生，一个“黄毛丫头”！我愣了一下，不由自主地脱口而出：“你会弹琴吗？”然后指了下钢琴。显然，这是一种不友好的挑剔，甚至接近于挑衅；试问，如果有人要求我来弹琵琶的话，我又将如何应对呢？

可她却点了点头，微笑着向钢琴走去；然后，从容不迫地弹了首莫扎特的钢琴奏鸣曲……

这是她给我的第一个惊奇。可那并不是因为她的琵琶，而是因为她的钢琴。我，

信任地将琵琶谱交给了她。

过了不久，小提琴协奏曲《王昭君》在上海音乐厅首演了。担任独奏的，是日本著名的小提琴家西崎崇子；而和她对应的琵琶，则是当仁不让的王智敏。当王智敏的琵琶声如同落雁般地自天飘然而下时，听众们顿时不由自主地将目光转向乐队，去寻找那位乐队中的昭君；而在她用“绞弦”随着乐队将全曲推向高潮时，大家就更为这位温文尔雅的姑娘的纤纤玉指中所奔泻出的、潮涌般的音响所折服。她和西崎崇子相和相应，共同唱出了一曲王昭君的人生咏叹……

我开始正视她了。

此后，我将她推荐到上海室内乐团任琵琶独奏演员。再以后，她毕业了，进入上海歌剧院，理所当然地将琵琶搬进了乐队。可是，过了没多久，她又理所不当然地将一捆文稿搬进了创作室。她，竟然成了“编剧”，而且是专业编剧！

这是她给我的第二个惊奇。

她不断地制造着惊奇。在“编”了几年的“剧”之后，又“编”出了一个女诗人——王乙宴，编出了她的第三个惊奇！

现在，王乙宴要将她的诗结集出版了，这可真是件可喜可贺的好事。按照乐坛惯例，握握手，鼓鼓掌，喊几声“Bravo”就行了，可这位女诗人却偏偏要找我这个非诗人来为她作序。如此这般，她就来到我从前的这间屋子，坐上了当年的这张椅子……

为了写序，我必须解读她的诗；可这又不像吃“一顿饭”那样简单，可以伸手取来。因此，除了用音乐家的直感，去感知她的“诗情”外，还要找一把合适的钥匙去打开她的“诗心”。于是，我决定与她作一次“诗的对话”，并约定在2004年4月12日晚上——网上见！

下面，就是我们那天晚上在MSN上的对话实录：

C（陈钢）：吃过了吗，“一顿饭”？

W（王乙宴）：才吃。

C：我正在看你的诗呢！

W：哪一首？

C：《巴黎之三》。

W：如何？

C：先别问我的“如何”，而要问你的“如何”！

W：？？

C：你先讲讲吧，讲讲你写诗时的心灵体验。

W：好，那我就“开讲”了！

这首诗表现了我纯情的一面。我对我之所爱，将永远怀着一颗处女般的心。这种爱是一种奉献，是一种孤注一掷的爱！

C：是的，我也感觉到了。特别是那最后一句：“一辈子过去了”，真是令人揪心啊！女人真是这样，将爱看成是"一辈子"的事，爱一次就是爱一辈子。多么的惊天动地！多么的壮怀激烈！多么的撕心裂肺！

W：不过，我可以爱，也可以不爱。

C：你的爱与不爱倒是黑白相异、泾渭分明呀！爱时会爱得死去活来，"死"字当头！不爱时掉头就走，甚至还要将之"埋葬"？！

W：我的诗中倒是曾经多次出现过"死"，如："让我死一次未来的死"，死可以代表/我当然有瘾"。

C：对死有"瘾"？可怕！你真可算是个"亡命之徒"了！！

W：我不会死。我的诗中不是写着："我仍年轻，我可以死九次"吗？

C：原来你是属猫的！那么，又有没有九条命死在你的手里呢？

W：其实，我的"不爱"也是有原则的。

C：是不是"灵魂走了，我也要走"？

是不是"不能遗忘，就埋葬它"？

W：我一直在为爱而战，可是屡战屡败！

C：你不会失败，但也不会成功。

W：我喜欢侵略别人，也喜欢被人侵略；我希望别人使明枪，但也不怕他们用暗箭。

C：好战分子！

W：其实，我写的东西，只是另一种层面的撒娇。痛苦也好，忧愁也好，只有在愉悦的情况下才会产生。

C："撒娇"这个词用得好，因为这是女人的专利。在"娇"的外衣下，可以撒泼、撒野、撒赖……

W：其实这只是一种女人的"作"，也是我的文学方式。

C：好了，我懂了。明天我来"开讲"吧！讲你的诗，谈你的人。在MSN上对话太快太短，明天，我会发一个长一点的E-mail给你，好吗？

W：好的，我等着。

第二天，我发出了一封电子邮件：

嗨，“一顿饭”，现在我“开讲”了！

对你的诗，我曾从词义、结构和意象等各方面来解读，但总是不能直到其位。后来，在偶然间，我找到了一把再也“简约”不过的钥匙——那就是“女人”两字。这两字足矣！

你，就是一个女人。当然，是一个非常女人的女人。你，虽然“在两个不同的地方”，却“永远梦见同一个天空”。你用女人的肢体写作，更用女人的心灵感悟。你借女人情绪化的特质，制造出两端极致——忽而鲜活热辣地狂奔乱舞，忽而又无奈无助地哀叹沉沦。你，还凭借着女性独具的敏感与细腻，如同绣花针似地从人生的斑斓色谱中，仔细挑拣出各种天光云影，描绘出各种幻象奇景……

在我眼中，女人，是天生的行为艺术家。她们有着与生俱来的、旋律般的肢体，而她们又用肢体来编织旋律，编织人生。

在动态的表演艺术中，女性所独具的、丰富的肢体语言，有着其“不可缺”之作用，在某些表现女性题材的作品中，这种作用尤为突出——譬如，俞丽拿在演奏《梁祝》的《楼台会》时那近似抽泣的表情；又如，夏小曹在演奏《王昭君》的《萋萋塞外》时那一步一顿的神态……虽然那只是些“可接受”的“动作微调”，但却从视觉上渲染与加强了艺术作品固有的感情内涵。

在静态的摄影艺术中，我们更可见到肢体语言的巧妙运用。如著名女摄影家王小慧的那些“花卉”作品，是一幅幅如同女性生殖器官的美丽视觉影像，光影之间，不仅是花朵与女性心灵之间的对话，更表现出女性美、人性美和那种内在的、不可名状的性灵空间和生命律动。

而你呢，在诗中，你一开始就直言不讳地宣告："我变成个软体动物/早月升起。"然后，用诗的语言，道出了身为女人的生命体验：

"破了/你破了我/柳枝执意不问我殷红的舌尖"

"我为自己铺一块草地/你打开我的腹部/取出我的处女的膜/一辈子过去了"

"百合花独自饮酒/我心跳/我怀孕/春暖花开"

"萨福的嘴衔着另一片嘴唇/死而复生的耳语"

……

对你来说，"体"与"情"是一对连体儿，你的诗也可谓女人的"情体诗"！这些几近直白的描述，不仅裸之以体，更是落笔于情。看！"一辈子过去了"，"死而复生的耳语"，多么地切肤！多么地碎心！多么、多么地沉重啊！

你的诗是有情的，多情的，深情的。你以女人特有的敏感和细腻，入木三分地刻出了一道道感情的波澜和伤痕。看！！

"一盏灯/一幕黑暗/一次他送她走"

——爱得这般生死诀别！

"我是你的妻/我藏在你衬衣的口袋里/藏在你透明的水瓶里"

——爱得那么小鸟依人！

"我即使改名换姓/也是你杀气腾腾的落笔"

——爱得如此死心塌地！

你的诗也是叛逆的！狂热的！！疯狂的！！！

"看我，看我，我仍狂热"

"让诗疯狂/我存在所以我卧倒"

"让所有的爱，情，还有爱情都毁灭"

"我打乱旧有的秩序，用力气把墙推倒"

其实，在你所有的叛逆、狂热、疯狂的背后，却全是那些看不见的无奈、无助、无望和深深的悲凉……

你哀叹道:“我是西风中任意行走的一株草”,你呼喊道:“我赤身裸体/我在爱你/却无法进入爱抚/我暗暗地用失血的唇分离拥抱的伤害”

你,是的,你是“一株草”,一株在“西风中任意行走”的小草。因为小,就可以任意摆动;因为小,更可以无法无天——结果,你用一颗小小的女人心,摆动着婀娜多姿的女人肢体,写出了一首又一首令人侧目的女人的诗……

“我在交响乐中写作,又在写作中放声尖叫”,你这样写道。

你,王智敏,可谓一只“诗性琵琶”。我们既可在你轻吟慢揉的琴声中,闻到女人香,见到女人心;又能在你狂拨乱扫的音浪中,感知内心惊涛骇浪般的女人情……

你,王乙宴,又可谓一个“琵琶诗女”。你将琵琶的四根弦,紧紧地架绷在心坎上,以诗语充作琴音,直勾横扫,抒情达意。有时,我们可以在诗中,听到“大珠小珠落玉盘”似的词语转动;有时,我们又可从诗的意象中联想到“弦弦掩抑声声思”的“琵琶悲情”。最为令人震惊的是,在你“大声叫嚣”时,在你写下了“我存在所以我卧倒”、“我用鲜活的颤栗直穿你们的骨髓”、“洗掉皮肤也洗掉骨头/我要水落石出”、“眼看着苟延残喘却让我魅魅魑魑还执意单刀赴会”和“我的飞扬跋扈终被凌虐成满地噙泪的珍珠”等这些满眼是刺的诗句时,我们似乎可以从“嘈嘈切切错杂弹”的琵琶声中,听到那“四弦一声如裂帛”的“扫弦”,和《十面埋伏》中描写刘邦、项羽垓下决战时,铁骑奔突、飞箭如蝗、剑戈相击、人吼马嘶的鏖战场面时所用的“绞弦”!!此时,诗声、乐声混成同声,声声有情,声声掷地,如懑、如怒、如湍、如瀑、如雷、如霆、如呼、如喊,真是一如那披发裸女在旷野里狂奔,在暴风雨中仰天长啸……

那么,你到底是谁?!

你不是王智敏吗?你不就是那“一顿饭”——王乙宴吗?!

你是王智敏,你也是王乙宴;你是一只“诗性琵琶”,你又是一个“琵琶诗女”。可是,你更是什么呢?

你,更是一个女人!

一个揉弦的女人!

一个绞弦的女人!

(此文系《一千年 一万年——王乙宴诗选》序言。)

视听艺术之间的通感

陈　钢vs陈逸飞

陈逸飞：陈钢老师，我对您的第一印象还得从《梁祝》说起，我母亲是个越剧迷，很小的时候，记得有一次她带我赶去看越剧电影《梁山伯与祝英台》，我急着赶路把腿都给磕破了。后来，当我听到小提琴协奏曲《梁祝》时，那优美的旋律立刻征服了我，在脑海里自然而然就浮现出一幕幕栩栩如生的画面。

音乐的魅力如此强大，它没有给人提供任何具体的画面，却让人拥有了无限的联想空间。一个人可以将他所有的人生累积融入其中，无限展衍……

陈钢：对！"无限"就是音乐与绘画得以对应的一个契合点，也是它们的灵魂。记得朱屺瞻老先生说过，绘画的最高境界是音乐的境界。而什么是音乐的境界呢？那就是无限的境界。所以，我很喜欢意大利现代诗人翁加雷蒂的一首诗："我用无垠把我照亮"。"无垠"就是"无限"。赵无极的无标题油画，就像我们的无标题音乐，那灵动的色彩和线条表现出音乐的律动和意境。作曲家罗忠镕有一个低能的儿子叫罗铮，他一听到音乐就能作画。他不能从1数到10，但却在听了他父亲写的四重奏后，用几种不同的色块记录下脑中的"音乐映象"。

陈逸飞：同样，音乐作品也能赋予我们视觉上的感受。我们都很喜欢音乐，并且认为音乐是有色彩的。譬如说，b小调是黑色的、悲剧性的；c大调是明朗的。俄国作曲家穆索尔斯基的钢琴组曲《图画展览会》，用音乐的手法再现了一幅幅画作中的精美构思和意境，给人以身临展厅的奇妙感受。法国作曲家德彪西，就像罗曼·罗兰说的，是一位“伟大的梦境画家”。他在音乐中表现出的那种神秘朦胧、若隐若现、虚无缥缈的气氛让人觉得像在欣赏一幅幅印象派绘画。试想，如果一个人从未看过印象派的画，对德彪西的音乐，对整个印象派的音乐就很难理解，就不可能把音乐和光、色更好地联系起来。

陈钢：对啊！这就叫做“有声有色”么！记得很多年前我读钱钟书先生一篇精彩的论文，叫《通感》。文章一开始就以宋祁的名句“红杏枝头春意闹”中的“闹”字为例，说明这是借听觉来强化视觉，这就是“通感”或“感觉的挪移”。

陈逸飞：“通感”，这个词太好了！就像在绘画艺术中我们会用“响亮的色彩”、“清脆的色彩”来形容某些画家的用色风格，而提起康定斯基的绘画作品，有人会将其称为“色彩交响乐”，这些都是“通感”的表现形式。您一语道出了我们今天对谈的主题。

陈钢：“声”、“色”相通，就像培根所说，是“大自然在不同事物上所印下的相同的脚迹”。还记得朱自清在《荷塘月色》里的那句话：“塘中的月光并不均匀；但光与影有着和谐的旋律，如梵婀玲上奏着的名曲。”你瞧，通感就像一座桥梁，从视觉上的印象自然而又自如地过渡到音乐的境界，他将这种感觉运用得多么出神入

化啊！

陈逸飞：其实现代大多数的科技发明都在围绕着“视”和“听”下工夫，比如说我们常用的通信工具手机，短短的时间里，在满足对话功能的同时，外型越来越小巧可爱，并开发出彩信、数码摄影和弦铃声等多种功能，谁提供给人们更多更好的视听享受，谁才能赢得市场；而我们熟悉的音乐电视，就是大家俗称的MTV，更是颠覆了人们所习惯的音乐生活，将人类的想象力运用到了极致，美轮美奂的画面、高科技的手法，抽象的音符变成声、光、影的视听大餐，给人们带来了最大程度上的满足。

陈钢：说到“MTV”，我有过一次实践，那就是日本小提琴家西崎崇子摄制的《梁祝》。我用“绿——黑——红”的色彩布局来表现“相爱——抗婚——化蝶”，同时用了许多空镜头——如用怪石象征恶势力，用石凳比喻楼台会，用闪电渲染哭灵投坟的悲剧情怀。

陈逸飞：说得很有道理！在科技的发展下，将视听艺术融合在一起，是我们艺术工作者应该具备的态度，不过这二者能否很好地结合在一起，就是一门不小的学问了。

陈钢：不久前，我观看了在上海大剧院演出的法国音乐剧《巴黎圣母院》，很有触动。这部现代音乐剧将舞蹈、杂技融入表演，移动变幻的布景使得建筑从“凝固的音乐”变成了“流动的旋律”，每一寸墙壁、每一块砖头都能散发出音乐的感觉，与其他视觉元素一起构成了一个律动的大舞台，表现出大幅度的感情空间。全剧的视觉效果绚烂瑰丽，视觉强化了听觉，充分揭示了音乐的戏剧性和戏剧的音乐性。

陈逸飞：对啊，从《巴黎圣母院》的成功中，我们可以看到艺术的表现形式其实是没有固有限制的。好的艺术作品，能够提供给人们广泛的视觉联想空间，满足不同人的审美需要。所以我认为艺术作品应该只有好与差之分，没有传统与前卫、落后与先进之间的差别。而现代人对于“视听”的这种需求，我们可以简单归结为追求“耳聪目明”的享受，想一想从前欧洲对于贵族的培养，也是从训练绘画、音乐等艺术素养开始，所以说无论社会怎样发展，人的这些基本需求是不变的。

陈钢：对！现代人的基本需求是“耳聪目明”，而我们的生活理当是“有声有色”！在视听艺术的融合过程中，同样要重视度的把握。同样是音乐剧，音乐和美术结合得好，其效果就是1+1>2，但如果视觉元素没有围绕音乐服务，那音乐作品的感染力就会弱化，而过分强调视觉的作用，也会使作品本体发生异化，这样的结果必然是1+1<2。所以说，我反对过分文学化地解释音乐作品，用具体化的视觉来图解音乐。

陈逸飞：嗯，那就像看图说话一样，很牵强。

陈钢：我也不赞成某些现代音乐离开了人和音乐的本体而过分追求形式上的标新立异。我在美国时，曾经在伊利诺伊大学听过一个现代音乐会，音乐会中抬出了冰箱、录音机等等，有唱有闹，参与感很强。听完后我们一起开了座谈会。我说首先你们大大拓展了音响的范围，包括噪音和各种具体音乐，就好像画家的调色板上多了几种颜色，这没什么不好。但是，我听到了很多音响，却没听到灵魂的声音。人才是音乐的主体，音响是表达主体的材料，它们的关系现在被颠倒了，也就是被异化了。

陈逸飞：在绘画方面也常常会碰到这些问题。20世纪是一个实验的世纪，现代艺术的发展对于绘画传统意义上的记载功能产生了巨大的冲击，与此同时，造型艺术中存在的视觉美在其他载体中得到了更大的发展。你看，我们有了照相机、有了电影电视、有了电脑，现在又有了发达的多媒体技术，科技的发展给艺术创作提供了无限的可能性，各种艺术之间必然会形成更多的交叉和互动。

作为一个艺术家，应该从现代生活理念出发，运用自己在造型艺术中得到的对美的积累，就像基因裂变一样，在各种载体中加以发展壮大。我强调在美术前面加一个“大”字，视觉前面加一个“大”字就是这个道理，实际上把艺术的含义变得更社会化，更宽广了。

2003年1月30日

（**陈逸飞：**著名艺术家。）

文化不会老

陈　钢vs石　虎

陈钢：我以前看过你的画，很欣赏你的字像石，你的画像虎。我特别喜欢你画中的变形和皴裂造成的肌理感。

石虎：我对音乐几乎一窍不通。

陈钢：音乐不需要“通”，你喜欢就是懂。我对画也是“一窍不通”，但是我很本能地喜欢。我喜欢马蒂斯、康定斯基和毕加索。还有赵无极的画。他的画，像我们的无标题音乐，是用作品某某号来标题的。

石虎：他是音乐性的美术。

陈钢：我记得朱屺瞻老先生说过，绘画最高的境界是音乐境界。什么是音乐境界，就是无限的境界。所以我很喜欢意大利现代诗人翁加雷蒂可能是全世界最短的一首诗：“我用无垠把我照亮。”我觉得绘画与音乐最重要的共同点就在这儿，都追求意境，追求“得意忘形”，意在笔先嘛；追求气韵生动。气是抽象的，中国整个哲学和文化都讲究“气”，京剧特别讲“精气神”嘛！？

石虎：生命就是靠“气”，一个人死了就叫“断气”。

陈钢：音乐靠什么串起来，就是靠这股“气”。音乐里有休止符，休止符里也有音乐，“气”还没断呢。音乐中间的休止符更是音乐的有机构成部分，是留白的地方。中国的传统音乐是单音音乐。一个单音就是一个小宇宙，一条旋律就是一道气流。

石虎作品之一

像古琴，一上来，就是通过吟、揉、绰、注，使摇摆的单音成为一个“活的、不断演变的实体”，周文中教授称之为“结构性偏离”。那种“音不准”是音高上的结构性偏离，而中国乐器上的“噪音”则是特有的音色上的结构性偏离。这是中西音乐两个不同的地方。写《梁祝》中“同窗三载，共读同玩”的段落时，曾经想加一组民族弹拨乐来加强它的轻快和弹性，但就是揉不进交响乐队，结果只保留了一个非它莫属、扣人心弦的板鼓。音乐与绘画中的“气”主要表现在意境，而意境是无法言传的。有个诗人讲过，凡是语言止步的地方，音乐就开始了。所以我反对文学化地解释《梁祝》。外国人谁也不认识梁山伯、祝英台，但一听就能意会到它的悲剧情景，而且，他们把它翻成一个很好的名字“Butterfly Lovers”，“蝴蝶情侣”，蝴蝶就成了“梁祝”的标志，我觉得改得很好，很传神，因为“梁祝”的精神就是化蝶——对爱的永恒追求。

石虎：我倒是经常也想进修进修音乐，学一学。有时候看看那些风情片，西方大师的音乐放出来，旁边还配些图画，在电视里演，有人走过来，还有小桥流水。但常常是一纳入视觉的图像后，我就觉得和音乐完全对不上，有这种感觉。因为在我看来，音乐，好像和美术一样，一定程度上也有某种不可翻译性。你若用具体化的视觉来图解音乐，很勉强，就像音乐图形一样，这边一辆马车赶过来，那边音乐在演奏着。我看后觉得对我也没什么启发。我想这种音乐教育是不是有问题呢，还是我这人老是入不了音乐的门。很有趣。以前也是这样。以前当兵的时候，总政歌舞团选一些战士要唱歌，想培养战士歌手，还给我训练小半年。后来文艺汇报演出时唱跑调了，太激动了，我看见总政歌舞团的老师龇牙咧嘴的表情，所以我这辈子与音乐……嘿嘿！

陈钢：所以你也是结构性偏离。

石虎：偏离得太远了。不过你刚才讲的我很感兴趣，就是说中国的音乐是单音音乐，这很有点像中国的汉字，它也是单字，但它一个字本身很完整。你想象一下以前那个磬，"当——"，一个音下来，你要解剖，它是有头有尾、有起承转合、看起来是一个单音，其实是一个宇宙，是一个完整的生命。所以中国的艺术，音乐、汉字包括美术上的东西，它有一种"道"性，就是说，一个构成本身，它既能连接，能够构建，本身又具有一种完整的生命。像我们画画一样，用这根线条画这个人，这个人要好，同时这根线条也要好，如果这根线条拉得不好，那老师就要告诉你，你这根线没有骨法。它非常讲究微观，讲究一个本体的完整。这里面有很深刻的东西，不应该把它泛泛地看成是不科学的。我自己在做美术的过程中体会到一点就是对中国艺术的思考，如果你按照西方的逻辑，大体上会遇到很多问题，会搞不通，但如果按照自己的"道"来解释，就会很通。前些时候画坛上有"笔墨等于零"的争论，另一方的观点是"线条是本，要守住底线"，两位老先生，一位是吴冠中先生，一位是张仃先生，争起来。其实在我看来，这种争也没什么太多必要，因为这是东西方理论在打架。按照西方的美术理论来说，你一根线条是局部，应该服从整体，对不对？你整体不行，单独一根线条是没有意义的，所以线条等于零了。画素描的时候，一根线条画得不准确，要擦掉，哪怕它单独看来是那么好。中国画呢？中国画特别是不能改。这一笔下去，你说你擦了，这不行。你看汉代人的画像石，汉朝都喜欢弄画像石，现在都出土了，那些画像石基本上是工匠画的，它那些线条，你能看出来，没有停顿，一口气就画下来，非常流畅。再看楚国有些漆器也是这样，中国古代出土的这些东西，它们的线条花纹都有一个特征，它都是不修改，打草稿一样很流畅地出来的，都是足够到位。一直到后来的宣纸，中国画的传统也是这样。为什么中国人画画是这样的：拿起笔来就画，画完了不改。画画怎么能不改的呢？怎么能够一口气贯下来呢？我有次在欧洲，一个得奖的画家和我聊天，他就问我这个问题，这是很难讲清楚的。这是东西方文化很大的分歧：看起来它很近，其实它很远。当然也可以反过来说，看起来它很远，其实也很近。按西方理论来说笔墨等于零，按照中国画论来说，如果你这一根线条拉不好，可以这样说，你的所谓气、所谓韵、所谓神全都不可能的，就是要靠这一笔下来。甚而至于中国人画画，都要有点像孔子说的那种沉醉状态，就像原始人跳舞，没有规矩而能与神言。其实歪一点，斜一点，正确不正确，最后都很神圣。越现代的东西，常常与越古远的东西遥相呼应，这是一种"远缘交配"。

陈钢：我们常常用西方的思维定势去规范中国的美学特色，在我们音乐界也是如此。譬如说，唐朝以后的中国音乐实际上是绝响，因为音响已经没有了，留下来的只是敦煌古谱。那些文字谱里，音高是有的，但现在争论的就是节奏。很多人写了很多论文来论证它的音值——有的说这个音是一拍，有的说是一拍半……我说你们根本就没必要争，因为你们的思维是定性定量的思维，而中国的艺术是不定性不定量的，所以即使是作者，每次的演奏也都不同。这种即兴创作就是一种很有生命力的表现，一直不断地在创造。梅兰芳在美国演出《刺虎》时，一个美国人尾追着他，场场都看。他提了一个问题，他说梅先生，怎么你每次演的不一样？这就是中国艺术的奥妙，它永远在一个创造状态中。

石虎：以前接触过搞音乐的人，他们也跟我讲，西洋乐器按下去的音很科学，按在这就是这个音，按在那就是那个音。中国有时候是手的动作决定这个音，因为没那么多眼儿，或没那么多弦儿，很多东西都是感觉，从艺术上来说，这和绘画和诗文都很相通。

陈钢：是呀。比如说手按一下，揉一下，滑一下，就会产生"结构性偏离"。但这种"偏离"是一股气里的波动，比如阿炳《二泉映月》第一句，三个"La"是一个音，但表现了一波三折，似断实连；如果拉得很平顺，就反而是似连实断，没气了！

石虎：完了，灵魂都没了。

陈钢：中国音乐的节奏也是一股活的气流，气流的波动构成节奏的弹性。京戏里讲究"尺寸"与"劲头"，尺寸就是不定量的弹簧式的节奏。所以我非常反对那种卡拉OK式的戏歌。因为它把节奏规范化了，僵化了。京戏里表现"劲头"的重音也是灵活的。像《梁祝》"抗婚"中用了越剧嚣板的紧打慢唱，很多重音都出现在弱拍位置，这叫弱者强之。

石虎：其实音乐方面我能够讲的东西很少，只不过在绘画方面也常常想到这些问题。想到中国人的艺术和民族，音乐、诗文、绘画，它背后都有一个东西，那就是中国的“道”。但现在都不讲“道”了，那讲什么呢？讲哲学。好像哲学就是真理。我认为不是这样。哲学是西方来的概念，中国人原来总结问题的方式不是哲学，是“道”。中国的东西如果一定要用哲学来解读，最后变成朴素的唯物主义，这就变得很低，也不实际。比如说今天我们谈中庸，什么是中庸呢？现在人说折衷就是中庸。比如说你别过火呀，稍微中庸一下。中庸庸俗化到了什么程度？我以为人类的艺术研究，不可以成为狗熊掰棒子，就是说我们全都掰了，搁在这儿，等于丢了，年轻人再去摘新的棒子，一代一代下去就成了狗熊掰棒子。但人类的因袭性，它的发展不是这个样子的。西方现代主义，拿毕加索，拿这些个奠基的现代主义大师来看，他们的艺术也是对原始文化的一种回归，一定程度上是回归原始文化。可以说欧洲美术发展到浪漫主义的时候，因为他们实力强，跑到南太平洋、跑到美洲、非洲跑到中国，看到了很多各民族的原始文化，觉得很有意思。其实现在也被证明了。美国博物馆出的那本画册，都是一页是原始文化，再一页就是毕加索，一页是爱斯基摩人，那一页是米罗。他们的来源就是这样子。

陈钢：这是生物学上的远缘交配。音乐上也是这样。20世纪初期，像斯特拉文斯基的舞剧《春之祭》，演出时闹出一场风波，观众当时都不能接受，他从窗子里逃出去，但第二年就成功了。它就是用原始主义的，初民的强烈的节奏。所以越现代的东西，常常与越古远的东西遥相呼应。这也是一种“远缘交配”。

石虎：所以如果要按现代主义发生的这个道理来看，我们现在中国艺术的发展不要老跟着西方人走，那边很观念，我们也观念。1985年我在美术界唱过一个反调，就是中国的这场运动是场牛仔裤运动。西方人穿的牛仔裤不要了，我们中国人拿过来。中国的美术和西方的不一样，我还是学西方美术的，但是我学完了以后，觉得中国艺术家要想到达尖端，老实说，得要拿出自己的东西来，就是说要以我们民族文化作为根，作为背景，才能对世界文化作出贡献。所以说，你有点特点，或有点特殊性，再换个词说你有点价值，一定是中国的东西，仿西方的东西人家看也不要看。音乐我也不是很懂，所以也希望……因为中国古老的东西，传下来的，没有像美术这么多。

陈钢：音乐唐朝以后就绝响了，只有文字，没有音响。但我们还是可以从中感悟到中国文人音乐中的人文精神和美学思维方式。中国的问题就是这个问题。就是我们的艺术和我们的生活和我们的生命有时候没关系，长了以后自己都没感觉了。

陈钢：在“文革”中，以为再也不会碰音乐了，所以弹钢琴的学会做家具，我呢，学会了针灸，而且居然一针治好了周小燕十三年的腰病。针灸里就有中国文化——讲究平衡，也就是中庸之道。按照托尔斯泰的讲法，在艺术中间最难把握的就是它的分寸感，分寸感就是中庸之道么！20世纪很多现代艺术实验我觉得是需要的，也是必然的。特别在学院里面。但作实验必然极端化，从两极发展，可做艺术时就该取中间一段，取一个中和的结果。两头走到极端都走不通的，你必须分寸感。现在我们很多人走的，就像石先生讲的，是西方很久以前走的路，就像我们现在不少中国先锋作家，是在东方主义的指导下，来写西方人眼中的中国。他们在西方打中国牌，在东方打西方牌。而我觉得应该把东西方交汇在一起。针灸里有一个穴位叫“三阴交”，就是三条阴经，肝、脾、肾相交的地方。你一打这个穴位，这三条经络就全起作用了。那我觉得，我们现在的任务就是要找“三阴交”，因为，第一，你首先要承认东西方是两个不同系统，不要用西方的标准去规范东方。第二，你要把它们合起来，要找

石虎作品之二

出这个"三阴交"。因为我们都是人嘛，人是个大前提，我们要表现的就是人性和人情。但我们又是不同民族，不同文化的个性相异的人，因此同时要表现出特性。这叫和而不同。我想《梁祝》这只蝴蝶能够飞舞了四十多年，就是因为找到了"三阴交"，找到了四个汇合点：第一，中与外。我们是用了中国的题材讲中国人的故事，而且着重表达了中国人的意韵。但你必须在一个共通的国际平台，用一个共通的国际语种来与世界对话。在对话的同时，我们又必须有自己特有的语调、词汇和特有的东方意韵，这是第一个汇合点。第二，古与今。我们写的是古代题材，但是我们完全是用现代人的感觉来解释，而不是制作一个古色古香的古董。这就是为什么现在人听的时候还能激动的缘故，也就是为什么外国人在听了《梁祝》后流着泪经久不息鼓掌的原因。因为他们听到了人类永恒的主题——爱与人性。第三，雅与俗。我们现在很多文化都在走向圈子化，圈子越走越窄，特别是诗歌，我是开玩笑，现在诗人比诗歌多。也许他们认为圈子代表"曲高"，可是我想写得很雅，雅得别人听不懂并不难，俗得俗不可耐更不难，难的是雅俗共赏。艺术作品能够雅俗共赏，多一点人喜欢不是很好吗？关于现代音乐问题，我在美国时，曾经在伊利诺伊大学和他们有一个讲座。他们请我听一个现代音乐会，音乐会中抬出了冰箱、录音机，每个人都挂个牌子叫"join"，你也"join"我也"join"，参与感很强，有唱有闹，什么乱七八糟的声音都有。听完以后我们一起开了座谈会。我说首先你们大大拓展了音响的范围，包括噪音和各种具体音乐，因为从前音乐的调色板上没那么多颜色，你们增加了音乐的颜色，这很好嘛！颜色没有好坏，材料越多越好。但是我觉得有三个问题，第一我听到了很多音响，但没听到人的灵魂的回声。

石虎：嗯，这完了。

陈钢：因为不感动。我是说，你可以用各种声响，好听的难听的都行，但必须演化为人的心声。第二，人是音乐的主体，音响是表达主体的材料，它们是主客关系，但现在被颠倒了，也就是被异化了。我听到的是音响，而不是音乐。

石虎：这是异化的声音。

陈钢：我还说了第三点。我们应该讲一点接受美学，所有的艺术都是一种信息，都需要反馈，不能停留在自说自话、自鸣得意、自得其乐上，这其实是一种自慰和自悲的表现。特别是音乐，你必须要有反馈，音乐是一种“空框结构”，必须通过演奏家的“演奏反馈”和听众不断更新的“听觉反馈”，才能完成作品创作的全过程。我到现在为止，还觉得自己的观点是对的，就是说艺术是写人的。现在我们很多学生还在算，就是用序列音乐排出音律然后试各种可能，运用电脑全都可以做，为什么要人做呢？所以说现在的艺术都危机了。

石虎：这个问题其实挺深刻。在美术界也一样。中国文化是个生命件，它要发展新生命的时候，一定是有连接的。我是到五十岁以后，特别感觉到中国画，可以说是这个世界的未来文化，很多东西是中国人自己抛弃它的。比如说“四王”，以前说是僵死得要命，怎么怎么不好，扬州八怪怎么怎么好，现在让我看，“四王”还是高，扬州八怪还是不怎么样。问题在哪呢？中国画本身有一个生命在，你不能光从人文角度，从政治经济学、社会发展、革命进步那种角度讲，艺术本身它还有一个内在发展规律。其实我一直耿耿于怀的就是，中国人的艺术啊，有艺术没艺术呢？有艺术，但就是没心。这艺术是谁的艺术呢？是人家的艺术。所以我认为现代艺术应该是什么呢？应该是属于我们中国的、贴近我们中国人心的未来艺术，这叫现代艺术，这叫前卫。如果你这颗心学着洋腔洋调，就好像“南京路上好八连”赵大大举起手来说“拜拜”，这手他举得不舒服，就是“拜拜”这种形式，不是赵大大这颗心的形式。中国人现在搞的某种艺术忘掉了一个龙人心性，就是艺术本身灵魂中的灵魂那个东西。中国这么大一个民族，这么聪明，有这么悠久的文化，为什么我们的文化不能和我们的心性贴得更近一点？就这个问题。你拿这次申奥成功庆祝晚会来说，请了些歌星来唱歌，然后体育明星来讲讲话，包括体育官员也讲话，整个联欢晚会我看完以后，我想中国开这个体育盛会需要什么呢？需要庄严！可是那些歌星扭屁股加上靡靡之音这种，你说偌大的中国找不到庄严的旋律和歌曲？那些体育明星本来不会唱歌，也学着那种流行音乐哼哼唧唧，哼哼唧唧，结果怎么着？原来他那种英雄形象，一唱就全没了。

陈钢：什么都有，就是没文化。

石虎：所以我说中国的问题就是这个问题。就是我们的艺术和我们的生活和我们的生命有时候没关系，长大了以后自己都没感觉了。你刚才谈的我都很同意。就是说找一个三阴交，这个东西比较有意思，它是找一个通点。就是说我们了解了东方，了解了西方，我们学了那么多东西，最后我们要找到一个贯通点。贯通就是说它本身是民族的，也是世界的，对不对？如果我们的艺术，搞到最后，让我们中国人的心性别扭，很不自然，就像刚才我举的例子，赵大大举起手来说“拜拜”的时候形式不大对，就勉强、尴尬了，这时候就不是我们中国人真诚的艺术了。以前“文化大革命”时，批判孔夫子，我那时候才看“四书”，因为不看就没法批，不然还没机会看“大学”这些东西，一看就发现孔夫子的东西，其实是很自由的。后来让朱熹他们一解读，到后来孔子庙那么一盖，我一看，就觉得这孔府的精神不是孔夫子。你想孔夫子当年编《诗经》，第一首就是“关雎”，“君子好逑”，这是很人性的一种东西，这种思想是非常浪漫的。它很自然。现在特别是我们的经济在崛起，中国人的精神要想像经济一样站立起来，我觉得需要很大的反省。经济崛起容易，但文化的觉醒特别是文心的觉醒我以为是个大问题，就是我们除了学到的东西以外我们还失去了哪些东西、我们应当给予我们辉煌的文化什么样的精神，我们应该给世界什么样的中国文化，这一系列的问题都是21世纪的重大文化命题。中国需要一些伟大的东西。

陈钢：现在我们提出科技兴国，我记得蔡元培在很早，1917年就提出“美育救国”，我觉得这是一个更高的层面。当一个人的思考从科技提高到美育的时候，这个国家整个的文化背景和文化实力就不一样了。我最近看了一个材料，它论证了世界上很多经济和政治上的较量最后还是要归于文化的较量。比如日本人的集体主义团队精神，使他们在制造业上空前发达，但是他们的汽车做不过德国，手表做不过瑞士，因为日耳曼民族具有精密制造的文化精神。在创造性方面也比不过美国，美国可以出比尔·盖茨，日本出不了。别看美国人吊儿郎当的，他们从小培养创造性思维。所以最后的较量是文化的较量。

石虎：但这个文化不是时尚文化。我对时尚这两个字，感觉很复杂。一提时尚，好像大家都要追求，实际上时尚里面有很多是属于糟粕。什么东西一说时尚，好像大家都不敢反对。

陈钢：打扮可以去时尚，文化怎么时尚？不过现在的确盛行“时尚文化”，应时的节庆晚会，无聊的快餐文化，比比皆是。其实我们有那么多遗产，上海就有值得骄傲的“海派文化”，为什么不积累不继承不发扬呢？真可谓是数典忘祖了。

石虎：中国画就是这样，你这一笔他就能知道你这画好不好。你这一笔的气息，你的智慧和个性全都反映出来了。中国画就是这样的，不是你最后弄出来一个轮廓，这个轮廓好。中国画以前有什么轮廓呢，都是写意画，没有轮廓的，全部的内涵都进入到笔和气，进入一种混沌，这是很高的道行。艺术有时候不能给一般人看。

陈钢：马克思讲过，音乐是给学过音乐的人的耳朵听的，至少是给有文化素质的人听的。这才能共鸣，共鸣一定要有文化了才有共鸣嘛，才能让他再创造。

石虎：我认为，即便是在当时，屈原的东西也不是人人都能看懂的。

陈钢：你知道文怀沙吗？他是我爸爸的好朋友．人家叫他现代的屈原。"文革"时被关在监狱。江青本来是让他出来了，他写了一首诗，给姚文元看懂了。是骂江青的藏尾诗，差点把他给毙了。我每次见他都有一个感觉，我所见到的不是一个古董，而是一个不老的精灵。我每次去都带个录音机，录下他吟诵的唐宋诗词楚辞。当他吟诵的时候，你就会觉得他离得你又很远又很近。他也很现代，非常有激情。他是个承载几千年中国文化的现代人。他今年九十岁，可你会觉得他只有十九岁，这是为什么？因为，他有那么厚重的文化，而文化是不会老的。

石虎：文化不会老这句话非常正确。现在的时尚是什么？十年就是一代人，我觉得这是猪的逻辑。这个世界的博物馆是干什么的，每个人在博物馆里看到埃及文化、中国文化都会肃然起敬，按照这种说法博物馆就要烧了，按照一代比一代强的逻辑，几千年前不就是更落后了吗？现在的时尚思想是在流行歌曲里最有体现的，我对此很有看法。像那首歌，"你不当兵，我不当兵，谁来保卫国家？"你当过兵，我也当过兵，我们从前当兵是义不容辞，是一种英雄主义、爱国主义，现在"你不当兵，我不当兵谁来保卫国家"，思想已经降低到这个程度了！接下来是"回家看看"，历代都是鼓励人三过家门而不入，大公无私，毛泽东时代叫"斗私批修"，总而言之个人的东西不要那么大声唱，现在要常回家看看，这歌还得奖。这种精神，我都怀疑，其实已经放弃了文化。近几十年，我认为，想找一个庄严的声音都难，就像那台晚会。

陈钢：所以这是个很大的问题。前一段时间美国的一个唱片制作人到北京来，想找一些中国的声音，有人给他听一个中国青年先锋派作曲家的作品，他没有要。说，中国需要一些伟大的东西。什么是"伟大"？我举个例子，英国《泰晤士报》前几年做过一个调查，这个调查范围是非常广泛的，老中青都有。题目是：你认为最伟大的戏剧是什么，最伟大的小说是什么，最伟大的电影是什么，最伟大的流行音乐是什么，最伟大的绘画是什么，最后答案几乎是一致的，很奇怪吧？最伟大的小说是《战争与和平》，最伟大的电影是《公民凯恩》，最伟大的音乐是《贝多芬第九交响曲》，最伟大的绘画是米开朗琪罗的西斯厅教堂顶画，最伟大的流行音乐是猫王，最伟大的戏剧是《哈姆雷特》。什么叫伟大，什么叫经典，这就是。我们为什么没有这样的东西？最可怕的是我们没有这样的意识，我们不追求崇高，不追求伟大，就是追求“回家看看”。放弃文化，放弃了人文精神，怎么能产生伟大？傅雷是一个大翻译家，培养儿子当钢琴家，至少可以送到音乐学院。送到法国留学，对不对？可他不，他自己教他语文，找一个老师教他钢琴，找另外一个老师教他数学，再找一个教他历史，完全是中国私塾的办法。傅聪老是喜欢偷听他爸爸和朋友之间的谈话，特别喜欢李后主的词，最后傅聪得了奖，我说他得的是李白杜甫奖。最有意思的是他还得了玛祖卡奖。玛祖卡是波兰的民间舞，等于我们的秧歌舞，结果被中国的傅聪拿走了奖。我说，他是把李白杜甫放进玛祖卡里面去了，把东方的诗情画意融进去了，弹出了高于玛祖卡的玛祖卡。可是你知道，傅雷是怎样教导傅聪的？他对傅聪说：第一，你是个人；第二，你是艺术家；第三，你是音乐家；最后你才是钢琴家。这是非常深刻的。我们现在全部倒过来了，第一他是音乐家，他的手指可能弹得很快很响，但他不一定是音乐家。推而言之，他不是艺术家，对戏剧文学绘画一窍不通。再过来，他还不是一个很健全的人。所以我想，艺术家首先应该是个人，一个活生生的、热爱生命的人，一个有文化、有精神的人。这样，你就会永远年轻，因为，文化是不会老的。

（**石虎：**被称为“画家中的画家”。）

爵士和秧歌

陈　钢vs黄　璟

时间：2005年5月28日。

地点：上海音乐学院陈钢工作了几十年的琴房。

背景：

陈钢，1935年生于上海，中国当代著名作曲家，全国政协委员，上海音乐学院教授。

早年师从父亲陈歌辛及匈牙利钢琴家瓦拉学习作曲和钢琴。

1949年，仅14岁，即投奔部队，演出了"陈记三毛从军记"。

1955年考入上海音乐学院，师从丁善德院长和前苏联音乐家阿尔扎马诺夫学习作曲和音乐理论。

1959年，与何占豪合作完成小提琴协奏曲《梁祝》，从此蜚声乐坛。

主要作品有《苗岭的早晨》、《阳光照耀着塔什库尔干》、《金色的炉台》和《王昭君》等。

出过三本散文集：《三只耳朵听音乐》、《我和蝴蝶有个约会》和《蝴蝶是自由的》。

编过两本书：《上海老歌名典》和《玫瑰玫瑰我爱你——歌仙陈歌辛之歌》。

黄璟：做这个采访又要你回忆许多往事，真觉得过意不去。

陈钢：没关系的。虽然往事并不如烟，但毕竟是"俱往矣！"（微笑），只是作为历史的见证人，我觉得还是有必要来吐一吐过往的烟云。

黄璟：现在不少年轻人都在感叹往事如烟了。

陈钢：年轻人还才开始，哪来那么多"往事"呢！像我们这样被烟熏得色彩斑驳的人，也还从不轻易感叹，而那些年轻学子们却经常说："我们孤独啊，迷茫啊，郁闷啊，失落啊……"我说，你们真幸福，还有那么多时间去孤独，去迷茫，去郁闷，去失落；而对于我们这代人而言，根本就没有时间去享受感叹，更没有条件去挥霍放纵。不过我也理解他们，孤独和迷茫是中国当今年轻人的一种时代病、时髦病。他们没有明确的价值取向，关心较多的可能就是钱。可是，光有了钱，并不一定能让一个民族在精神上富有呀！

黄璟：请你谈谈你的现状，在忙些什么？

陈钢：我今年4月才在重庆开了两场音乐会，一场是《红色小提琴》，另一场是《玫瑰与蝴蝶》。《玫瑰玫瑰我爱你》是我父亲陈歌辛创作的最著名的歌曲，是中国第一首走向世界、在1951年荣登美国流行音乐排行榜榜首的流行歌曲。而我与何占豪合作的《梁祝》，则被认为是华人交响乐走向世界的一首标志性作品。国外将《梁祝》称为《蝴蝶恋人》，蝴蝶就是梁祝的象征。我为什么要办这场音乐会呢？主要是想通过"玫瑰"与"蝴蝶"，通过父子两代人的音乐历程，来回顾百年来的中国音乐和百年来的中国命运。因为，我们的命运是与国家紧密相连的。我们是中国音乐的奉献者，同时也是中国历史的见证人。我们在动荡中历经磨难，但是，作为幸存者的我，依然热爱祖国，笑面人生。我觉得这场音乐会是很有意思的。特别有意义的还在于，我们在音乐会中提出了一个命题：如何唤醒与重建我们的城市文化。我们国家的经济正在飞速发展，跑到浦东去看看，高楼林立，大桥横贯，完全是一派现代化大都市的风貌，但是现在要提出一个问题，作为现代化的国际大都会，我们需不需要城市的文化？因为现代化一定是与城市文化联系在一起的。一个现代化的城市，如果只有它的建筑风貌而没有它的文化记忆，那将是一个残缺的、没有历史的城市。打造现代化的高楼大厦，只要有钱就行；但文化是不能打造的，它必须在一定的土壤和一定的空气下才能培育成长，开花结果。那么，在历史上我们有没有一个城市文化的参照系呢？我们中国从春节晚会开始，包括张艺谋在雅典奥运会闭幕式上主创的八分钟短片都不是城市文化，而是几千年农耕文化的延伸，不是说农耕文化不好，它是我们的一笔历史财富，但它不能代替城市文化，不能表现现代化的中国人。

黄璟：刚才提到城市文化的参照系，在你看来什么是这个参照系？

陈钢：我们曾经有过，就像20世纪三四十年代的上海。三四十年代的上海是一个什么样的概念呢？它是当时中国的政治、经济和文化中心。政治上，国民党、共产党、青帮红帮全部在上海。经济上，上海当时的银行比英国还多。作家张贤亮去巴黎时曾考察过，当时巴黎豪华酒店中的卫生间是在走廊里的，而上海国际饭店的洗手间，却已经是安放在室内的。从这个小小的例子中，我们就可以看出当时上海经济繁荣的程度。在文化上，更是了不得啊不得了！所有的文化门类，从文学到电影，从美术到音乐，出现了多少巨人巨作！中国第一支交响乐团、第一所音乐学院、第一所画人体模特儿的美术学校，全部都是在上海诞生的！我们的电影与爵士乐跟国际上只差十年。那时上海的经济与文化是先进的，是与世界同步的，是真正的城市文化。这就是我所说的参照系。我们应该参照自己原创的、特有的城市文化遗产，那就是海派文化。它就像茅盾在小说《子夜》里写的光、电、热，它勾画出的是这么一个国际化的大都会，而不是农耕文化格局里的城市。我在凤凰台的《世纪大讲堂》访谈里也讲到了这个问题，讲到了上海的海派文化。我举了个例子说，1981年我去过美国的爵士乐的发源地新奥尔良，汽车在高速路上飞驶的时候，我突然想到了一个问题，爵士是黑人的民间音乐，它为什么能从黑人传到白人，直到走向全世界；而我们的秧歌舞也是民间音乐，却为什么很难走向世界？当时，我突然从高速公路引发出一个可能是不太贴切的联想。高速公路的特点是只能向前不能向后，而20世纪就是一个高速向前的时代，只能向前不能向后。爵士乐呢？它的特点之一就是有着不断推前的切分节奏，而它正好是跟时代的步伐相吻合的，所以能为这个"节奏的时代"所普遍接受；而我们的秧歌舞特点是进一步退两步，这是农耕文化的速度，而不是工业时代的节奏，所以很难跨出地域，走向世界。

黄璟：你这么一说还挺形象的，这个比喻很有趣！

陈钢：哈哈，是吧？！当然，秧歌舞也很好，是一种有我们中国农民特色的舞蹈，我自己也扭过秧歌，但这种进一退两的步伐，可能与当今的时代节奏不太协调。我这么说，不一定是一个恰当的比喻，但我想说的是，一个民族的文化要走向世界，它必须要有一个与世界相通的平台和与时代同步的节奏。爵士音乐能走向世界的原因之一可能就在于它有着与20世纪同步的、一往无前的节奏，而20世纪又正好是一个节奏的时代，飞速行进的时代。那么，上海三四十年代的老歌呢？上海那时候出现了那么多流传至今、经久不衰的经典老歌，这些歌一直到今天还活着；而我们现在出产的无数的口水歌式的流行曲，却像流星一样，一闪即过，没有在历史上留下什么痕迹。我在编纂《上海老歌名典》时，为什么用“老歌”二字？那正是因为老歌不老，青春常在呀！因为它包含了深厚浓重的文化和历史的含量，歌曲琅琅上口，而歌词也写得像诗一样美。可现在的某些“口水歌”，不但文理不通，而且音不入调，连搞了几十年音乐的我都唱不上来，我不知道这是我的倒退呢还是时代的进步？！

我现在只能做我所能做的事情，宣传我认为我们应该提倡的主流文化。每次我们演出《红色小提琴》时都很受欢迎，场面感人。所谓红色小提琴，一方面是指我们曾经度过的那个革命的年代，激情燃烧的岁月。在那个时代，我们燃烧的激情是真实的，这是一面。另外一面，则是指“文革”那个特殊的年代。那是个黑色的年代，是一个没有“阳光”、没有“早晨”和“金色”的年代。但就是在那黑色的日子，我们还是通过音乐散发出我们心灵的红色，呈现出我们心灵的金色、早晨和阳光，写下了《金色的炉台》、《苗岭的早晨》和《阳光照耀着塔什库尔干》这些作品，这就是理想和精神。我觉得中国现在什么都有，就是缺少精神。一个国家，一个民族，假如没有精神，没有文化的支撑，那它一定是很脆弱的，最多成为一个貌似强大的“跛足巨人”！

20世纪三四十年代的上海是一个国际化的大都会，充满了世界百花园的芳香。张爱玲有一篇文章讲，香港的橱窗虽然琳琅满目，很漂亮，但却没有从前的上海有味道。关键词就是这“味道”二字。现在我们什么都可以打造，可以很快地打造出一幢幢漂亮的大楼，一座座跨江的大桥，可就是打造不出味道！味道，是一种几十年里酝酿成的“气场”，是历史留下来的人气、地气、文气的结晶。这可不是说要造就可以打造出来的！那时的上海有海纳百川的气度和自由竞争的土壤。我们现在说要重现当时的海派文化是不可能、也是不适时的，但是我们要借鉴当时的上海，这也就是我所说的参照系。为什么王家卫以我父亲的歌曲《花样的年华》拍的同名电影《花样年华》获得成功，因为王家卫从小在上海长大，而《花样年华》就像当年的上海。而现在上海反而不像当时的上海。王安忆写《寻找上海》，她考察了很多地方，结果她提出一个问题：上海在哪里？上海好像不在这里嘛！后来我去香港和台湾演出时感觉，似乎当年的海派文化已经南迁到那里去了。现在，在上海找演老上海的演员还真是难找，虽然很多人长得都很漂亮，可就是没有那个味道。上海当时的城市文化、文人文化，在以农村包围城市的革命过程中被中断了。民俗文化和民间文化代替了城市文化、文人文化，成了中国的文化主流。而当新时期来临后，就会产生一个新问题，也就是会明显地感觉到一种城市文化的失缺。

黄璟：那在现在这个背景呢？

陈钢：我们现在有了一个好条件，WTO以后我们进入世界大家庭，必须面对世界的游戏规则，在这个规则的制约下进行文化运作。奥运会要来了，世博会要来了，我们拿什么东西出来展现现代的中国呢？过去拍上海的电影，从《上海滩》到《摇啊摇，摇到外婆桥》，都是把老上海拍成了舞女加流氓，这至少是个误导。老上海的确有舞女和流氓，但那不是上海的主流。上海的主流是什么？它是国际化的大都会，它是现代城市文化的发源地，同时也是中国文化精英的聚集地。而三四十年代的海派文化是属于上海、同时也是融入国际的。它有悠久的吴越文化"衬底"，同时又融入了国际的高雅文化、情调文化和多元文化。李欧梵在他的《上海摩登》中有一段很精辟的分析。他在讲到张艺谋的《摇啊摇，摇到外婆桥》失败的原因时，用了四个字：农民文化！也就是说，张艺谋是用农民的眼光来看城市的。我也很担心他再用农民的眼光来看奥运。我们现在缺少既是中国、又是国际的原创的城市文化，原因就是没有找到城市的语言和城市的灵魂。

黄璟：请谈谈作为三四十年代中国音乐人的你的父亲对你的影响。

陈钢：那个年代是中国大师辈出的年代。在我眼里我的父亲是一个有修养、博学、热爱生活、充满活力、创造力的天才和全才，他不仅精通中国古典文化而且掌握当时国际先进的东西，具备与世界沟通交流的能力和语言，他作曲、写词、写诗、写文章，还掌握几门外语。他给我的更多是概念上的教育。他要求我们先做人再做艺术家，要贯通中西、融汇古今，吸收各种流派，用“三只耳朵”听音乐。他一直走在时代前列，但也一直不被理解，去世的时候才四十六岁……我呢，只能算是那个年代的一条尾巴，同时在血管里流淌着父亲的“基因”，可谓是海派文化一传人吧！

现在，中国的文化界提出了这么个问题——为什么三四十年代中国出现了那么多的大师？而我们现在出不了大师，倒是出了很多饭馆酒店里的“大师傅”？！我想，这大概也是因为时代需要吧！因为现在是个准消费时代，肚子消费需要烹调大师傅；就像三四十年代的上海，十里洋场，土洋混杂，同样是应运而生，才出现了鲁迅、刘海粟、张爱玲等这一批大师一样。但不可思议的是，过去一方面有好莱坞，但同时也有阮玲玉；而现在一个小燕子、一场超女，就可以把十几亿中国人弄得团团转。这倒是很值得思考和回味的现象！

黄璟：你自己怎么评价《梁祝》与《王昭君》？

陈钢：我个人觉得《王昭君》更为深沉和有张力，像一幅浓烈的油画；但我也承认，《梁祝》是很难超越的。毕竟那是用年轻的激情燃烧出来的作品，又历经四五十年的传播与考验，其影响真是很难超越……人的一生有高有低，有这么一部作品，也算是命运所赐；当然，希望能有更好的作品问世。

黄璟：你近期有什么安排？

陈钢：除了创作与教学之外，还要到各地去举办《红色小提琴》和《玫瑰与蝴蝶》的音乐会，用音乐来呼吁重建属于上海、同时也是属于世界的海派文化。我父亲在荆棘丛生中创作出《玫瑰玫瑰我爱你》，我在布满泥泞里创作了《梁祝》。父亲在命运苦寒的冬天里创作出《度过这冷的冬天》，而我在人生最黑暗的日子里写出了《阳光照耀着塔什库尔干》。笑面人生，这是父亲和我共同的选择。

在荆棘从中盛放的是最娇艳的玫瑰，在泥泞里展翅飞起的是最美丽的蝴蝶。玫瑰与蝴蝶，这是我们这对父子永远的蝶恋花。

图书在版编目(CIP)数据

协奏曲:陈钢和他的朋友们/陈钢编著. —上海:东方出版中心,2010.8

ISBN 978-7-5473-0214-9

Ⅰ. ①协… Ⅱ. ①陈… Ⅲ. ①散文—作品集—中国—当代 Ⅳ. ①I267

中国版本图书馆 CIP 数据核字(2010)第 145823 号

协奏曲:陈钢和他的朋友们

出版发行:东方出版中心
地　　址:上海市仙霞路 345 号
电　　话:021-62417400
邮政编码:200336
经　　销:全国新华书店
印　　刷:昆山亭林印刷有限责任公司
开　　本:889×1194 毫米 1/24
字　　数:260 千
印　　张:11 1/3
插　　页:2
印　　数:0,001—5,000
版　　次:2010 年 8 月第 1 版第 1 次印刷
ISBN 978-7-5473-0214-9
定　　价:49.00 元

版权所有,侵权必究